KATELYN EDWARDS ist das Pseudonym der Autorin Karoline Eisenschenk (geboren 1975), die 2006 im Anschluss an einen längeren Englandaufenthalt ihren ersten Kriminalroman veröffentlichte. Nach ihrem Studium der englischen Sprach- und Literaturwissenschaft lebt und arbeitet sie heute in München.

Katelyn Edwards

Der Shakespeare-Mörder

Kriminalroman

buch & media

Weitere Informationen über den Verlag und sein Programm unter
www.buchmedia.de

März 2011
© 2011 Buch&media GmbH, München
Umschlaggestaltung: Kay Fretwurst, Freienbrink
Printed in Germany
ISBN 978-3-86520-385-4

Dein ew'ger Sommer doch soll nie verrinnen,
Nie flieh'n die Schönheit, die dir eigen ist,
Nie kann der Tod Macht über dich gewinnen,
Wenn du in meinem Lied unsterblich bist!

(Auszug aus William Shakespeares Sonett 18,
Übersetzung von Max Josef Wolff)

Prolog

Der Tag, an dem Frank Dermod das Mädchen fand, jener Tag, der alles verändern sollte und nach dem nichts mehr so war wie zuvor, jener Tag begann, dem Schicksal gleichsam zum Trotz, wie nur die wenigsten in dieser dunklen Jahreszeit an der schottischen Nordseeküste. Die Nacht zuvor war sternenklar und eisig kalt gewesen, und der Nebel, der normalerweise in den frühen Morgenstunden für ein trübes und graues Allerlei sorgte, war ausnahmsweise ausgeblieben.

Frank machte die Kälte, im Gegensatz zu vielen anderen, nichts aus. Die Feuchtigkeit war es, die ihm in die Knochen fuhr, und jedes Jahr dauerte es ein bisschen länger, bis sich sein Körper davon erholte. Lange würde er den Fischfang nicht mehr machen können, das Rheuma breitete sich unaufhörlich aus und ließ seine Finger immer öfter starr und unbeweglich werden. Wenn es nach Rose, seiner Frau, gegangen wäre, dann hätte er sich schon längst zur Ruhe gesetzt, und ihm war bewusst, dass sie sich sehr zusammenreißen musste, um ihn nicht immer wieder darauf anzusprechen. Er empfand dafür große Dankbarkeit, denn vor dem Augenblick, an dem endgültig alles vorbei sein würde, hatte er insgeheim große Angst.

Seit er vierzehn war, hatte er als Fischer gearbeitet. Er war in die Fußstapfen seines Vaters und seines Großvaters getreten und hatte über die Jahre hinweg alle Krisen, die der schottische Fischfang schon mitmachen musste, miterlebt und durchgestanden, und wenn es möglich gewesen wäre, das Meer wie seine eigene Westentasche zu kennen, dann wäre für viele nur Frank dafür in Frage gekommen. Seine Fänge brachten natürlich schon lange nicht mehr so viel ein, dass es zum Leben gereicht hätte, dafür waren seine täglichen Touren, krankheitsbedingt, mittlerweile zu kurz geworden, aber zusammen mit Roses Rente kamen sie ganz gut über die Runden. Große Sprünge hatten sie ohnehin nie machen können und so im Alter auch nicht das Gefühl, auf irgendetwas Besonderes verzichten zu müssen.

Es war in den letzten Jahren mehr ein symbolischer Akt geworden, dass Frank nach wie vor jeden Morgen um kurz nach sechs aufstand und Rose mit ihm, so, wie sie das in all den fünfundvierzig Jahren ihrer Ehe getan hatten.

So geschah es auch an jenem Tag, der alles verändern würde. Frank ging nach draußen, blieb einen Augenblick stehen und sog die kalte Morgenluft tief ein. Noch war es dunkel, aber mit ein bisschen Glück würde es klar bleiben, sodass er einen wunderbaren Sonnenaufgang am Meer genießen könnte, für ihn das schönste Geschenk überhaupt. Am Horizont deutete ein hellblauer Schimmer schon den heranbrechenden Tag an, und während er gedankenverloren auf dieses Naturschauspiel blickte, spürte er auf einmal wieder die mittlerweile vertraute Angst in ihm aufsteigen.

Zuerst hatte er versucht sich einzureden, dass sich in seinem Leben im Grunde nicht viel ändern würde. Sie würden nach wie vor in ihrem kleinen Cottage wohnen, das nur eine Viertelmeile vom Strand entfernt stand, und er könnte, wann immer er wollte, mit dem Boot hinausfahren. Aber diese Selbsttäuschung hatte nicht funktioniert. Es würde nie mehr so sein wie früher, ganz egal, wie sehr er sich auch bemühte und anstrengte. Er würde sich irgendwann vorkommen wie einer dieser unsäglichen Touristen, die ab und zu einige seiner Kollegen für einen Tag begleiteten und sich danach tatsächlich einbildeten, Einblicke in den Alltag eines schottischen Fischers gewonnen zu haben. Ein Besucher, das war es, was er schließlich auch sein würde. Ein gelegentlicher Besucher des Meeres.

Sein Körper war durch das lange Stehen allmählich ausgekühlt und seine müden Knochen meldeten sich schmerzhaft zu Wort. Fröstelnd zog Frank den Reißverschluss seines Parkas etwas höher, wohlwissend, dass dies nicht viel Linderung bringen würde. Am Alter und den damit verbundenen Gebrechen kam niemand vorbei, auch er nicht. Langsam ging er in Richtung der Anlegestelle seines kleinen Bootes. St. Andrews erwachte allmählich zum Leben. Er war heute etwas früher unterwegs als gewöhnlich, aber dies lag nicht an seinem Drang nach Meeresluft, sondern an der nicht stattgefundenen allmorgendlichen Zeitungslektüre. Wahrscheinlich hatte das Zeitungsmädchen, ein junges Ding aus der Nachbarschaft, mal wieder verschlafen. Es wäre nicht das erste Mal gewesen. Er hatte sich deshalb auch schon beim hiesigen Händler darüber beschweren wollen, aber Rose hatte ihn schließlich erfolgreich davon abgebracht. Sie kannte das Mädchen und seine Familie und wusste, dass die Kleine sich unbedingt etwas zu ihrem kärglichen Lohn als Auszubildende dazuverdienen wollte.

Rose ... Ein Lächeln umspielte Franks Lippen, als er an seine Frau dachte. Er fühlte sich bei dem Gedanken an sie hin und her gerissen, denn er wusste, dass es ihr gegenüber mehr als gerecht gewesen wäre, endlich die Fischerei an den Nagel zu hängen und den gemeinsamen Lebensabend zu genießen.

Gleichzeitig konnte er sich ihres Verständnisses und ihres Einfühlungsvermögens ihm gegenüber sicher sein, so sicher, dass er diesen letzten Schritt einfach noch nicht wagen wollte. Noch nicht.

Der hellblaue Schimmer hatte sich inzwischen weiter ausgebreitet und verfärbte sich allmählich zartrosa. Frank ging mit raschen Schritten zur Anlegestelle weiter, und nach ein paar Minuten hörte er auch schon das vertraute Rauschen der Wellen und der salzige Geruch des Meeres stieg in seine Nase. Nein, darauf konnte und wollte er so schnell nicht verzichten und wie zur Bestätigung seiner Entscheidung zeigte sich in diesem Moment der erste Ansatz eines tiefroten Feuerballs am Himmel – die Sonne ging langsam über dem Meer auf.

Frank wusste nicht, wie lange er, fast schon andächtig, an den Ausläufern des Sandstrandes gestanden hatte, um dieses faszinierende Naturschauspiel zu beobachten. Erst als der Feuerball vollständig zu sehen war, konnte er sich davon losreißen. Selbst die Kälte, die nach wie vor an seinem Körper zerrte, hatte ihn nicht zum Weitergehen antreiben können. Als er schließlich an seinem Boot ankam, zeigte ihm seine Armbanduhr, dass es bereits kurz nach sieben war. Schnell begann er, den kleinen Fischkutter zu enttäuen.

Er wollte ihn eben mit einem kräftigen Stoß in die Wellen schieben, als sein Blick auf ein anscheinend achtlos weggeworfenes Kleiderbündel fiel, um das, keine zehn Meter von ihm entfernt, einige Möwen kreisten, gierig auf der Suche nach einer Beute. Er konnte später nicht mehr sagen, warum er nicht einfach in sein Boot gestiegen und losgefahren war. Es war schließlich nicht das erste Mal, dass jemand den Strand als willkommene Mülldeponie betrachtet hatte und es würde trotz seines Zutuns auch nicht das letzte Mal sein. Vielleicht waren es die Vögel und ihr durchdringendes, ja geradezu triumphales Gekreische gewesen, das ihn plötzlich neugierig gemacht hatte. So als ob sie eine ganz besondere Auszeichnung für ihren Fund erwarteten.

Während er sich der Stelle näherte, nahmen die Möwen nur widerwillig Reißaus und blieben, weiter ihre Bahnen ziehend, in unmittelbarer Nähe. Frank war nur noch wenige Meter entfernt, als er zu seinem Entsetzen feststellte, dass das vermeintliche Kleiderbündel ein Mensch war. Mit raschen Schritten ging er auf die leblos am Boden liegende Gestalt zu.

»Großer Gott.« Seine Stimme war nur ein Flüstern, als er sich über sie beugte.

Es handelte sich um ein junges Mädchen und Frank sah sofort, dass sie tot war. Ihre Arme und Beine standen in einem seltsamen Winkel zum Rest des Körpers und an einigen Stellen waren ihr Anorak und ihre Jeans schon von den spitzen Schnäbeln der Möwen bearbeitet worden. Sie war vollkommen durchnässt, so als wäre sie mitsamt ihrer Kleidung schwimmen gewesen, und einzelne Strähnen ihres langen Haares klebten ihr im blassen Gesicht. Aber dies alles nahm er nur am Rande wahr, denn es waren vor allem ihre Augen, die ihn nicht losließen – ihre großen, weit aufgerissenen Augen, die ihn anklagend anstarrten und aus denen jeglicher Glanz menschlichen Lebens verschwunden war.

Wie in Trance und die Schmerzen in seinen Gelenken beharrlich ignorierend kniete er sich vorsichtig neben das Mädchen. Obwohl er wusste, dass es sinnlos war, versuchte er, an ihrem schmalen Handgelenk einen Pulsschlag zu finden. Dabei bemerkte er ein kleines Stück Papier, um das sich ihre verkrampfte rechte Hand geschlossen hatte. Behutsam löste er ihre starren und kalten Finger. Frank wusste nicht, was er eigentlich erwartet hatte, aber es waren ganz gewiss nicht die Worte, auf die er jetzt blickte, nachdem er das Papier vorsichtig geglättet hatte:

»*Ich hoffe, alles soll gut gehen. Wir müssen Geduld haben; und doch kann ich nicht anders als weinen, wenn ich denke, dass sie ihn in den kalten Boden hineinlegen sollen; mein Bruder soll es erfahren, und hiermit dank' ich euch für euern guten Rat. Kommt, wo ist meine Kutsche? Gute Nacht, meine Damen; gute Nacht, schöne Damen; gute Nacht, gute Nacht.*«

1. Kapitel

Rose hatte nach Franks morgendlichem Aufbruch ihr gemeinsames Frühstücksgeschirr abgespült und sich mit einer Tasse Kaffee an den Ofen ihres kleinen Wohnzimmers gesetzt. Ihr Cottage besaß keine Zentralheizung, ein Umstand, der es in den Wintermonaten manchmal etwas ungemütlich machte, aber der sie noch längst nicht davon abhielt, weiter hier zu wohnen. Auch wenn ihre Schwester, die es tunlichst vermied, sie in der kalten Jahreszeit zu besuchen, ihr schon seit Monaten das Seniorenheim schmackhaft machen wollte, in das sie selbst vor zwei Jahren gezogen war.

Seniorenheim – das Wort an sich rief schon eine tiefe Abneigung in Rose hervor. Niemals würde sie ihnen so etwas zumuten! Frank würde es dort keine Woche aushalten, so viel war gewiss. Und so lange sie beide für sich selbst sorgen konnten und auf keine häusliche Pflege angewiesen waren, gab es keinen Grund, das Häuschen aufzugeben. Sollte sich dieser Umstand allerdings einmal ändern, und in ihrem Alter konnte dies sehr schnell gehen, dann würde man weitersehen müssen. Aber erst dann. Rose graute vor dieser Zeit und sie versuchte, den Gedanken daran immer schnellstens zu verdrängen. Heute gelang ihr das allerdings nicht sonderlich gut, und daran war nur die fehlende Tageszeitung schuld! Normalerweise würde sie um diese Zeit auf der Eckbank sitzen und sich mit den neuesten Nachrichten rund um St. Andrews versorgen, anstatt über ihren Lebensabend in einem gespenstischen Altenheim zu grübeln. Aber heute Morgen hatte keine Zeitung vor ihrer Haustür gelegen, und Maureen, das Mädchen, das sie austrug, war auch bis jetzt noch nicht aufgetaucht.

Wie schon öfter, dachte Rose und seufzte. Die Kleine hatte schon mehrmals verschlafen, aber heute schien sie sich extrem zu verspäten. Frank konnte es überhaupt nicht leiden, wenn er auf seine morgendliche Lektüre verzichten musste. Vielleicht sollte sie später am Tag bei den Riggs vorbeischauen und ein Wort mit Maureens Mutter wechseln. Rose war mit Anne Rigg schon lange gut befreundet, denn sie sangen beide seit Jahren gemeinsam im Kirchenchor der Gemeinde.

Eine warmherzige und fleißige Frau, die es noch nie sehr einfach hatte, wäre ihr wohl als Erstes eingefallen, hätte sie jemand um eine Beschreibung von Anne gebeten. Rose wusste nur zu gut, dass es finanziell bei den Riggs nicht gerade rosig aussah. Gary, Annes Mann, arbeitete als Hausmeister an einem der Colleges der Universität von St. Andrews, während sich Anne nicht nur um ihren eigenen Haushalt, sondern auch noch unermüdlich um den anderer Familien kümmerte. Aber die ständige Geldknappheit war nicht ihre einzige Sorge. Maureens älterer Bruder Denis hatte sich in den letzten Jahren nicht gerade als Musterknabe entpuppt und bereitete seiner Mutter durch diverse Prügeleien in Kneipen und ähnliche Eskapaden regelmäßig schlaflose Nächte. Vor drei Wochen erst war Anne in Tränen aufgelöst zur Chorprobe gekommen. Denis hatte gerade seine zweite Lehrstelle als Kfz-Mechaniker vorzeitig in den Sand gesetzt und trieb sich stattdessen lieber mit irgendwelchen kriminellen Halbstarken aus der Gegend herum.

Darüber hinaus war Anne von Maureens frühmorgendlichen Touren alles andere als begeistert, und das war nur allzu verständlich. Aber was konnte sie schon dagegen tun? Maureen war diese Nebenbeschäftigung sehr wichtig, denn sie hatte es sich in den Kopf gesetzt, nach ihrer Lehre im Friseursalon nach Glasgow zu gehen und sich dort zur Stylistin ausbilden zu lassen, um eines Tages beim Film arbeiten zu können.

Sie hatten zwar selbst keine Kinder, aber Rose konnte sich die Flausen eines jungen Mädchens lebhaft vorstellen, hatte sie doch selbst genügend davon gehabt, als sie jung gewesen war. Eines war jedoch sicher: Sollte Maureens Unzuverlässigkeit andauern, würde sich früher oder später jemand über das Mädchen beschweren. Und Ärger dieser Art war das Letzte, was Anne gebrauchen konnte. Gerade als Rose beschloss, am Nachmittag bei den Riggs vorbeizuschauen, hörte sie vor dem Hause lautes Gepolter.

»Wer macht denn hier so einen Krach?«, murmelte sie kopfschüttelnd vor sich hin und wollte eben aufstehen, um nachzusehen, als in diesem Augenblick die Haustür aufgerissen wurde. Frank stand kreidebleich und schwer atmend im Türrahmen.

Rose dachte im ersten Moment, er hätte einen Schlaganfall, denn er rang sichtbar nach Luft und versuchte verzweifelt, ihr etwas mitzuteilen.

»Frank! Um Himmels willen. Was ist denn los?«

Erschrocken rannte Rose auf ihren Mann zu, um ihn abzustützen, aber er wehrte nur vehement ab. »Rose ...«, stieß er schließlich mit großer Mühe hervor. »Schnell! Komm mit. Zum Strand! Schnell ...«

Die Worte kosteten ihn sehr viel Kraft. Sie hatte keine Ahnung, was dort draußen passiert sein sollte, aber ehe sie ihn etwas fragen konnte, hatte er sich auch schon umgedreht und war wieder nach draußen geeilt.

Rose überlegte nicht lange, sondern riss die erstbeste Jacke vom Garderobenhaken, die sie erwischen konnte, und rannte Frank hinterher. Bestimmt war mit dem Boot etwas passiert, schoss es ihr durch den Kopf. Vielleicht war es über Nacht beschädigt, oder noch viel schlimmer, gestohlen worden. Sie wünschte sich zwar schon so lange, dass er die Fischerei endlich an den Nagel hängte, aber doch nicht auf diese Art und Weise!

Sie hatte Mühe, mit ihm mitzuhalten, und verstand nicht, wie er dieses Tempo mit seinen Gelenkschmerzen aushielt. Als sie an der Anlegestelle ihres Bootes ankamen, sah sie zu ihrer Erleichterung, dass es wie immer an seinem Platz stand. Frank achtete jedoch überhaupt nicht auf den Kutter, sondern bog stattdessen plötzlich scharf rechts ab, um den Sandstrand hinaufzulaufen. Rose schnaufte und fragte sich gerade, wie lange es noch so weitergehen mochte, als er auf einmal langsamer wurde und schließlich stehen blieb. Und in diesem Moment sah sie den Grund seiner Aufregung. Keine zwei Meter von ihnen entfernt lag ein junges Mädchen auf dem sandigen Untergrund. Sie war zum Teil mit Franks Parka zugedeckt, und erst jetzt fiel Rose auf, dass er im Pullover vor ihr stand.

»Du meine Güte, Frank. Was ist hier passiert?« Langsam ging sie auf den nassen, leblosen Körper zu.

»Ich weiß es nicht. Ich habe sie hier gefunden. Die Vögel haben versucht ... Rose, sie ist tot.« Seine letzten Worte wären nicht nötig gewesen, denn sie hatte sofort gesehen, dass das Mädchen nicht mehr am Leben war.

»Ich wollte ihren Puls fühlen, aber sie ist ganz kalt. Was hat sie wohl hier draußen gemacht – um diese Uhrzeit und in dieser Kälte?«

Seine Worte verhallten ungehört und erreichten Rose nicht, was nichts mit den Wellen zu tun hatte, deren stetes Rauschen im Hintergrund für eine beeindruckende Geräuschkulisse sorgte, und auch nichts mit dem kalten Nordseewind, der jedes Wort mit sich riss, kaum dass man es ausgesprochen hatte. Rose verstand in diesem Moment, warum die Zeitung heute nicht geliefert worden war und auch nicht mehr kommen würde. Das tote Mädchen, auf das sie beide voller Entsetzen blickten, war niemand anderes als Maureen Rigg.

Annes Tochter ...

Sie konnte sich später nicht mehr daran erinnern, wie lange sie regungslos dagestanden und fassungslos auf Maureen gestarrt hatte, unfähig, etwas zu sagen oder zu tun. Rose spürte nicht einmal die Kälte, die langsam von jedem Zentimeter ihres Körpers Besitz ergriff. Erst das immer lauter werdende Gekreisch der Möwen riss sie schließlich aus ihrer Erstarrung.

»Frank, einer von uns beiden muss zum Haus zurück und die Polizei anrufen. Du bist schon so viel gelaufen heute. Bleib bei ihr und pass auf sie auf, hörst du! Oh mein Gott, das wird Anne um den Verstand bringen …«

Mit ihrer Fassung war es nun endgültig vorbei, und Tränen schossen ihr bei ihren letzten Worten in die Augen. Langsam wandte sie sich von der Toten ab.

»Du weißt, wer sie ist?« Frank blickte seine Frau ungläubig an.

Rose war einen Moment verwirrt, aber dann wurde ihr schlagartig bewusst, dass Frank gar nicht wissen konnte, wer die Tote war. Sie selbst hatte Maureen ja auch nur durch ihre Freundschaft mit Anne kennengelernt. Er dagegen hatte das Mädchen nie zu Gesicht bekommen, denn sie hatte die Zeitung gewöhnlich einfach vor der Haustür abgelegt.

»Ja, Frank. Das ist Maureen Rigg, unser Zeitungsmädchen.«

»Das ist … oh mein Gott. Das arme Kind. Und ich war heute Morgen noch so wütend auf sie.«

»Das konnten wir doch nicht wissen. Wer rechnet denn gleich mit dem … Schlimmsten?« Rose hatte eigentlich »Tod« sagen wollen, aber brachte das Wort nicht über ihre Lippen. Sie drehte sich um, um noch einmal einen Blick auf Maureen zu werfen. Nirgendwo war Blut zu sehen. Sie war zwar bis auf die Haut durchnässt, schien aber äußerlich unversehrt zu sein. Was war nur mit ihr passiert? Wie lange sie wohl schon hier liegen mochte?

Also ob er ihre Frage gehört hätte, sagte Frank tonlos: »Ich glaube, sie war gerade auf dem Weg zu uns. Schau, dort hinten liegt ihr Rad mit den ganzen Zeitungen.«

Frank deutete auf eine Stelle nicht weit von ihnen, wo ein Fahrrad im Sand lag, als hätte es jemand mit einem heftigen Stoß dorthin geworfen. Einige Zeitungen waren dabei aus dem Gepäckträger gerutscht, und der kräftige Wind zerrte wie wild an den Blättern und hatte angefangen, sie überall auf dem Strand zu verteilen. Also war es heute Morgen passiert. Heute Morgen, als sie zu Hause nichtsahnend auf Maureen gewartet hatten …

In diesem Augenblick fuhr auf der Straße, die direkt oberhalb des Strandes verlief und auch an ihrem Cottage vorbeiführte, ein Auto vorbei. Es war die Straße, die ihren Ortsteil, die East Sands, mit dem Zentrum von St. Andrews verband, und der morgendliche Berufsverkehr setzte allmählich ein. Rose hatte eine Idee.

»Frank, geh zur Straße und halt ein Auto an. Das geht schneller, als wenn einer von uns nach Hause zurückläuft.«
»Ja, du hast recht. Kannst du ... schaffst du es, bei ihr zu bleiben?«
Frank blickte seine Frau besorgt an. Ihm war nicht entgangen, dass sie kalkweiß im Gesicht war und am ganzen Körper zitterte.
Rose winkte ab. »Ja, ja. Mach dir um mich keine Sorgen. Es geht schon.«
Frank wollte gerade Richtung Straße laufen, als ihm der Zettel wieder einfiel, den er bei dem Mädchen gefunden hatte. Er hatte ihn die ganze Zeit über in seiner Hand gehalten.
»Rose, das hatte sie übrigens bei sich. Weißt du, was damit gemeint sein könnte?«
Er reichte ihr das zerknitterte Stück Papier, aber Rose blickte nur genauso verständnislos auf die seltsamen Worte wie zuvor er. *Kalter Boden, Kutsche, gute Nacht ...*
»Nein, Frank«, meinte sie kopfschüttelnd, »ich habe nicht die leiseste Ahnung. Aber das müssen wir auf alle Fälle der Polizei geben, hörst du. Es könnte wichtig sein. Aber jetzt geh! Dort oben kommt ein Auto!«

2. Kapitel

Wie jeden Morgen wachte Elizabeth Scott auch heute vom durchdringenden Ton des Radioweckers auf, der sich mit der Stimme des geradezu penetrant gut gelaunten Moderators zu einer unangenehmen Geräuschkulisse vermischt hatte. Sie blieb einige Minuten regungslos und mit geschlossenen Augen liegen und hörte sich noch die Sieben-Uhr-Nachrichten an, bevor sie endgültig aufstand. Als sie eine halbe Stunde später bei einer Tasse Kaffee in der Küche saß, fiel ihr Blick durch die geöffnete Tür auf ihren Schreibtisch und den kleinen Blumenstrauß, der in einer hübschen Vase neben dem Computer stand. In ein paar Tagen würden die Blumen verblüht sein, und Elizabeth stellte plötzlich fest, dass ihr dieser Gedanke überhaupt nicht behagte.

»Sei nicht albern«, murmelte sie und schüttelte den Kopf über sich selbst. Sie waren nur eine kleine Geste gewesen, ein Zeichen der Entschuldigung dafür, dass er ihr zuvor einen gehörigen Schrecken eingejagt hatte, mehr aber auch nicht.

Vor genau zwei Tagen war es passiert. Sie hatte wie immer von vier bis fünf die Sprechstunde für ihre Studenten abgehalten, und wie immer kam um kurz vor fünf – rein zufällig natürlich – Mr. Trinkle vorbei, um ein kleines Schwätzchen mit ihr abzuhalten. Ihre Freundin Helen war fest davon überzeugt, dass der Gute sein Herz an Elizabeth verloren hätte, aber diese hoffte inständig, Helen möge sich irren.

Mr. Trinkle war nicht gerade das, was man einen Frauenschwarm nannte. Er war Ende dreißig, hatte einen gewissen Hang zur Korpulenz, was sich in einem mittlerweile äußerst stattlichen Bierbauch zeigte, und erste lichte Stellen in seinem ohnehin eher bescheidenen Haupthaar. Das alles hätte Elizabeth ja noch irgendwie verkraften können, wenn er nicht auch noch ständig von einer dichten Qualmwolke umgeben gewesen wäre, die von einer seiner heißgeliebten Havannas herrührte, die er in jeder freien Minute zu rauchen pflegte. Er arbeitete als Dozent am Altphilologischen Institut und war der unabdingbaren Meinung, dass man Frauen unter anderem dadurch erobern konnte, indem man ihnen die Sagenwelt der altgriechischen Mythologie näher brachte. Als sie ihn nach schier endlos scheinenden zwanzig Minuten endlich hinauskomplimentiert hatte, war sie sofort zum Fenster gerannt und hatte, dem Erstickungstod nahe, einen der beiden Flügel aufgerissen, um die ersehnte Frischluft in das verqualmte Zimmer zu lassen. Zwei Minuten später war es dann passiert: Sie nahm plötzlich aus den Augenwinkeln eine Bewegung war, und ehe sie genau wusste, was geschah, landete eine Art Fluggeschoss mitten auf dem Teppich vor ihrem Schreibtisch. Elizabeth blieb einige Sekunden wie vom Donner gerührt sitzen, unfähig, auch nur den kleinen Finger zu bewegen, bevor sie schließlich mit zittrigen Knien aufstand, um das Corpus Delicti genauer zu begutachten. Doch sie wurde enttäuscht. Das vermeintliche Fluggeschoss entpuppte sich als harmloser Fußball, den jemand mit äußerster Präzision durch den offenen Fensterflügel geschossen hatte. Und jetzt konnte sie auch die aufgeregten Stimmen einiger Männer vor ihrem Fenster hören. Mit spitzen Fingern hob sie den schmutzigen Ball vom Boden auf und ging entschlossen zum Fenster. Nicht auszudenken, wenn der auf ihrem Schreibtisch gelandet wäre!

Auf dem Rasen direkt unter ihrem Bürofenster stand eine Gruppe von Studenten, die offensichtlich auf dem Sportplatz vor der Fakultät ein Fußballspiel abhielten. Die vier lieferten sich ein heftiges Wortgefecht und schienen Elizabeth überhaupt nicht zu bemerken.

»Darf ich fragen, wem ich dieses äußerst zweifelhafte Geschenk zu verdanken habe?« Ihre Stimme klang schneidend, denn allmählich wurde sie wirklich wütend. Wahrscheinlich wollte es jetzt wieder niemand gewesen sein.

Ein paar Sekunden war es totenstill, bevor sich einer der vier Streithähne plötzlich räusperte und verlegen nach Worten der Entschuldigung suchte. Er war ziemlich groß gewachsen, mit dunklen, fast schwarzen Haaren, und auch wenn sein Gesicht im Moment schlammverdreckt war, so musste sie doch zugeben, dass sie schon hässlichere Menschen gesehen hatte – ein gewisses qualmabsonderndes Individuum mochte ihr an dieser Stelle vergeben.

»Ich ... ich war das. Tut mir wirklich leid. Ich hoffe, es ist nichts kaputt gegangen?«, stotterte er hilflos herum.

Elizabeth beschloss schließlich, sich nicht unnötig aufzuregen und keine große Sache aus dem Vorfall zu machen. Es war ja in der Tat nichts passiert!

»Sie haben noch einmal Glück gehabt. Außer einem hässlichen Abdruck auf meinem Teppich hat das gute Stück keine Spuren hinterlassen. Den Herzinfarkt, den ich beinahe hatte, lassen wir mal außen vor.«

Ihre Stimme klang schon weitaus versöhnlicher, und sie konnte sich, nachdem der erste Schreck vorüber war, ein kleines Lachen über sich selbst nicht verkneifen. Fluggeschoss – etwas Alberneres war ihr nicht eingefallen? Bloß gut, dass es außer ihr niemand mitbekommen hatte. Als der Übeltäter den Ball auffing, entdeckte sie an seinem Oberarm eine schwarze Binde mit einem leuchtend weißen C darauf. Der Captain höchstpersönlich hatte also geschossen, womöglich sollte sie sich sogar noch geehrt fühlen.

»Vielen Dank. Und bitte entschuldigen Sie nochmals. Ich wollte Sie wirklich nicht erschrecken.«

Er klang immer noch zerknirscht, und die anderen Jungs murmelten betreten ihre Zustimmung. Langsam begann sich das Grüppchen vor ihrem Fenster aufzulösen. Elizabeth blieb noch einige Sekunden am Fenster stehen, aber gerade, als sie es schließen und sich wieder ihrem Büro zuwenden wollte, sah er nochmals in ihre Richtung und ein kleines Lächeln umspielte seinen Mund.

Am Tag danach hatte sie dann morgens die Blumen vor ihrer Bürotür gefunden, zusammen mit einem kleinen handgeschriebenen Kärtchen, das jetzt vor ihr auf dem Küchentisch lag.

Eine kleine Wiedergutmachung für gestern. Würde mich freuen, wenn Sie morgen bei unserem Spiel dabei sind. 15 Uhr, großer Sportplatz. Gruß, Robert Blake

Elizabeth trommelte gedankenverloren mit ihren Fingern auf der Tischplatte. Sie würde später nicht auf dem Sportplatz sein können, denn wie jeden Mittwochnachmittag fand auch heute Imelda Bartons Literaturzirkel statt. Und den durfte sie gerade heute nicht verpassen, hatte ihre Freundin Helen doch schon die ganze Zeit voller Vorfreude eine ganz besondere Überraschung angekündigt.

Außerdem, und dies wog weitaus schwerer, musste sich Elizabeth verärgert eingestehen, dass sie es nicht wagte, Imelda Barton anzurufen und sich für den Nachmittag zu entschuldigen. Die alte Lady – obwohl nun schon seit mittlerweile zehn Jahren im Ruhestand – hatte nichts von ihrer früheren Autorität und ihrem einstigen Ruf als wahrer Drachen unter den Dozenten eingebüßt. Elizabeth hatte sich, trotz ihrer achtundzwanzig Jahre, in Imeldas Gegenwart schon mehr als einmal wie ein kleines Schulmädchen gefühlt. Und da war sie mit Sicherheit nicht die Einzige.

Und überhaupt – was wollte ausgerechnet *sie* mitten im Januar auf einem zugigen, kalten Fußballplatz? Obwohl St. Andrews, den Pokalen in der Eingangshalle und den Lobesreden des Dekans nach zu urteilen, eine der besten Universitätsmannschaften landesweit war, hatte sich Elizabeth bisher nicht für die Sportart begeistern können. Warum machte sie sich um diese Einladung überhaupt solche Gedanken? Sie kam von Robert Blake, einem ihr unbekannten Studenten, der in seinem sportlichen Übermut ihre halbe Büroeinrichtung torpediert hatte und dies nun wiedergutmachen wollte, – wenn auch auf eine zugegeben ganz charmante Art und Weise.

Dem Treffen bei Feldwebel Barton würde sie damit nicht entkommen können! Imelda würde ihr höchstens in gestrengem Ton erklären, was *sie* zu ihrer aktiven Zeit bei einem derart ungehobelten Benehmen eines Studenten gemacht hätte – und der Besuch eines Fußballspiels hätte bestimmt *nicht* dazu gehört. Elizabeth konnte Imeldas Stimme förmlich hören und auf eine Lektion dieser Art getrost verzichten. Den Plan, ihr eine kleine Notlüge aufzutischen, hatte sie, nach anfänglichem Zögern, schnell wieder verworfen. Nicht auszudenken, was passieren würde, wenn Imelda herausbekäme, wo sie ihren Mittwochnachmittag tatsächlich verbracht hatte. Und wie Elizabeth Imelda kannte, würde sie es herausfinden! Vor allem aber wollte Elizabeth Helen nicht enttäuschen. Auf dem Weg zum Auto musste sie sich jedoch eingestehen, dass sie überhaupt nichts dagegen hätte, auf den guten William Shakespeare heute ausnahmsweise zu verzichten.

Zur gleichen Zeit, und nur etwa zwei Meilen von Elizabeth entfernt, saß Sergeant Connie Wraight bei sich zu Hause ebenfalls am Frühstückstisch. Die Kaffeetasse schon in ihrer rechten Hand, hatte sie mitten in der Bewegung plötzlich innegehalten und hypnotisierte jetzt geistesabwesend einen Punkt an der gegenüberliegenden Wand. Vor drei Tagen war einer ihrer Ringe plötzlich verschwunden, und Michael hatte steif und fest behauptet, nicht zu wissen, wo er sei. Obwohl sie das gesamte Badezimmer und danach auch noch ihr gemeinsames Schlafzimmer auf den Kopf gestellt hatte, war das gute Stück verschwunden geblieben.

Als sie dann gestern vom Dienst nach Hause gekommen war, hatte er plötzlich wie aus heiterem Himmel wieder auf der Ablage am Waschbecken gelegen, so, als sei er nie weg gewesen. Michael, der Connies fragenden Gesichtsausdruck nur zu gut kannte, gab vor, ihn unter dem Heizkörper gefunden zu haben, aber sie hatte ihm kein Wort geglaubt. Und dieses Misstrauen hatte nichts damit zu tun, dass sie bei der Polizei arbeitete und auch privat überall Lug und Trug vermutete. Connie ahnte vielmehr, dass es allmählich ernst wurde. Michael hatte sich den Ring für den Juwelier ausgeliehen, dessen war sie sich sicher. Und das konnte nur eins bedeuten: Er wollte ihr einen Antrag machen.

Heiraten – der Traum einer jeden jungen Frau, wenn es nach ihrer Mutter ging. Warum hatte sie dann nicht das Gefühl, auf rosaroten

Wolken durch das Universum zu schweben und alle vor lauter Glück umarmen zu wollen? Warum fühlte sie sich so hundeelend, dass sie am liebsten weggelaufen wäre, um dem geradezu schicksalhaft erscheinenden Zusammentreffen mit Michael entgehen zu können?

Mit einem tiefen Seufzer und ohne daraus getrunken zu haben, stellte sie die Kaffeetasse wieder ab. Warum konnten sie denn nicht alles so lassen, wie es war? Sie lebten seit drei Jahren zusammen, und alles lief doch eigentlich ganz gut. Warum musste man denn gleich heiraten? Jeder wusste schließlich auch so, dass sie zusammengehörten.

Aber gehörten sie das wirklich? Waren nicht diese Zweifel der wahre Grund, warum sie sich so vor dieser einen ganz bestimmten Frage fürchtete? Weil sie insgeheim das Gefühl hatte, dass doch jeder seine eigenen Wege ging und den anderen in seiner kleinen Welt nicht so richtig verstand – verstehen wollte? Was sie selbst anbelangte, so musste sich Connie beschämt eingestehen, dass sie abends oft einfach zu müde war, um Michael nach seinen täglichen Erlebnissen in der Bank zu fragen und sich interessiert nach seinen Freunden zu erkundigen, die trotz der vergangenen drei Jahre seine Freunde geblieben waren.

Aber ihm ging es nicht viel anders, das wusste Connie ganz genau. Er hatte mit der Tatsache, dass sie Polizistin war, noch nie sehr viel anfangen können, und ihre gemeinsame Zeit hatte dies auch nicht verbessert. Noch schlimmer war aber die Art und Weise, wie er Connies Beruf betrachtete. Für Michael war er nichts anderes als ein großer Abenteuerspielplatz, auf dem sie sich ein bisschen austoben konnte, bevor es dann als seine Ehefrau schnellstens damit vorbei sein würde. Dann würden andere Dinge Prioritäten haben, nicht mehr ihre alberne Vorstellung, als Polizistin wenigstens einen kleinen Dienst am Menschen tun zu können, und schon gar nicht ihre ständige Bereitschaft, dafür notfalls auch unzählige Überstunden zu schieben.

Mit einem entschiedenen Ruck stand Connie auf. Solange diese Dinge nicht auch bei ihr Priorität haben würden, machte es wenig Sinn, das Ganze gleich zu überstürzen. Wie sie das allerdings Michael beibringen sollte, ohne dass er es als Kränkung empfand, war ihr noch ein großes Rätsel. Gerade als sie in die Küche gehen wollte, läutete ihr Mobiltelefon. Eine allzu bekannte Nummer war auf dem Display zu sehen – die von Inspector Patrick Falkirk, seit nunmehr zwei Jahren Connies direkter Vorgesetzter bei der Mordkommission.

»Hallo, Connie, Patrick hier. Sind Sie noch zu Hause?«, schallte es ihr entgegen.

»Ja, ich wollte gerade losfahren. Warum fragen Sie?« Eine dunkle Vorahnung beschlich sie.

»Wir haben seit genau zehn Minuten einen neuen Fall. An den East Sands hat ein Fischer eine Frauenleiche am Strand gefunden. Ich hole Sie direkt von zu Hause ab. Sie wohnen doch da gleich in der Nähe, oder?«

Seine Stimme klang voller Tatendrang und Energie, und Connie schob ihre trüben Gedanken kurzentschlossen zur Seite. Ein neuer Fall wartete schließlich auf sie und musste so schnell wie möglich gelöst werden. Beide ahnten sie zu diesem Zeitpunkt noch nicht, was wirklich auf sie warten sollte …

3. Kapitel

Als Connie zehn Minuten später auf dem Beifahrersitz von Inspector Falkirks dunkelblauem Rover saß und ihn auf einer kleinen Nebenstrecke abseits des morgendlichen Berufsverkehrs zu den East Sands lotste, war sie zu einem, ihrer Meinung nach, vernünftigen Entschluss in Sachen Hochzeit gekommen. Sobald dieser Fall gelöst war, würde sie sich zwei Wochen Urlaub nehmen und mit Michael irgendwohin fahren, weit weg von St. Andrews und dem ungemütlichen Januarwetter, und dort, unter Sonne und Palmen, würden sie dann in Ruhe und ohne zu streiten über alles reden.

»Am nächsten Kreisverkehr die zweite Ausfahrt, Sir, und dann sind wir auch schon fast am Ziel.«

Connie war in St. Andrews aufgewachsen und kannte nicht nur die Stadt, sondern auch die umliegende Gegend wie ihre Westentasche. Falkirk konnte sein multifunktionelles Navigationssystem ruhigen Gewissens abgeschaltet lassen, obwohl es ihm dieser kleine Bordcomputer insgeheim sehr angetan hatte. Aber das würde er vor Sergeant Wraight natürlich niemals zugeben.

Zwei Jahre war es jetzt her, dass man ihm die Leitung der hiesigen Mordkommission angeboten hatte und er nach St. Andrews versetzt worden war. Anfänglich hatte er die Aussicht auf eine ruhige, beschauliche, kleine Küstenstadt mit gerade einmal drei Hauptstraßen und einer Handvoll Gässchen nicht als Beförderung, sondern vielmehr als Strafversetzung gesehen. Seine Frau Sharon jedoch war sofort Feuer und Flamme für den Umzug gewesen und hätte lieber heute als morgen Glasgow und dem hektischen Leben dort den Rücken gekehrt. Aber Sharon war Malerin und hatte schon immer ein ausgesprochenes Faible für die Natur gehabt. Sie konnte stundenlang mit Pinsel und Leinwand im Garten sitzen und sich selbst von einem Löwenzahn noch inspirieren lassen, wie er neidisch feststellen musste. Er aber war in Glasgow geboren und aufgewachsen, und eigentlich immer ein Kind der Großstadt geblieben. Die schottische Provinz dagegen behagte ihm überhaupt nicht.

Allmählich jedoch begann er sich damals mit dem Gedanken anzufreunden, nicht zuletzt deshalb, weil das Kompetenzgerangel in der eigenen Abteilung schier unerträglich geworden war. Die letzten Zweifel an seinem neuen Arbeitsplatz waren spätestens dann ausgeräumt, als er praktisch mit seiner Einstandsfeier seinen ersten Fall übertragen bekam und ihm Connie Wraight als zukünftiger Sergeant zugeteilt wurde.

Von wegen Provinz! In den letzten zwei Jahren hatten sie sich wahrlich nicht über zu wenig Arbeit beklagen können, ganz im Gegenteil. Connie und er wurden sehr schnell ein eingespieltes Team, und die vielen erfolgreichen Ermittlungen gaben seiner Entscheidung zugunsten von St. Andrews schließlich Recht. Falkirk schätzte vor allem Connies ruhige und ausgeglichene Art, mit der sie sich stets einem Fall näherte, aber auch ihre Fähigkeit, im richtigen Moment blitzschnell handeln zu können.

Während sie ihn jetzt zu den East Sands dirigierte, warf er einen verstohlenen Seitenblick auf sie und stellte fest, dass von ihrer Heiterkeit und ihrem gewöhnlich strahlenden Lächeln heute nichts zu sehen war. Sie hatte ihre rote Lockenmähne streng nach hinten gebunden, was die dunklen Ringe unter ihren Augen und den leicht verkniffenen Zug um ihren Mund betonte. Etwas schien sie zu bedrücken, aber er wollte nicht allzu indiskret erscheinen und neugierige Fragen zu ihrem Privatleben stellen. Er wusste, dass ihre Familie ebenfalls in St. Andrews lebte und sie seit mehreren Jahren einen Freund hatte, der bei einer Bank arbeitete und mit dem sie auch zusammenwohnte, mehr aber auch nicht. Für eine gute berufliche Zusammenarbeit reichte Falkirk dies allemal und so wie er Connie die vergangenen beiden Jahre erlebt und kennengelernt hatte, wusste er, dass sie ihr Privatleben auch gerne bei sich behielt. Sollte ihre trübe Laune jedoch andauern, würde er notgedrungen indiskret sein müssen. Er hoffte allerdings, dass es dazu nicht kommen würde.

In diesem Augenblick erreichten sie die Stelle, an der Frank Dermod eineinhalb Stunden zuvor einen Autofahrer angehalten hatte. Etwas weiter nach unten versetzt konnte Falkirk die Ausläufer des Sandstrandes erkennen und eine für diese frühe Morgenstunde ungewöhnliche Vielzahl an Personen, die sich dort tummelte. Er parkte den Rover hinter einem Streifenwagen, dessen eingeschaltetes Blaulicht den Vorbeifahrenden signalisierte, dass es sich hier um eine Unglücksstelle handelte. Ein Polizist in Uniform stand daneben und forderte langsam fahrende Schaulustige energisch zum Weiterfahren auf. Als er Connie und Falkirk entdeckte, winkte er.

»Guten Morgen, Inspector, Sergeant. Die Fundstelle der Leiche befindet sich gleich dort unten.«

Mit einer knappen Handbewegung deutete er ihnen den Weg an, ehe er sich wieder dem Verkehr widmete. Während sie sich der Menschenansammlung näherten, blies ihnen der eisige Nordseewind mit geballter Kraft entgegen, so, als versuchte das Meer, den ungewöhnlichen frühmorgendlichen Besucherandrang von sich fernzuhalten. Connie schossen Tränen in die Augen, und sie zog den Kragen ihres Anoraks bis an ihre Nasenspitze. Constable Norton kam ihnen, ebenfalls heftig gegen Wind und Wetter kämpfend, entgegengelaufen.

»Guten Morgen, Inspector Falkirk, Sergeant Wraight. Wollen Sie gleich mal einen Blick auf die Leiche werfen? Dann könnte sie nämlich in die Gerichtsmedizin abtransportiert werden.« Er musste schreien, um sich über das Rauschen der Wellen und dem Wind Gehör zu verschaffen. Falkirk nickte ihm kurz zu.

»Die Tote wurde gegen sieben Uhr von einem Fischer gefunden. Seine Frau konnte das Mädchen sogar identifizieren. Es handelt sich um eine gewisse Maureen Rigg, sie trug wohl frühmorgens immer die Zeitungen in dieser Gegend aus.« Während Norton sie mit diesen ersten Informationen versorgte, waren sie am Fundort der Leiche angekommen. Die Tote war mittlerweile von einer weißen Plane zugedeckt worden, die der Beamte der Spurensicherung jetzt anhob.

Sie war noch keine zwanzig, wie Falkirk sofort feststellte. Sie trug Jeans und einen dicken Anorak und war vollkommen durchnässt. Jedoch konnte er auf den ersten Blick keinerlei Spuren von Gewaltanwendung feststellen.

»Kennt man denn schon die genaue Todesursache?«, fragte er mit hochgezogener Augenbraue. »Warum ist die Mordkommission eingeschaltet worden?«

Norton schien mit dieser Frage gerechnet zu haben, denn er hatte sich einen entsprechenden Bericht schon zurechtgelegt. Der Wind hatte inzwischen leicht nachgelassen, sodass er weniger laut sprechen musste.

»Constable Hughes und ich wurden von der Zentrale informiert und waren die Ersten vor Ort. Wir haben kurz mit dem Fischer gesprochen und dann die Spurensicherung verständigt. An ihrem Hinterkopf ist den Kollegen eine Verletzung aufgefallen, die von einem stumpfen Gegenstand herrührt. Dr. Boyers war auch schon hier, er konnte aber noch nicht sagen, ob diese Verletzung die Ursache für ihren Tod war. Umso wichtiger ist es deshalb, dass die Leiche schnell in die Gerichtsmedizin kommt.«

Falkirk warf Connie einen fragenden Blick zu, aber diese hatte im Moment keine Einwände.

»Alles klar, bringen Sie sie bitte dorthin«, wies Falkirk an. »Und sagen Sie Dr. Boyers, ich schaue heute Mittag mal bei ihm vorbei.«

Falkirk wusste zwar, dass es der Gerichtsmediziner nicht ausstehen konnte, wenn man drängelte, aber er hoffte, bis mittags wenigstens einen ersten Hinweis zur möglichen Todesursache zu haben.

»Sind die Eltern schon informiert worden?«, fragte Connie. Sie war bisher ungewohnt ruhig gewesen, aber der Anblick eines so jungen Todesopfers versetzte ihr im ersten Augenblick immer wieder einen gewaltigen Stich. Norton hüstelte verlegen, bevor er zu einer Antwort ansetzte.

»Äh ... nein, noch nicht. Wir wollten Ihnen da nicht vorgreifen«, stotterte er.

Natürlich nicht! Connie warf Falkirk einen raschen Blick zu. Auf manche Aufgaben eines Polizisten hätte sie gerne verzichtet, und sie wusste, dass es ihm nicht anders erging. Aber der unvermeidliche Gang zu den Eltern würde wohl auch dieses Mal an ihnen beiden hängen bleiben.

»Wo ist denn dieses Ehepaar, das das Mädchen gefunden hat?«, fragte Falkirk, nachdem er ihr aufmunternd zugelächelt hatte. Er wusste nur zu genau, was gerade in ihrem Kopf vorging.

»Sie heißen Frank und Rose Dermod. Ich habe die beiden von einem Streifenwagen nach Hause bringen lassen. Die ganze Sache hat sie ziemlich mitgenommen, sie wirkten sehr angeschlagen. Hier ist die Adresse. Sind schon zwei etwas ältere Leutchen, ich hoffe, das war in Ordnung so?«

Nortons Stimme verriet eine leichte Unsicherheit, aber Falkirk winkte beschwichtigend ab und warf einen raschen Blick auf den Notizzettel mit der Adresse der Dermods.

»Ja, ja, machen Sie sich mal darüber keine Sorgen. Wir werden so schnell wie möglich bei ihnen vorbeischauen. Haben die beiden denn irgendetwas Verdächtiges gesehen heute Morgen?«

»Nein, Sir, leider nicht. Nur das Mädchen selbst. Das heißt ...« Er stockte kurz und zog eine kleine Plastikfolie aus seiner Jackentasche, ehe er fortfuhr, »... der Mann hat das Mädchen ja als Erster entdeckt und dabei diesen Zettel in ihrer rechten Hand gefunden, als er ihren Puls messen wollte. Ganz seltsam, wenn Sie mich fragen. Irgendein wirres Gefasel über eine Kutsche und kalten Boden, keine Ahnung, was das zu bedeuten hat. Noch dazu hat Mr. Dermod natürlich keine Handschuhe getragen.«

Norton reichte Falkirk die Schutzhülle mit dem kleinen Stück Papier. Der Chief Inspector warf einen kritischen Blick auf den sauber mit einem Computer getippten Text und reichte ihn dann an Connie weiter.

»Welche Note hatten Sie eigentlich in Ihrer Schulzeit in Englisch,

Norton?«, fragte er den Constable daraufhin mit gespielt strenger Stimme.

Dieser war von der Frage sichtbar überrascht. »Ich ... ich weiß jetzt nicht, was Sie meinen, Sir? Wieso Englischnote, ich war immer ein ganz guter Schüler ...«, stotterte er, und eine leichte Röte, die dieses Mal jedoch nicht vom kalten Nordseewind herrührte, breitete sich auf seinen Wangen aus.

»So?«, meinte Falkirk scheinbar ungerührt, »waren Sie das? Englische Literatur scheint mir dabei aber nicht Ihr Spezialgebiet gewesen zu sein. Das, Constable Norton, ist nicht irgendein ›wirres Gefasel‹, wie Sie es nennen, sondern ein Shakespeare-Zitat. *Hamlet*, soweit ich mich erinnern kann.«

Constable Norton blickte den Chief Inspector mit unverhohlener Bewunderung an und nahm sich fest vor, sofort nach Feierabend die gesammelten Werke des Dichters in der nächstbesten Buchhandlung zu kaufen. Als leitender Beamter der Mordkommission, was er ohne Frage eines Tages auch einmal werden wollte, *musste* man schlicht und einfach alles wissen.

»Allerdings, Sir, das ist *Hamlet*. Und ich kann Ihnen auch sagen, von wem die Worte stammen.« Connies Stimme riss die beiden Männer abrupt aus ihren Überlegungen.

»Ich wusste ja gar nicht, dass Sie so eine Shakespeare-Expertin sind.« Diesmal war es Falkirk der seinem Sergeant unverhohlene Bewunderung entgegenbrachte. Er selbst hatte gerade krampfhaft versucht, die Worte mit der richtigen Person aus dem Drama in Verbindung bringen zu können, allerdings vergeblich. Seine eigene Schulzeit war einfach schon zu lange her. Constable Norton stand mit offenem Mund da und sagte gar nichts mehr. Er war froh, dass in diesem Augenblick ein Kollege der Spurensicherung nach ihm rief. Die beiden wurden ihm schön langsam unheimlich.

»Bin ich auch nicht«, gab Connie offenherzig zu, »allerdings habe ich in einer Schulaufführung einmal die Ophelia spielen dürfen. Nur deshalb kenne ich den Text.«

Falkirk musste unvermittelt lächeln. »Wozu Schulaufführungen nicht alles gut sein können, nicht wahr? Prima Connie, das erspart uns schon mal ein wenig an Recherche«, lobte er sie, obwohl er noch nicht die geringste Ahnung hatte, was er mit dieser Information eigentlich anstellen sollte.

Doch Connie hörte sein Kompliment nicht, sondern stand nur mit leicht gerunzelter Stirn da und blickte nochmals auf die Textzeilen. »Sir«, sagte sie leise und ihre Stimme klang dabei seltsam belegt, »das hier ist nicht einfach irgendeine Textstelle. Es handelt sich um Ophelias letzten Bühnenauftritt, bevor sie kurze Zeit später tot im Wasser gefunden wird ...«

Für einen kurzen Augenblick breitete sich trotz der tosenden Wellen eine geradezu unheimliche Stille zwischen ihnen aus. Falkirk starrte Connie einfach nur an und hatte Mühe, das soeben Gehörte zu verdauen. Sie ahnte, dass sich der furchtbare Verdacht, der sie selbst nicht mehr losließ, seit sie das erste Mal auf das kleine Stück Papier geblickt hatte, auch in ihm allmählich ausbreitete. Sein Kopf wandte sich ruckartig in Richtung Maureen Riggs Leichnam, der soeben in einem Sarg abtransportiert wurde.

»Connie, Sie denken, dass das Mädchen eine tote Ophelia darstellen soll? Aber das hieße ja, dass ...« Falkirk brach mitten im Satz ab und schüttelte ungläubig den Kopf, so als ob sich alles in ihm gegen den bloßen Gedanken daran wehrte.

»Dass jemand ganz bewusst sein Opfer à la Shakespeare sterben ließ. Ja, Sir, das ist ehrlich gesagt, was ich denke«, sprach sie für ihn zu Ende, und ein eiskalter Schauer jagte über ihren Rücken.

4. Kapitel

Der gewünschte Gesprächspartner ist vorübergehend nicht zu erreichen.« Angela Clark wusste nicht mehr, wie oft sie diesen Satz in den letzten Tagen gehört hatte. Zu oft auf alle Fälle! Wütend packte sie ihr Kopfkissen und schleuderte es quer durch das Zimmer. Obwohl sie schon seit einer halben Stunde im Vorlesungssaal von Professor Bloomfield hätte sitzen sollen, war sie einfach zu Hause geblieben. Dieser alte Langweiler mit seinen nicht enden wollenden Theorien über Wirtschaftswachstum und Profitsteigerung raubte ihr sowieso den letzten Nerv! Wie überhaupt ihr ganzes Studium, das sie lieber heute als morgen an den Nagel gehängt hätte. Aber davon wollte ihr Vater leider überhaupt nichts wissen. Mit Grauen erinnerte sie sich an das Theater, das zu Hause ausgebrochen war, als sie im Juni erfahren hatte, dass sie ihren Abschluss in Wirtschaftswissenschaften nicht bestanden hatte. Wie auch – nachdem sie so gut wie nichts dafür gelernt hatte.

Aber wozu für etwas lernen, das sie später sowieso nicht brauchen würde und wofür sie sich kein bisschen interessierte. Angela hatte sich seit sie ein Teenager war nur ein Ziel gesetzt – Spaß haben, und zwar so viel, so oft und so lange wie möglich. Und bisher hatte sie das ihren Eltern auch immer ganz gut verkaufen können, vor allem ihr Vater fraß seinem kleinen Liebling regelrecht aus der Hand. Aber ausgerechnet der ließ seit den Sommerferien überhaupt nicht mehr mit sich reden. Er wurde sogar richtig unleidig und war drauf und dran, ihr den Ibiza-Urlaub und sämtliche finanzielle Unterstützung zu streichen, als sie angedeutet hatte, das Abschlussjahr nicht mehr wiederholen zu wollen.

Dabei ging es ihm überhaupt nicht um sie, es war ihm vor seinen Geschäftspartnern und den lieben Freunden der Familie einfach nur peinlich, dass sein ehrenwertes Töchterchen keinen Universitätsabschluss hatte. Für Angela waren das alles nur langweilige Spießer mit noch langweiligeren Söhnen und Töchtern, die natürlich alle zu den jeweils Jahrgangsbesten zählten und deren Leben sich ausschließlich zwischen Vorlesungssälen und Bibliotheken abspielte. Ihre Mutter hatte ihr Studium schließlich auch nach einem Jahr abgebrochen und davon sprach keiner! Aber die hatte zu dem Zeitpunkt auch schon Angelas Vater gekannt und sich praktischerweise gleich von ihm schwängern lassen.

Vielleicht hätte ich das mit Robert auch machen sollen, dachte Angela wütend. Aber was um Himmels willen wollte sie mit einem nervenden Balg, das ständig die Windeln voll hatte und sich die Seele aus dem Leib schrie? Außerdem war Robert keine fünfzehn Jahre älter und auch nicht so verschossen in sie wie ihr Vater damals in ihre Mutter. Aber er wäre sie zumindest nicht so schnell losgeworden und finanziell hätte sie, wenn sie an seine Familie dachte, zumindest auch ausgesorgt, ohne sich noch ein weiteres Jahr an der Universität quälen zu müssen. Und für den unangenehmen Rest gab es schließlich einen Babysitter. Angela konnte sich nicht erinnern, dass ihre eigene Mutter sich jemals mit ihr beschäftigt hätte und überhaupt an jemand anderen dachte als ausschließlich an sich selbst. Aber Robert war kein gutmütiger Tölpel und sie auch nicht schwanger. Und er tat momentan alles, um ihr aus dem Weg zu gehen. Die automatische Stimme verkündete ihr soeben erneut, dass ihr Gesprächspartner nicht erreichbar sei.

»Verdammter Scheißkerl!«, murmelte sie wütend. Zugegeben, es hatte ihr nichts ausgemacht, dass er nicht nach Ibiza mitwollte, und auch nicht, dass er von ihren dortigen »Urlaubserlebnissen«, wie sie es der Einfachheit halber nannte, nichts erfuhr. Aber als er während ihrer letzten hitzigen Auseinandersetzung auf ihre Behauptung, jederzeit zehn andere finden zu können, die tausendmal besser zu ihr passten, überhaupt nicht einging, wusste sie, dass sie übers Ziel hinausgeschossen war. Aber da war es schon zu spät. Er habe endgültig die Nase voll und würde sich ihr Gezicke nicht mehr länger anhören, war das Einzige, was er noch sagte, bevor er ging.

Insgeheim vermutete Angela aber, dass noch etwas ganz anderes hinter seinem unmöglichen Verhalten ihr gegenüber steckte. Die Sache mit seinem Bruder, die ihn wirklich beschäftigte und auf die sie nie so recht hatte eingehen können, nie hatte eingehen wollen, wenn sie ehrlich war, schob sie vorerst energisch beiseite. Nein, der Hauptgrund war und blieb seine unmögliche Clique, und allen voran dieses Großmaul Steve Pritchard. Den machte nicht einmal die Tatsache, dass sein Vater Millionen im Erdölgeschäft scheffelte, auch nur eine Spur erträglicher – ganz im Gegenteil. Er war ständig in irgendwelche Raufereien und Sauftouren verwickelt, und es gab nicht wenige Dozenten, die ihn insgeheim zum Teufel wünschten. Aber immer wenn es brenzlig für ihn zu werden drohte, machte Vater Pritchard praktischerweise eine großzügige Spende für die Universität locker, und sein unerträglicher Sohn bekam eine neue Schonfrist. Wie konnte Robert nur mit so jemandem befreundet sein, und das noch dazu seit Jahren!? Eine Minute in der Gegenwart von Steve Pritchard hatte Angela gereicht, um keine zweite mit ihm verbringen zu wollen.

Robert und er hatten zwar in letzter Zeit die eine oder andere heftigere Auseinandersetzung, aber offensichtlich war bisher nichts so gravierend gewesen, dass ihre Freundschaft in die Brüche gegangen wäre. Ihre Streitereien drehten sich sowieso meistens um dieses unmögliche Gekicke, dem sie alle in jeder freien Minute nachgingen. Für Angela nichts weiter als ein Proletensport, und dass sich Steve Pritchard dort wohlfühlte, verwunderte sie nicht. Zu ihrem Leidwesen jedoch auch Robert, und darüber hinaus etwa fünfundneunzig Prozent aller männlichen Studenten in St. Andrews. Dabei war es in erster Linie ihr gekränkter Stolz, der sie momentan so plagte, und nicht, wie manch einer vermutet hätte, Liebeskummer. Bisher hatte sie so lange zickig sein können, wie sie es wollte, und keiner war deswegen gegangen. Wenn hier irgendjemand einen Schlussstrich zog, dann war sie das, und sonst niemand!

Ab und zu war ihr allerdings auch schon der ungute Gedanke gekommen, eine andere Frau könnte hinter Roberts Verhalten stecken, aber sie hatte bisher nichts herausbekommen, was diesen Verdacht auch nur ansatzweise bestätigte. Trotzdem wurde es allmählich zu einer geradezu fixen Idee von ihr, er habe sie wegen einer anderen sitzen gelassen. Sie musste der Sache unbedingt auf den Grund gehen und diesem Flittchen notfalls die Augen auskratzen! Wie auf Bestellung klingelte in diesem Augenblick ihr Mobiltelefon. Angela erkannte die Nummer sofort.

»Und? Was gibt's?« Sie sparte sich die Begrüßung, denn jedes zusätzliche Wort war bei diesem Menschen sowieso vergeudete Zeit. Aber ihr Gesprächspartner sah dies ganz genauso. Und während sie noch einen Treffpunkt und eine Uhrzeit ausmachten, hatte sie plötzlich einen genialen Einfall. Warum war sie bloß nicht schon früher darauf gekommen?

Fünf Minuten später stand sie etwas besser gelaunt auf, um sich doch noch fertig zu machen. Bloomfields Vorlesung zu verpassen war eine rein lebenserhaltende Maßnahme. Aber bei ihm hatte sie mittlerweile einfach zu viele Fehlstunden angehäuft, als dass sie sich eine erneute Auszeit genehmigen konnte. Das hatte selbst dieser Langweiler schon bemerkt, wie er ihr erst letzte Woche zu verstehen gegeben hatte. Aber es gab ja Gott sei Dank das eine oder andere Mittelchen, das die unleidige Universität mit all ihren noch unleidigeren Geschöpfen etwas erträglicher machte.

Falkirk und Connie saßen schweigend im Auto. Beide hingen ihren Gedanken nach, und keiner verspürte große Lust, etwas zu sagen. Falkirk hatte der Spurensicherung das kleine Tütchen mit dem unheilvollen

Zitat zur Untersuchung mitgegeben, obwohl er sich keine allzu großen Hinweise davon versprach. Wahrscheinlich hatte der Täter, wenn er nicht gerade ein absoluter Dilettant war, Handschuhe getragen und die einzigen Fingerabdrücke darauf gehörten zu Frank Dermod.

Aber vielleicht ergaben sich ja irgendwelche brauchbaren Erkenntnisse im Hinblick auf das verwendete Papier oder den Drucker, den der Täter benutzt hatte. In der momentanen Situation galt es sich an jeden Strohhalm in der Beweissicherung zu klammern. Falkirk hatte es außerdem bisher vermieden, Constable Norton oder irgendjemand anderen in seinen und Connies gemeinsamen Verdacht einzuweihen. Dazu war das Ganze einfach noch zu unausgegoren, aber ein Blick zu Connie genügte, und er wusste, dass es in ihr genauso arbeitete wie in ihm selbst.

Sollte die Obduktion tatsächlich ergeben, dass Maureen Rigg ertränkt worden war, ließ sich, vor allem aufgrund des gefundenen Zitats, eine unheilvolle Parallele zu Shakespeares Bühnenfigur nicht mehr leugnen.

»Sie wissen, was es bedeuten könnte, sollten wir beide richtig liegen?« Endlich durchbrach Falkirk die fast schon bedrohlich wirkende Stille im Wagen.

Connie nickte. Langsam drehte sie den Kopf und blickte ihn ernst an. Die Schatten unter ihren sonst so strahlenden grünen Augen waren noch dunkler geworden.

»Ja, ich glaube schon. Sie denken auch an eine Art Ritual, nicht wahr? Ein bestimmtes Muster, an das sich ein Täter hält. In diesem Fall eine Frau so zu töten, damit sie einer Figur von Shakespeare gleicht. Der Gedanke daran ist einfach nur grauenhaft!« Connie wandte den Kopf zum Fenster. Sie wagte nicht auszusprechen, welche Folgen dies haben könnte. Einige Sekunden war es wieder ganz still zwischen ihnen, bevor Falkirk ihren Gedanken zu Ende spann.

»Ja, das ist er in der Tat. Denn ein Ritualmörder gibt sich niemals mit *einem* Opfer zufrieden. Er wird wieder zuschlagen und wieder und wieder. Vielleicht gibt es sogar schon ein zweites Opfer, und wir wissen es nur noch nicht. Es ist alles möglich.«

Falkirk hatte in seiner Laufbahn bisher erst einmal mit einem Frauenmörder zu tun gehabt, der über insgesamt acht Jahre eine grausige Blutspur in Glasgow und Umgebung hinterlassen hatte. Zum Schluss, und dies war der Zeitpunkt, an dem er als ganz junger Sergeant in die Ermittlungen miteinbezogen worden war, waren die Abstände zwischen den Morden immer geringer geworden. Auf seine Spur kamen sie schließlich nur, weil ihm ein Opfer mit viel Glück entkommen konnte.

Aber da hatte er bereits zehn Frauen auf seinem Gewissen. Und jedes Mal lag, penibel genau platziert, eine langstielige rote Rose neben der Leiche. Zehn Frauen ... alleine der Gedanke daran ließ Übelkeit in Falkirk aufsteigen. Connie hörte ihm nachdenklich zu, als er ihr jetzt davon erzählte.

»Warum hat er das getan?«, fragte sie. »Hat er jemals irgendeine Aussage zu seinen Taten gemacht?«

»Oh ja, das hat er allerdings. Voller Stolz auf sich selbst hat er uns erklärt, dass sie doch bestraft werden mussten. Er wurde einmal von einer Frau zurückgewiesen, als er sich mit ihr verabreden wollte, und das hat sein männliches Ego nicht verkraftet.«

Falkirk erinnerte sich noch gut an die emotionslose und eiskalte Stimme des damaligen Täters. Er hatte nicht die geringste Spur von Reue gezeigt, nicht einmal als das Urteil – lebenslänglich mit Sicherheitsverwahrung – verkündet wurde, hatte er auch nur mit einer Wimper gezuckt. Ein Monster ... Ein anderer Begriff fiel ihm dazu bis heute nicht ein.

»Und deshalb mussten zehn Frauen ihr Leben lassen? Was, wenn Maureen Rigg erst der Anfang einer ähnlichen furchtbaren Serie ist?« Connies Stimme klang ungewohnt heftig.

»Davon müssen wir unter Umständen ausgehen. Ophelia ist schließlich nicht die einzige tragische Figur, die William Shakespeare das Zeitliche segnen ließ.«

»Ja, ich weiß, die Liste seiner weiblichen Opfer ist schier endlos. Patrick, wenn das wirklich der Fall sein sollte, wenn wir tatsächlich einen Shakespeare-Mörder jagen müssen, dann stehen wir vor einem wahren Albtraum.«

Anne Rigg war gerade dabei, die Fenster im Badezimmer zu putzen, als es an der Haustür klingelte. Auf der obersten Stufe der wackeligen Küchenleiter balancierend, versuchte sie vergeblich aus dem Fenster im ersten Stock einen Blick auf die Besucher zu erhaschen. Aber wer auch immer dort unten warten mochte, er hatte nicht lange an der kleinen Gartentür ausgeharrt, sondern war bereits durch den Vorgarten auf das Grundstück gekommen und stand jetzt unmittelbar vor dem Haus.

Anne hätte durch diese kleine Turnübung beinahe das Gleichgewicht verloren und konnte sich gerade noch am Fenster abstützen.

»Na prima«, murmelte sie ärgerlich. Auf der soeben sauber geputzten Scheibe war nun gut sichtbar der Abdruck ihrer linken Hand zu erkennen. Das Ganze also noch mal von vorne, dachte sie, wütend über sich selbst. Als ob sie nicht schon genügend zu tun hätte. In einer Stunde musste sie bei den Bloomfields sein, und davor hatte sie eigentlich noch in die Stadt zum Einkaufen fahren wollen.

»Denis, mach mal bitte die Tür auf«, rief sie, und als nach ein paar Sekunden keine Antwort kam, wiederholte sie das Ganze eine Spur lauter, und ein zorniger Unterton machte sich allmählich in ihrer Stimme breit. »Denis! Es hat geklingelt!«

Aber außer einigen dumpfen Bassgeräuschen, die bereits den ganzen Morgen das Haus in seinen Grundfesten erschütterten und an Annes Nerven zerrten, kam aus dem Zimmer ihres Sohnes keinerlei Reaktion. Vorsichtig kletterte sie von der Leiter, als es auch schon ein zweites Mal klingelte.

»Ja, ja, ich komm ja schon«, schimpfte sie leise vor sich hin, während sie die Treppe hinunterlief. Mit einem energischen Ruck riss sie die Haustür auf und sah sich zwei unbekannten Besuchern gegenüber – einem Mann und einer Frau.

»Ja? Was kann ich für Sie tun?« Ihre Stimme klang gereizt, denn sie wollte die ungebetenen Gäste so schnell wie möglich wieder loswerden.

5. Kapitel

»Es bleibt bei dem, was wir ausgemacht haben, verstanden?« Falkirk sagte dies mit ungewohntem Nachdruck, als er und Connie vor dem Haus der Riggs ankamen.

Sie nickte kurz. »Natürlich, Sir.« Er hätte es nicht noch einmal ausdrücklich erwähnen müssen.

Sie hatten auf der Fahrt vereinbart, Maureens Angehörigen noch nichts über ihren aufkeimenden Verdacht zu erzählen – zumindest so lange nicht, bis das endgültige Ergebnis der Obduktion vorlag. Es würde auch so schon schlimm genug für die Eltern des Mädchens werden, und Falkirk wollte sie mit noch unbewiesenen Mordtheorien nicht zusätzlich quälen.

Die Riggs wohnten in einem kleinen Einfamilienhaus am Ende einer Seitenstraße nicht weit von den East Sands entfernt. Das Haus sah genau so aus wie all die anderen Häuser, die sich, wie Perlen an einer Kette, entlang der Straße reihten, so, als hätte ein Architekt nur einen einzigen Entwurf gezeichnet und diesen beliebig oft vervielfältigen lassen. Was höchstwahrscheinlich auch der Fall war.

Die Gegend gehörte nicht eben zu den besten Wohnvierteln von St. Andrews und hatte an diesem tristen, grauen Januarmorgen etwas ganz besonders Trostloses an sich. Im Gegensatz zu den Nachbargrundstücken machte das vor ihnen stehende Haus jedoch einen weniger heruntergekommenen und vernachlässigten Eindruck, und Falkirk musste unvermittelt an den Vater des toten Mädchens denken. Nach allem, was er von Constable Norton bisher wusste, war Gary Rigg als Hausmeister an der Universität beschäftigt, und sein handwerkliches Geschick kam ganz offensichtlich auch seinem eigenen kleinen Heim zugute.

»Gut, dann wollen wir mal.« Falkirk sah Connie auffordernd an.

Sie drückte auf den Klingelknopf, über den sich ein in liebevoller Handarbeit angefertigtes Tonschild befand, auf dem der Familienname zu lesen war, und stellte fest, dass die Gartentür nicht verschlossen war. Als sie sich durch den kleinen Vorgarten der Haustür näherten, konnten sie den steten Rhythmus einer Bassgitarre hören und die laute Stimme einer Frau. Offenbar war ihr Besuch bisher ungehört geblieben.

An der Tür angekommen, klingelte Falkirk ein zweites Mal. Er würde gleich derjenige sein, der mit den Angehörigen zu sprechen begann, und Connie beneidete ihn um diese Aufgabe wahrlich nicht. Den Blick starr auf die dunkelgrüne Haustür gerichtet, versuchte sie sich auszumalen, was sich momentan dahinter abspielte. Anscheinend gab es gerade Streit, wahrscheinlich um die viel zu laute Musik, die das kleine Häuschen förmlich zum Beben brachte. Wahrscheinlich wurde deswegen öfters gestritten – eine ganz normale, alltägliche Situation an einem ganz normalen, alltäglichen Mittwochvormittag. Aber in ein paar Minuten würde in dieser Familie nichts mehr so sein wie es einmal war. Und sie würden diejenigen sein, die es ihnen sagen mussten.

Connie musste plötzlich daran denken, was man im Mittelalter mit den Überbringern schlechter Nachrichten angestellt hatte. Nicht selten waren diese, obwohl vollkommen unschuldig, grausam hingerichtet worden, gleichsam als Strafe für das Leid, das der Adressat durch sie erfahren musste. Was wohl mit Falkirk und ihr damals geschehen wäre?

Ihr wurde in diesem Moment nicht zum ersten Mal bewusst, dass sie ihre Emotionen noch besser in den Griff bekommen musste, dass sie, wie Falkirk einmal so schön gesagt hatte, nicht mit jedem Mordopfer, dessen Tod sie aufklärten, mitsterben dürfe, um eine wirklich gute Polizistin zu werden. Ihn ließ die ganze Situation auch nicht kalt, das wusste Connie, und sie war auch sehr froh darüber, kein abgestumpftes Monster als Vorgesetzten zu haben, das ein Menschenleben unter Routinearbeiten abhakte. Aber er schaffte es auch immer wieder, sein Entsetzen und seine Abscheu in einen geradezu entfesselt wirkenden Ehrgeiz zu verwandeln, der ihn antrieb und ihn nicht eher ruhen ließ, bis er die Person, die so viel Leid verursacht hatte, erwischt hatte.

Als sie jetzt vor der Haustür der Riggs standen und darauf warteten, dass diese geöffnet wurde, fragte sich Connie, ob ihre Abneigung zu heiraten und eine Familie zu gründen, mit ihrem Beruf zusammenhing. Konnte es sein, dass sie sich deshalb so sehr gegen eigene Kinder wehrte, weil sie schon mehrmals miterleben hatte müssen, was einem Kind alles zustoßen konnte. Ganz egal, wie gut man auch darauf aufpasste und wie sehr man sich darum sorgte, hundertprozentig beschützen und behüten konnte man es nie.

Wie wenig Michael doch diese Seiten ihres Berufes kannte. Räuber und Gendarm spielen mochte eine Seite sein, Eltern sagen zu müssen, dass ihr Kind grausam ermordet wurde, eine ganz andere. Das Schlimmste für Connie war dabei immer die Vehemenz, mit der sich Eltern gegen eine solche Nachricht wehrten, das verzweifelte Nicht-akzeptieren-wollen, dass es ihr Kind getroffen hatte, das ungläubige Entsetzen, das sich allmählich ausbreitete.

Auf der anderen Seite der Tür waren eilige Schritte zu hören. Sekunden später stand außer Atem Maureens Mutter vor ihnen.

Sie hatten sie offensichtlich bei Hausarbeiten gestört, denn ihre Hände steckten in dunkelblauen Gummihandschuhen, von denen sie einen gerade versuchte abzustreifen. Sie wirkte leicht gereizt, was nicht verwunderte angesichts der Tatsache, dass sie wahrscheinlich schon den ganzen Morgen den dumpfen Klang der Musik ertragen musste.

»Guten Tag, Madam. Sie sind Mrs. Anne Rigg?« Falkirk versuchte seiner Stimme einen neutralen Klang zu geben.

»Ja. Was wollen Sie von mir? Ich kaufe nichts, das kann ich Ihnen gleich sagen!«

Maureens Mutter, in der Annahme, gleich mit einem Zeitungsabonnement oder Ähnlichem konfrontiert zu werden, musterte sie skeptisch. Sie war eine große, schlanke Frau mit dunkelbraunen, nach oben gesteckten Haaren, an deren Schläfen sich erste graue Strähnen abzeichneten. Unter ihren Augen deuteten sich leichte Schatten an und verliehen ihrem Gesicht einen erschöpften und angespannten Ausdruck. In diesem Augenblick hörte die Bassgitarre im Obergeschoss zu spielen auf, und für einen kurzen Moment war es ganz still. »Endlich, der Junge treibt mich noch in den Wahnsinn damit.« Anne Rigg schien gar nicht zu bemerken, dass Falkirk ihre Frage noch nicht beantwortet hatte, denn sie wandte sich von ihnen ab und rief die Treppe hinauf. »Denis, komm sofort herunter. Du hast deinem Vater versprochen, den Zaun auszubessern.«

Connie und Falkirk tauschten einen raschen Blick aus. Der Chief Inspector hüstelte verlegen, ehe er zu einem neuen Versuch ansetzte. Seinen Dienstausweis in der rechten Hand sagte er: »Mrs. Rigg, wir wollen Ihnen nichts verkaufen. Wir sind von der Polizei. Ich bin Chief Inspector Patrick Falkirk und dies ist Sergeant Connie Wraight. Dürften wir einen Augenblick hereinkommen?«

»Polizei?« Anne drehte sich abrupt zu ihnen um und blickte sie mit großen Augen an. »Was hat er denn jetzt schon wieder angestellt? Wollen Sie ihn etwa gleich mitnehmen?« Die Fragen kamen wie aus der Pistole geschossen.

»Wie bitte?« Falkirk verstand nicht ganz.

»Meinen Sohn. Was hat Denis getan? Deshalb sind Sie doch hier, oder?« Ihre Stimme klang hektisch, und auf ihren Wangen begannen sich rote Flecken auszubreiten.

Ehe Falkirk antworten konnte, hatte sie auch schon weitergesprochen. »Er war gestern Abend und auch heute Morgen die ganze Zeit zu

Hause, falls Sie deswegen hier sind. Das kann ich bezeugen, er hat mir mit seiner Musik schließlich fast den letzten Nerv geraubt.«

Anne zeigte eine geradezu professionelle Routine im Umgang mit Polizeibeamten und deren Fragen, ein Umstand, den sie offenbar ihrem Sohn zu verdanken hatte. Der Besuch bei den Riggs begann überhaupt nicht so, wie Falkirk sich das vorgestellt hatte, das merkte Connie nur allzu deutlich. Anne stand ihnen mittlerweile regelrecht kampfeslustig gegenüber – jederzeit bereit, ihren Bassgitarre vergewaltigenden Sprössling mit Haut und Haaren vor den Eindringlingen zu verteidigen. Falkirk startete einen erneuten, fast schon verzweifelten Versuch.

»Nein, Mrs. Rigg, wir sind nicht wegen Ihres Sohnes hier. Es geht um Ihre Tochter. Dürften wir vielleicht ...« Aber auch diese Mal kam er nicht sehr viel weiter.

»Maureen? Was hat denn Maureen mit der Polizei zu tun?«

»Das würden wir Ihnen gerne drinnen sagen. Könnten wir vielleicht ...?«, fragte Falkirk geduldig und deutete mit seiner Hand eine Bewegung in Richtung Hausflur an.

»Äh ... ja, natürlich.« Sie trat einen Schritt zur Seite und ließ sie eintreten.

»Nun sagen Sie schon, was ist mit Maureen? Hatte sie etwa einen Unfall mit ihrem Fahrrad?« Aus Annes Stimme war die Verblüffung mittlerweile gewichen, und eine nicht zu überhörende Besorgnis hatte sich breit gemacht. Sie machte keine Anstalten, die beiden Beamten in das Wohnzimmer zu führen, sondern schien hier und jetzt eine Erklärung zu erwarten.

»Sie müssen wissen, mir ist das nämlich überhaupt nicht recht, dass sie jeden Morgen die Zeitungen ausfährt, vor allem nicht jetzt, mitten im Winter, wo es noch stockdunkel ist. Ich habe ihr immer wieder gesagt, dass ...« Anne hielt plötzlich in ihrem Redefluss inne und starrte Falkirk durchdringend an. »Sie beide tragen keine Uniform. Sie ... Sie sind gar nicht von der Verkehrspolizei, oder? Maureen hatte keinen Unfall?«

Ihre Stimme nahm einen fast bittenden Klang an. Connie wäre es in diesem Moment am liebsten gewesen, die Bassgitarre hätte wieder zu spielen begonnen, um das, was Falkirk sogleich sagen würde, nicht hören zu müssen. Aber ihre instinktive Weigerung würde die schlimme Wahrheit kein bisschen besser machen.

»Nein, Mrs. Rigg. Wir sind nicht von der Verkehrspolizei. Wir sind von der Mordkommission. Es tut mir sehr leid, Ihnen das jetzt sagen zu müssen, aber Ihre Tochter ...«

»Nein! Ich will es nicht hören. Sagen Sie mir bitte, dass das nicht wahr ist«, flehte ihn Anne an.

Sie wusste, was seine Worte und sein fast väterlicher Tonfall zu bedeuten hatten. Genau wie Connie empfand sie plötzlich das instinktive Bedürfnis, sich die Ohren zuzuhalten, um ihm nicht länger zuhören zu müssen, um diese furchtbare Nachricht, die er gleich sagen würde, einfach nicht hören zu müssen. Aber Falkirk konnte es ihr nicht ersparen.

»Mrs. Rigg, so leid es mir tut, aber Ihre Tochter wurde heute Morgen tot am Strand gefunden. Allem Anschein nach wurde sie ermordet.«

Anne starrte sie sekundenlang schweigend an. Jegliche Farbe war aus ihrem Gesicht gewichen. Dann schloss sie langsam die Augen, und Tränen begannen über ihre Wangen zu laufen. Verzweifelt schüttelte sie immer wieder den Kopf, unfähig, einen klaren Gedanken zu fassen.

»Ermordet? Meine Maureen? Mein kleines Mädchen? Tot? Ermordet? Nein! Nein, das kann nicht sein. Nicht Maureen! Nein!«

Als sie eine Stunde später wieder im Wagen saßen, war Connie froh, dass Falkirk erst einmal mit der Gerichtsmedizin telefonierte, um, entgegen seiner ursprünglichen Pläne, Dr. Boyers schon jetzt auf den Zahn zu fühlen. Sie verspürte im Moment keine Lust zu sprechen – auch nicht mit ihm. Stumm schaute sie aus dem Fenster und ließ die Ereignisse der letzten Stunde Revue passieren.

Denis Rigg war durch die Schreie seiner Mutter misstrauisch geworden und wie ein Racheengel die Treppe hinuntergerast. Erst als Falkirk sich als Polizist zu erkennen gab, hatte er seine Angriffslust etwas gezähmt. Der Tod seiner Schwester allerdings entlockte Denis im ersten Moment überhaupt keine Reaktion. Sein Gesicht wirkte versteinert, und wie ferngesteuert führte er sie auf Falkirks Bitte hin in das angrenzende Wohnzimmer, wo Connie Anne vorsichtig auf das Sofa bettete. Erst als Falkirk Denis nach seinem Vater und dem Namen ihres Hausarztes fragte, befreite er sich aus seiner Erstarrung. An eine Befragung seiner Mutter war überhaupt nicht zu denken, sodass sie sich, während sie auf den herbeigerufenen Arzt warteten, notgedrungen an den Jungen wenden mussten. Weit kamen sie jedoch nicht, denn plötzlich waren Schritte im Flur zu hören, und Sekunden später stand Gary Rigg im Wohnzimmer.

In diesem Moment schallte Dr. Boyers Stimme aus dem eingeschalteten Lautsprecher der Telefonanlage und riss Connie aus ihren Gedanken. »Ich habe erst vor einer Viertelstunde mit der Obduktion der Leiche begonnen, Falkirk. Momentan kann ich Ihnen noch überhaupt nichts Konkretes sagen.«

Er klang etwas verärgert, aber das störte Falkirk nicht. »Ich weiß, Doktor, aber wir kommen gerade von den Eltern des Mädchens, und Sie können sich bestimmt vorstellen, dass die schnellstmöglich Fortschritte in den Ermittlungen sehen wollen. Kann ein Unfall schon definitiv ausgeschlossen werden?«

»Hm«, brummte Boyers nur mürrisch, bevor er sich dann doch noch entschloss, etwas zu sagen. »Also wie gesagt, ich habe das Mädchen erst kurz untersucht. Das endgültige Ergebnis bekommen Sie frühestens heute Abend, rufen Sie mich bis dahin nicht noch einmal an, haben Sie mich verstanden?«

»Versprochen, Doc, aber könnten Sie mir wenigstens sagen, ob ...«

»Ja«, bellte Boyers ins Telefon, »kann ich. Und werde ich auch, wenn Sie mich endlich einmal ausreden ließen.«

Falkirk warf Connie einen Blick zu, der so viel sagte wie »Wer hat hier wen unterbrochen?«, aber wagte es nicht, den ohnehin schon aufgebrachten Pathologen zu berichtigen.

»Also«, fuhr Boyers etwas besänftigter fort, »einen Unfall können wir definitiv ausschließen. Dem Mädchen wurde ein Schlag auf den Hinterkopf verpasst, der sie wahrscheinlich noch nicht getötet, aber auf alle Fälle betäubt hat. Den Druckstellen an der Schulterpartie nach zu urteilen, wurde sie danach gewaltsam festgehalten – wahrscheinlich hat man sie unter Wasser gedrückt und ertränkt. Aber das kann ich Ihnen erst sicher sagen, wenn ich mir die Lunge angesehen habe. Eine Vergewaltigung vor ihrem Tod können wir allerdings ausschließen. Und jetzt, Falkirk, lassen Sie mich bitte meine Arbeit machen!«

Dr. Boyers Stimme hatte bei seinen letzten Worten einen fast schon bedrohlichen Klang angenommen, und Falkirk wagte keine weiteren Fragen zu stellen.

»Danke, Doc, Sie haben uns schon sehr geholfen. Bis später«, beeilte er sich deshalb nur zu sagen.

Er schaltete das Telefon ab und blickte lange auf das Haus der Riggs, ehe er sich schließlich zu Connie umwandte. »Wenigstens ist ihr eine Vergewaltigung erspart geblieben. Aber Sie wissen trotzdem, was es heißt, Connie?«, fragte er leise.

»Ja, Sir. Wir werden den Riggs über kurz oder lang beibringen müssen, dass ihre Tochter eine tote Ophelia ist.«

39

6. Kapitel

Gary Rigg stand am Wohnzimmerfenster und wartete darauf, dass die beiden Polizisten endlich wegfuhren. Was gab es denn jetzt vor ihrem Haus noch zu tun? Warum konnten sie sie denn nicht einfach nur in Ruhe lassen? Er blickte zur Zimmerdecke, denn aus dem Obergeschoss waren gedämpfte Stimmen und eilige Schritte zu hören. Penibel genau würden ihre Kollegen das Zimmer durchsuchen und jedem noch so kleinen Hinweis darin nachgehen müssen, hatte die junge Polizistin ihm freundlich erklärt. Sie hatte dabei sehr mitfühlend geklungen, aber auch das konnte ihn nicht trösten. Nichts würde Gary je trösten können.

Was gedachten sie denn in Maureens Zimmer zu finden? Welche Hinweise auf ihren grausamen Tod sollte es dort geben? Er hatte die Beamten der Spurensicherung eigentlich nicht alleine dort lassen wollen, aber als er an der Türschwelle stand, stellte er plötzlich fest, dass er das Zimmer nicht betreten konnte. Stattdessen hatte er Denis gebeten, ein Auge auf diese unsinnige Durchsuchungsaktion zu werfen. Denis – der einfach nur stumm da stand und kein Wort gesagt hatte, seit sein Vater nach Hause gekommen war.

Gary war sofort vom College losgefahren, als ihn dieser Chief Inspector am Telefon gebeten hatte, nach Hause zu kommen. Seine Stimme hatte so freundlich geklungen, und Gary hatte deshalb auch gleich gewusst, dass es dieses Mal nichts mit seinem Sohn zu tun hatte, sondern etwas wirklich Schlimmes zu Hause auf ihn wartete. Wenn es bisher um Denis gegangen war und darum, ihn nach einer wüsten Schlägerei sturzbetrunken von der Wache abzuholen, waren die Beamten am Telefon noch nie freundlich und mitfühlend gewesen. Wie sollte er diesen Moment jemals vergessen? Anne tränenüberströmt auf der Couch, daneben zwei wildfremde Menschen mit ernsten Gesichtern, und Denis, der einfach nur stocksteif dasaß und vor sich hinstarrte. In diesem verdammten Augenblick wusste er bereits, dass seinem Mädchen etwas zugestoßen war, ohne dass irgendjemand auch nur einen einzigen Satz zu ihm gesagt hatte.

Sie würden keine unnötige Unordnung machen, es könnte allerdings sein, dass sie das Eine oder Andere zur genaueren Untersuchung ins Labor mitnehmen müssten, wurde ihm von einem der Beamten der Spurensicherung mitgeteilt. Er würde selbstverständlich eine Quittung dafür bekommen, damit auch alles seine Ordnung habe. Was spielte das jetzt noch für eine Rolle? In seinem Leben würde nie wieder irgendetwas in Ordnung sein, ganz egal, wie viele Quittungen man ihm dafür ausstellte.

Wo sie jetzt wohl gerade suchten? In ihrem Kleiderschrank? Wie oft hatte Anne mit Maureen gezankt, wenn sie mal wieder ein T-Shirt oder einen ihrer heißgeliebten Jeansröcke einfach in ein Fach gestopft hatte, anstatt sie ordentlich zu falten. Und er selbst – hatte er sich nicht furchtbar aufgeregt, als Maureen unbedingt ihr erstes Poster an die Schranktür kleben musste und die Hälfte der Schrankfarbe an der Klebefolie hängen geblieben war? Zum Teufel mit den sauber gefalteten Hemden und der Farbe!

Oder pinselten sie gerade über ihren Schreibtisch und wühlten in den Schubläden? Gary stellte fest, dass er nicht einmal wusste, ob seine Tochter eigentlich eine Art persönliches Tagebuch geführt hatte. Für diesen Mädchenkram, wie Denis es immer nannte, hatte er sich nie sonderlich interessiert. Hätte er es doch bloß getan! Hätte er doch bloß mehr Anteil am Leben seiner Tochter genommen!

Sie würden vor nichts Halt machen, nichts war vor ihren sterilen Gummihandschuhen und ihren scharfen Augen sicher. Dieser Chief Inspector und seine Kollegin hatten sich nur kurz in Maureens Zimmer umgesehen, aber danach war ein ganzer Tross an Beamten angerückt. Dafür hatten die beiden Fragen gestellt, unzählige Fragen, von denen er viele nicht beantworten konnte. Aber Anne war in diesem Moment nicht bei ihm – Anne, die sonst immer an seiner Seite war. Sie hatte gerade eine Beruhigungsspritze von Dr. Graham bekommen und durfte schlafen, musste sich diese unendlichen Fragen nicht anhören.

Welche Freunde Maureen hatte? Ob sie gerne ausging und wohin? Natürlich war sie gerne ausgegangen, wie jedes siebzehnjährige Mädchen, hatte sich hübsch dafür gemacht, aber nie war sie einfach so über Nacht weggeblieben, hatte höchstens mal bei einer Freundin übernachtet, aber dann wusste Anne immer Bescheid. Woher sollte er wissen, wohin sie genau gegangen war? Wahrscheinlich in eines der Pubs oder zu einem der Mädchen nach Hause. Wo Maureen arbeitete, hatte die Frau ihn weiter gefragt. Ob sie gut mit ihren Kollegen ausgekommen sei und warum sie denn frühmorgens Zeitungen ausgetragen habe, wenn sie doch eine Lehrstelle im Friseurladen hätte.

Weil er, ihr eigener Vater, nicht genug verdiente, um ihr diese verdammte Schule in Glasgow zu bezahlen, auf die sie unbedingt wollte, hatte er der Beamtin entgegengebrüllt. Sie war zusammengezuckt und hatte ihn erschreckt angeschaut, und im selben Augenblick hatte es ihm auch schon wieder leid getan, und er hatte sich beschämt entschuldigt. Sie könne seine Trauer sehr gut verstehen, hatte sie dann gesagt, aber sie müsse diese Fragen stellen, weil es für die Aufklärung von Maureens Tod wichtig sein könnte. Ob sie denn eigene Kinder habe, war seine einzige Antwort darauf gewesen. Als sie es verneinte, wollte er nur wissen, wie sie dann seine Trauer verstehen könne.

Dieser Chief Inspector dagegen hatte sich Denis vorgeknöpft, ihn mit den gleichen schier endlos scheinenden Fragen malträtiert, auf diese aber auch keine Antworten bekommen. Ob Denis denn wisse, wer Maureens Freunde seien, wie sie ihre Freizeit verbracht und ob sie sich für Literatur interessiert habe. Die letzte Frage hatte Gary sehr verwirrt, aber er hatte nicht lange Zeit, darüber zu rätseln, warum es für die Polizei wichtig war, welche Bücher Maureen gelesen hatte, denn der Junge war wie gewöhnlich sehr verstockt und trieb seinen Vater damit fast zur Weißglut. Der Polizist dachte wohl, er habe einen Schock erlitten, und meinte deshalb, er würde gegebenenfalls zu einem späteren Zeitpunkt noch einmal mit ihm sprechen. Seine Stimme klang dabei schon wieder so freundlich.

Aber Gary wusste, dass das nichts ändern würde. Denis rückte nie mit der Sprache heraus, egal, wie viel Zeit man ihm ließ und wie sehr man ihn bat, mit einem zu reden. Gary konnte nicht einmal sagen, wie das Verhältnis zwischen seinen Kindern gewesen war. Hatten sie sich gemocht? Als sie noch kleiner waren, hatte es oft Streit gegeben, aber in den letzten Jahren schienen sie beide ihr Leben zu leben, ohne den Anderen daran teilhaben zu lassen.

Als ob er die Gedanken seines Vaters lesen konnte, kam Denis in diesem Augenblick die Treppe herunter. Wie immer wenn er außer Haus ging, trug er seine schwarze Lederjacke. Sein blondes Haar hatte er seit Kurzem stoppelkurz geschnitten, und sein rechtes Ohrläppchen zierte eine ganze Reihe von Ohrsteckern und kleinen Silberringen. Die blauen Augen blickten trotzig in Richtung seines Vaters, und ohne ein Wort zu sagen öffnete er die Tür.

»Denis«, rief Gary ihm hinterher, »wo willst du denn jetzt hin? Du bleibst gefälligst zu Hause!«

Aber wie immer verhallten seine Worte ungehört. Denis zuckte nur mit den Schultern, ehe er sich schließlich doch noch zu einer kurzen Antwort bequemte. »Ich muss noch mal weg.«

»Du wirst heute überhaupt nirgendwo mehr hingehen, hast du mich verstanden? Du bleibst zu Hause!« Gary war in den Hausflur gelaufen und wollte seinen Sohn zurückhalten, aber dieser war schon nach draußen verschwunden und gerade dabei, auf sein klappriges Motorrad zu steigen, das er direkt vor der Haustür abgestellt hatte.

»Denis!«

Als Antwort hörte Gary nur das Aufheulen des Motors, und Sekunden später brauste sein Sohn mit quietschenden Reifen davon.

Helen Bloomfield saß gut gelaunt an ihrem Schreibtisch und blätterte leise vor sich hin summend in einem alten Buch. Was für eine Überraschung würde es heute Nachmittag geben, wenn sie diese kostbare kleine Rarität ihrem Literaturzirkel präsentieren konnte. Bisher hatte sie sich nur in einige versteckte Andeutungen gehüllt, ohne jemandem etwas von ihrem grandiosen Fang zu verraten, auch wenn ihr das die letzten Wochen sehr schwer gefallen war. Selbst Imelda Barton wusste noch nicht Bescheid und würde bestimmt Augen machen. Und das mochte bei der guten Imelda durchaus etwas heißen.

»Der General«, wie sie zu ihrer aktiven Zeit als Dozentin der Universität von St. Andrews von Studenten, aber auch einigen jüngeren Kollegen heimlich genannt wurde. Sie war Helens Vorgängerin am Institut für Englische Literaturwissenschaft und auch in ihrem wohlverdienten Ruhestand eine glühende Verfechterin ihres einstigen Spezialgebietes geblieben – William Shakespeare. »Der einzige Mann in meinem Leben«, wie sie zu sagen pflegte, »der mich nach all den Jahren immer noch zu begeistern weiß.« Ihren drei Ehemännern war dies offensichtlich nicht gelungen ...

Helen selbst mochte Imelda – sehr sogar. Denn trotz ihres oftmals nach außen hin sehr rauen Wesens und ihres strengen Tonfalls, der anscheinend keinen Widerspruch duldete, war Imelda eine herzensgute Seele, die einen Mitmenschen niemals im Stich lassen würde, wenn er Hilfe benötigte. Helen selbst hatte diese Erfahrung erst vor ein paar Monaten gemacht, als sie nach einem furchtbaren Autounfall wochenlang außer Gefecht gesetzt war.

Mitten im Sommerurlaub hatte sie eines Tages am Steuer ihres Wagens plötzlich mit Kreislaufproblemen zu kämpfen. Leonard war an diesem Tag im Hotel geblieben, aber Helen wollte nicht auf eine ihrer geliebten Touren zum Meer verzichten, obwohl sie sich schon die Tage zuvor nicht besonders gut gefühlt hatte. Aber sie hatte die Signale ihres Körpers einfach verdrängt. Schließlich waren sie ja weggefahren und hatten St. Andrews und der Universität mit all ihren Verpflichtungen den Rücken gekehrt, damit sie sich endlich einmal etwas erholen konnte. Die Sonne und die Fahrt an der Küste entlang waren genau das richtige Rezept dafür.

Doch die anstrengenden Wochen und Monate zuvor hatten ihren Tribut gefordert. Das unkontrollierte Auto war schließlich in einer kleinen Böschung abseits der Straße zum Stillstand gekommen – keine drei Meter von einer hohen Eiche entfernt. Mit Schaudern dachte Helen daran, was wohl passiert wäre, wenn sie den Baum nicht verfehlt hätte. Aber es war auch so schon schlimm genug gewesen. Ein komplizierter Beinbruch und mehrere Rippenbrüche sorgten dafür, dass sie für längere Zeit ans Bett gefesselt war, und dies zu allem Überfluss auch noch Hunderte Meilen von ihrem Zuhause entfernt – in einem kleinen walisischen Küstenstädtchen, wo sie froh sein konnte, dass es überhaupt so etwas wie ein Krankenhaus gab. Helen war zwar das, was Laura, ihre Tochter, scherzhaft »hart im Nehmen« nannte, aber sie hätte damals einiges darum gegeben, in ihrem ohnehin schon desolaten Zustand wenigstens in ihrer vertrauten Umgebung sein zu können.

Und dann waren eines Tages wie aus heiterem Himmel Imelda und Elizabeth im Krankenzimmer gestanden. Helen hatte sich noch nie so sehr über einen Besuch gefreut, und von diesem Moment an war es auch gesundheitlich spürbar aufwärts gegangen. Leonard hatte zwar alles in seiner Macht Stehende getan, um ihr die Situation etwas zu erleichtern, aber es war nicht das erste Mal, dass sie dies nicht wirklich aufheitern konnte. In Augenblicken wie diesen fragte sie sich immer, welche Faszination einmal von ihm ausgegangen war, dass sie ihn schließlich geheiratet hatte – eine Faszination, von der, wie sie zu ihrem Entsetzen hatte feststellen müssen, schon lange nichts mehr übrig war.

Die Zeit im Krankenhaus hatte ihr damals eine sehr gute Gelegenheit gegeben, über all das nachzudenken. Auch über den Menschen, der ihr Leben für kurze Zeit auf so wunderbare Weise vollkommen auf den Kopf gestellt hatte, und sie war zu dem Schluss gekommen, dass nicht nur der graue und arbeitsreiche Alltag Schuld an ihren Problemen hatte. Es musste sich etwas ändern, *sie* musste etwas ändern, und zwar bald, denn sonst würde diese Ehe nicht mehr lange Bestand haben.

Aber nach ihrem Rücktransport nach Schottland ging alles erst einmal so weiter wie immer. Helen hatte damals plötzlich jegliche Kraft verloren. Kraft, ihr Leben in die Hand zu nehmen und um Leonard und seine Liebe zu kämpfen, anstatt in Resignation und Teilnahmslosigkeit zu versinken. Es war vor allem die unermüdliche Unterstützung von Elizabeth und Imelda, die sie wieder ganz gesund hatte werden lassen, nicht ihr Ehemann. Leonard war nach ihrer Ankunft in St. Andrews von der ungewohnten Situation heillos überfordert und gab sich auch irgendwann keine große Mühe mehr, es nicht zu sein. Er war es einfach gewohnt, dass Helen die starke Frau an seiner Seite war, die, fast einem Roboter gleich, immer perfekt funktionierte und immer einen Ausweg wusste, ganz egal wie verfahren und schwierig die Situation gerade sein mochte.

Aber ich bin ja selbst schuld daran, dachte sie, als die letzten Wochen und Monate langsam an ihr vorbeizogen. Schließlich wollte sie genau das immer sein – eine starke, selbstständige Frau. Trotzdem schloss dies nicht aus, dass der Eine für den Anderen da war. Und nach ihrem Unfall hätte sie Leonard das erste Mal in ihrem Leben wirklich gebraucht, denn noch nie hatte sie sich so hilflos und verloren gefühlt wie in jenen Wochen. Laura wollte sofort ihr Studium in Boston unterbrechen, um nach Europa zurückzukommen, aber das hatte sie ihr natürlich eiligst ausgeredet. Leonard wäre die Person gewesen, von der sie sich Kraft, Stärke und Rückhalt gewünscht hätte. Aber anstelle ihres Ehemannes war es ihre Freundin Elizabeth gewesen, die sie aufgeheitert und ihr immer wieder Mut gemacht, sie fast täglich zur Krankengymnastik gefahren und alle Einkäufe und langwierigen Behördengänge, die der Unfall noch nach sich zog, für sie erledigt hatte.

Leonard war das alles ab einem bestimmten Zeitpunkt nur allzu recht, aber Helen hatte sich fest vorgenommen, sich deswegen nicht mehr zu grämen. So war er nun einmal, schon als sie sich kennengelernt hatten. Immer ein bisschen weltfremd und geistesabwesend und in irgendwelche Arbeit versunken, so, als würde er nicht ganz zum wirklichen Leben gehören, zu einem Leben, das sie, seine Frau, mit ihm teilen wollte. Sie hatte von ihm im Grunde genommen keine andere Reaktion erwartet, und zu seiner Verteidigung musste schließlich gesagt werden, dass insbesondere Imelda, ihrem alten Ruf gerecht werdend, einen geradezu generalstabsmäßigen Plan für Helens Genesung aufgestellt hatte, in dem ihm kein besonderer Platz zugewiesen worden war. Drei Ehemänner hatten auch bei einer Frau wie Imelda ihre Spuren hinterlassen.

Aber mitten in all den nagenden Zweifeln und Ängsten waren Helens Kampfgeist und der Wille, nicht aufzugeben, zurückgekehrt, und sie schaffte es, pünktlich zur ersten Unterrichtsstunde einigermaßen auf den Beinen zu sein. Die Aussicht, wieder unterrichten zu können, war schließlich das Beste, das sie sich wünschen konnte. Momentan erinnerte sie nur noch eine kleine Metallschraube in ihrem rechten Unterschenkel, die in einigen Wochen entfernt werden sollte, an den Unfall. Umso erfreuter war sie jedes Mal, wenn sie sich bei ihren beiden unermüdlichen Helfern erkenntlich zeigen konnte.

Und dieses wahre Prachtstück in ihren Händen war eine erneute, ja geradezu perfekte Gelegenheit dazu. Behutsam packte sie das Buch

45

wieder ein und legte es dann in ihre Schreibtischschublade zurück. Heute Nachmittag würde es seinen ersten großen Auftritt haben, ein Auftritt, der insbesondere in Imeldas Sinn sein würde. Helen wollte sich, immer noch tief in Gedanken versunken, gerade der täglichen Post widmen, als das Telefon läutete. Vorsichtig stand sie auf, denn das lange Sitzen hatte ihre Beinmuskeln steif werden lassen – ein weiteres Andenken an den Unfall, das sich jedoch laut Aussage der Ärzte bald verabschieden sollte.

Gary Rigg, der Ehemann ihrer Hausangestellten, meldete sich. Erstaunt blickte Helen auf ihre Armbanduhr. Seine Frau Anne kam dreimal die Woche zu ihnen und hätte in der Tat schon seit einer halben Stunde hier sein sollen. Wahrscheinlich war sie krank, denn sie war normalerweise die Zuverlässigkeit in Person und kam nie zu spät. Was Helen dann jedoch von Gary erfahren musste, rief nur grenzenloses Entsetzen in ihr hervor und ließ sie wie betäubt auf den Stuhl niedersinken.

7. Kapitel

Falkirk und Connie hatten sich nach dem unerfreulichen Gespräch mit Dr. Boyers auf den Weg zu Frank und Rose Dermod gemacht, dem Ehepaar, das die tote Maureen Rigg gefunden hatte. Während er den Wagen durch das mittlerweile sehr belebte St. Andrews steuerte, war Falkirk mit seinen Gedanken schon eine Stunde weiter.

»Connie, nach unserem Besuch hier fahren wir zuerst auf das Revier. Danach kümmern Sie sich bitte um den Friseursalon, in dem Maureen angestellt war. Vielleicht wissen die ja ein bisschen mehr über ihre Freunde und ihr Privatleben.«

Connie nickte. Die Informationen, die sie von Gary Rigg bekommen hatten, waren ziemlich dürftig gewesen. Er wusste über das Leben und die Aktivitäten seiner Tochter nicht allzu viel Bescheid, und seine Frau, Maureens erste Ansprechpartnerin, würde vor morgen Nachmittag nicht vernehmungsfähig sein. Ihr Bruder dagegen war einer von der ganz verstockten Sorte. Er witterte in jedem Polizisten sofort einen potentiellen Feind und zeigte sich entsprechend alles andere als kooperativ. Bei dem Gedanken an ihn griff Connie spontan zum Autotelefon, um sich vom Kollegen auf dem Revier Denis' Polizeiakte vorlesen zu lassen.

Es überraschte sie beide nicht wirklich, als sie erfuhren, dass Denis Rigg schon mehrmals wegen Schlägereien und Sachbeschädigungen in Pubs und Kneipen der Umgebung, meist begangen im Zustand absoluter Volltrunkenheit, auf das Revier mitgenommen worden war. Momentan lief auch noch ein Ermittlungsverfahren wegen Einbruchs in ein Elektrowarengeschäft gegen ihn. Annes Abneigung gegen die Polizei war nach diesen Informationen durchaus verständlich.

»Vielleicht weiß Rose Dermod ja über die Familie etwas genauer Bescheid. Immerhin hat sie das Mädchen gleich erkannt.«

Aus Falkirks Stimme war leichte Unzufriedenheit zu hören. Sie brauchten dringend erste Anhaltspunkte, um endlich mit konstruktiven und konkreten Ermittlungen anzufangen.

»Und vor allem brauchen wir dringend Boyers' Autopsiebefund«, murmelte er grimmig vor sich hin. »Damit steht und fällt unser gesamtes weiteres Vorgehen.«

»Was haben Sie eigentlich vor, sobald wir mit den Dermods fertig sind?«, fragte Connie. Aus seinen Worten schloss sie, dass der Chief danach getrennte Ermittlungen für sie beide plante.

»Ich? Ich werde mich mit der Universität in Verbindung setzen. Dort gibt es ein literaturwissenschaftliches Department, und wo das ist, kann ein Shakespeare-Experte nicht weit sein. Und mit dem möchte ich mich auf alle Fälle einmal unterhalten.«

Constable Norton hatte Rose bereits einen weiteren Besuch der Polizei im Laufe des Tages angekündigt, sodass es sie und Frank nicht verwunderte, als Falkirk und Connie plötzlich vor ihrer Tür standen und darum baten, ihnen noch einige Fragen stellen zu dürfen. Rose war fast erleichtert, dass endlich jemand da war, mit dem sie über die furchtbaren Ereignisse des Morgens reden konnte. Frank und sie waren nach ihrer Rückkehr ins Cottage einfach nur stumm in ihrer kleinen Küche gesessen, unfähig, einen konkreten Gedanken zu fassen.

Zweimal war Rose aufgestanden und zum Telefon gegangen, aber auf halbem Wege wieder umgekehrt. Sie hatte dabei nicht gewusst, wen sie eigentlich anrufen wollte, sie wollte einfach nur mit jemandem sprechen. Im ersten Augenblick hatte sie an ihre Schwester gedacht, aber diesen Gedanken schnell wieder verworfen. Ein totes junges Mädchen in unmittelbarer Nachbarschaft wäre für Marianne nur ein weiterer Grund gewesen, sie zum sofortigen Umzug zu überreden. Reverend Peter Gordon schien ihr da schon eine bessere Lösung zu sein. Er kannte Anne und ihre Familie seit Jahren, und Maureen war schließlich ein Mitglied seiner Gemeinde gewesen. Er würde sich bestimmt sofort zu den Riggs aufmachen und versuchen, ihnen in dieser schweren Stunde beizustehen. Aber Frank hielt das für keine gute Idee. »Warte damit, bis die Polizei hier ist. Vielleicht will der Chief Inspector nicht, dass wir mit irgendjemandem darüber reden«, hatte er Bedenken eingeräumt.

»Aber Reverend Gordon ist nicht einfach irgendjemand, Frank. Er ist unser Pfarrer, und als solcher muss er doch wissen, was in seiner Gemeinde passiert ist«, hatte sie ihm entgegnet, und als er nichts darauf erwiderte, fast trotzig hinzugefügt: »Noch dazu, wenn es so ein schreckliches Unglück gegeben hat.«

Aber dann hatte sie schließlich doch nicht zum Hörer gegriffen, sondern war erneut unverrichteter Dinge an ihren Platz auf der Eckbank zurückgekehrt. Vielleicht hatte Frank ja recht, und die Polizei wäre von ihrer Aktion tatsächlich nicht begeistert. Sie blickte vorsichtig zu ihm hinüber, und sein Anblick tat ihr in der Seele weh. Er war in den letzten zwei Stunden um Jahre gealtert. Plötzlich waren dort tiefe Furchen zu erkennen, wo heute Morgen nur kleine Lachfältchen zu sehen gewesen waren. Aus seinen Augen war jeglicher Glanz verschwunden, und Rose sah deutlich sein schmerzverzerrtes Gesicht, sobald er die Finger bewegte.

Normalerweise waren die Vormittagsstunden seine beste Zeit am Tag, ließ ihn das Rheuma wenigstens etwas in Ruhe, bevor es gegen Abend, wenn sein Körper müde war, immer schlimmer wurde. Wie gerne hätte sie seine schlanke knochige Hand gedrückt, um ihm zu signalisieren, dass er in dieser schweren Stunde nicht alleine war, aber sie wagte es nicht vor lauter Angst, ihm damit noch mehr weh zu tun.

Stattdessen lehnte Rose den Kopf gegen die Wand, schloss für ein paar Sekunden die Augen und versuchte zu begreifen, was sich vor ein paar Stunden ereignet hatte. Nur das stete Ticken der alten Küchenuhr war noch zu hören und ab und zu ein tiefer schmerzvoller Atemzug von Frank, als sie plötzlich durch das Klingeln an der Haustür aufgeschreckt wurden. Endlich jemand, der diese bleierne Stille durchbrach, war Roses erster Gedanke.

Sobald Connie und Falkirk sich vorgestellt und auf der kleinen Eckbank Platz genommen hatten, wuselte sie geschäftig in der Küche umher, um für alle Tee zu kochen. Sie hörte im Hintergrund, wie der Chief Inspector Frank die ersten Fragen stellte, und hatte plötzlich Angst, an den Tisch zurückzukehren. Was würde passieren, wenn er zu der Stelle kam, an der er ein vermeintlich loses Kleiderbündel am Strand entdeckt hatte. Wie würde Frank reagieren, wenn er erzählen musste, dass er darin auf einmal einen Menschen erkannt hatte, dem sie, Rose, sogar einen Namen geben konnte?

Connie bemerkte, dass sie sich nicht wohl fühlte, stand auf und ging zu ihr an den Herd, wo das Wasser bereits am Kochen war.

»Rose, ich darf doch Rose sagen, oder? Sie haben das Mädchen gekannt, nicht wahr? Sie wussten sofort, um wen es sich handelte?«

Rose nickte kurz und betrachtete die Beamtin, die eben einen kleinen Notizblock aufklappte. Sergeant Wraight war eine sehr attraktive Frau. Die langen rötlichen, dicht gelockten Haare verliehen ihr etwas fast Mystisches. Ihre Gesichtszüge waren ebenmäßig und sehr fein, nur die dunklen Schatten unter ihren schönen grünen Augen bewahrten das Bild vor seiner Vollkommenheit.

Als Polizistin hat sie bestimmt schon viel Schlimmes sehen und erleben müssen, dachte Rose plötzlich. Sie hat auch Maureen gesehen heute Morgen, hat gesehen wie sie so leblos dalag, durchnässt und ganz kalt. Sie weiß vielleicht, wie es mir jetzt geht.

Und mit einem Mal sprudelten die Worte nur so aus ihr heraus. Connie ließ sie einfach reden. Das Teewasser kochte inzwischen wie

wild in der kleinen Kasserolle, aber Rose bemerkte es nicht. Vorsichtig drehte Connie die Flamme aus und hörte weiter zu. Nur einmal warf sie einen kurzen fragenden Blick zu Falkirk, aber der nickte unmerklich. Als Rose mit der Frage, ob sie den Reverend benachrichtigen dürfe, schließlich zum Ende kam, lächelte Connie ihr aufmunternd zu.
»Natürlich dürfen Sie das, Rose. Er wird Ihnen dankbar sein, dass er es nicht aus der Zeitung erfahren muss. Sie und Mrs. Rigg, Sie singen schon lange im Kirchenchor?«

Rose nickte eifrig, und so erfuhr Connie nach und nach die ganze Geschichte von Anne Rigg und ihrer Familie.

»Sie hat mir schon ein paar Mal angeboten, nach unserem Haushalt zu sehen, falls wir es eines Tages nicht mehr selbst schaffen sollten. Und keinen Penny wollte sie dafür annehmen, dabei weiß ich doch, wie dringend sie das Geld bräuchten. Dieses Angebot hätte ich niemals annehmen können.« Sie schwieg ein paar Sekunden und sagte dann: »Und jetzt müssen ausgerechnet *wir* das Mädchen finden, können Sie sich vorstellen, wie schrecklich ich mich fühle? Ich werde Anne Zeit meines Lebens nie wieder in die Augen sehen können, ohne dabei an Maureen zu denken, und ihr wird es ganz genau so gehen. Oh mein Gott, das ist alles so furchtbar!«

Im Polizeirevier angekommen, trommelte Falkirk sofort das kleine Team zusammen, das er noch im Auto telefonisch bei Superintendent Robinson angefordert hatte. Als dieser von dem toten Mädchen und auch von Falkirks und Connies Verdacht gehört hatte, konnten sie seine Besorgnis und sein Unbehagen förmlich durch die Sprechanlage hören. Ein Psychopath, der womöglich monatelang mordend durch St. Andrews zog, war das Letzte, was Robinson ein paar Monate vor seiner Pensionierung noch gebrauchen konnte.

Obwohl sie personell äußerst knapp besetzt waren, willigte er schließlich in die Hinzunahme von drei weiteren Leuten ein. Constable Norton, Sergeant O'Reilly und Sergeant Henderson waren die Auserwählten und saßen Falkirk nun gespannt und aufmerksam lauschend gegenüber. Connie musste instinktiv an drei kleine Schuljungen denken, die vom Schuldirektor zum Rapport bestellt worden waren, und konnte sich ein kleines Lächeln nicht verkneifen. Der Verdacht, bei dem Mord an Maureen Rigg könnte es sich um einen Ritualmord handeln, der nur den Anfang einer unheimlichen Serie bedeutete, schlug ein wie eine Bombe und löste im ersten Moment bei allen Dreien ungläubiges Staunen aus.

»Das ist auch der Grund, warum Sie momentan mit Sergeant Wraight und mir zusammenarbeiten«, erklärte Falkirk. »Wir warten zwar noch auf das endgültige Ergebnis von Dr. Boyers, aber die ersten Anzeichen lassen mich Allerschlimmstes befürchten. Henderson, Sie fahren bitte mit Sergeant Wraight in den Friseursalon, in dem die Tote gearbeitet hat. Versuchen Sie herauszubekommen, ob Maureen in der letzten Zeit irgendjemanden erwähnt hat, mit dem sie sich treffen wollte oder mit dem sie ausging, wohin sie abends ging, wenn sie noch etwas vorhatte. Vielleicht haben wir ja Glück und eine ihrer Arbeitskolleginnen gehörte zu ihrem Freundeskreis. Der Vater und der Bruder konnten uns in dieser Richtung leider überhaupt nicht weiterhelfen, und bis Mrs. Rigg vernehmungsfähig ist können noch Tage vergehen. Danach fahren Sie bitte zu dem Zeitungshändler, für den sie nebenbei arbeitete. Ich will genau wissen, ob sich eventuell jemand auffällig nach Maureen und ihrer morgendlichen Route bei ihm erkundigt hat, außerdem brauche ich eine Liste aller Kunden, die vom Opfer beliefert wurden. Von Frank Dermod wissen wir bisher nur, dass sie dieser Tätigkeit erst seit etwa drei Monaten nachging, und wohl ab und zu nicht ganz pünktlich war, aber mehr leider auch nicht.«

Henderson hatte sich während Falkirks Ausführung eifrig Notizen gemacht und blickte jetzt verheißungsvoll in Connies Richtung. Diese lächelte ihm kurz zu, ganz froh, mit ihm ab sofort zusammenarbeiten zu können. Sie kannte ihn noch von der Polizeiakademie, wo er mit ihr zusammen den Abschluss machte und als einer der zuverlässigsten und besten Absolventen ihres Jahrgangs galt. Außerdem, und das war Connie im Moment fast noch wichtiger, war er einfach ein sehr netter Kerl, der weder glaubte, weiblichen Kollegen mit impertinentem Machogehabe imponieren zu müssen, noch sie geringschätzte.

Vor allem für Letzteres war Kieran O'Reilly schon eher ein Kandidat, obwohl er diese Einstellung nicht nur auf Frauen beschränkte, sondern auf alles und jeden in seiner Umgebung. Er kam, wie Conny, aus St. Andrews und war schon mit ihr in die Grundschule gegangen. Sie musterte seine markanten Gesichtszüge, die im Moment ernst und verschlossen waren, aus den Augenwinkeln heraus und erinnerte sich daran, dass er damals als einer der besten Rugbyspieler und Schwimmer galt und es ganze Heerscharen an Mädchen gab, die mit ihm zum Abschlussball gehen wollten. Damals wie heute war es ihr ein Rätsel, was die Frauen an ihm fanden. Mochte er auf den ersten Blick auch ausgesprochen attraktiv wirken, seine Arroganz und Überheblichkeit nahmen ihm in Connies Augen jegliche Spur von Sympathie und Schönheit. Sie war Falkirk dankbar, dass er ihn mit Norton zum

Dienst einteilte. An die beiden gewandt, fuhr Falkirk in diesem Augenblick mit seinen Anweisungen fort.

»Norton und O'Reilly, Sie durchsuchen die Datenbank zuerst nach allen ungeklärten Mordfällen mit weiblichen Opfern der ... hm ... sagen wir mal der letzten fünf Jahre.«

»Fünf Jahre?«, rief O'Reilly etwas ungehalten. Archivarbeit war das Letzte, was ihm vorschwebte, als er für Falkirks Team eingeteilt wurde.

»In der Tat, Sergeant«, antwortete der Chief Inspector eisig. »Wir müssen unter Umständen davon ausgehen, dass der Täter schon einmal getötet und sich dann erst mal eine Weile ruhig verhalten hat. Eine durchaus typische Vorgehensweise von Serienkillern, bevor sie dann in immer kleineren Abständen zuschlagen.«

O'Reilly schwieg leicht angesäuert. Norton nickte eifrig, bevor er eine schüchterne Frage stellte. »Ich nehme an, Sie denken dabei an einen etwas größeren Einzugsbereich, Sir?«

»Soweit ich weiß, spuckt der Computer Daten für das ganze Vereinigte Königreich aus, und *daran*, Constable, habe ich auch gedacht. Eventuell werden wir uns sogar mit Scotland Yard in Verbindung setzen müssen.«

»Natürlich, Sir«, beeilte sich Norton hinzuzufügen, wohingegen O'Reillys Laune noch mehr in den Keller zu rutschen drohte. Connie hatte das unbestimmte Gefühl, dass die ganze Situation Falkirk mittlerweile fast ein bisschen Spaß machte, obwohl sie wusste, dass er Kieran O'Reilly eigentlich mochte und seine Arbeit sehr schätzte.

»Außerdem«, fuhr er ungerührt fort, »will ich über alle Serienmorde der letzten Jahre Bescheid wissen. Ganz egal, nach welchem Prinzip der Täter dabei vorging, und ob er gefasst wurde. Und schließlich ...«, Falkirk machte eine kurze Pause, bevor er weitersprach, »... schließlich besorgen Sie mir bitte die Profile derjenigen, die schon einmal gewalttätig gegenüber Frauen gewesen sind – also Überfälle, Vergewaltigungen, sexuelle Belästigungen und so weiter. Vor allem derjenigen, die mittlerweile wieder auf freiem Fuß sind. Wir sollten außerdem den Bruder der Ermordeten genauer unter die Lupe nehmen, aber darum kümmere ich mich später selbst. Gibt es bis hierhin noch irgendwelche Fragen?«

Die drei Männer schüttelten den Kopf, O'Reilly mit unverhohlener Missbilligung. Connie konnte diesen arroganten Kerl immer weniger ausstehen und war von Minute zu Minute froher, nicht mit ihm zusammenarbeiten zu müssen. Aber letztendlich saßen sie ja doch alle im gleichen Boot.

»Gut. Abschließend noch eine dringende Bitte von Superintendent Robinson: Vorläufig kein Wort über unseren Verdacht und unsere Ermittlungen, haben Sie mich verstanden? Zu niemandem – auch nicht zu anderen Kollegen. Also, dann stürzen wir uns mal in die Arbeit. Ich erwarte heute Nachmittag erste Ergebnisse von Ihnen.«

Falkirks Stimme ließ keinen Zweifel daran aufkommen, dass für ihn die Unterredung hiermit beendet war.

8. Kapitel

Helen war fassungslos, nachdem Gary Rigg bei ihr angerufen und ihr die schreckliche Nachricht von Maureens Tod mitgeteilt hatte, und kam sich auf einmal wieder so schwach und hilflos vor wie einige Monate zuvor in ihrem Krankenbett. Sie hätte dem Mann so gerne etwas Tröstendes gesagt, hätte ihm so gerne Mut gemacht, aber sie wusste, dass alles, was sie sagen würde, nur leere Phrasen waren. Denn nichts würde für Anne und Gary Rigg jemals wieder gut werden.

Das Einzige, das sie ihm anbieten konnte, war immer für sie da zu sein, aber auch diese Worte klangen in der momentanen Situation nichtig und leer. Helen rief sofort Laura an, wohlwissend, dass es in Boston noch nicht einmal sechs Uhr morgens war. Aber sie musste jetzt einfach ihre Stimme hören, musste wissen, dass es ihr gut ging. Als ihre Tochter sich verschlafen am Telefon meldete, kam Helen sich mit einem Mal furchtbar albern vor. Gleichzeitig überkam sie eine unglaubliche Dankbarkeit.

Wie gut es ihnen doch ging und wie glücklich sie sich schätzen konnten, eine junge, gesunde Tochter zu haben. Leonard – ich muss Leonard Bescheid sagen, was passiert ist, dachte sie plötzlich und griff spontan noch einmal zum Telefonhörer. Aber dann fiel ihr ein, dass er mittwochs immer sehr schlecht zu erreichen war. Vorlesungen und Seminare reihten sich aneinander, und er würde bestimmt nicht vor sieben zu Hause sein. Aber zurückrufen könnte er wenigstens, dachte sie und beschloss, bei seiner Sekretärin eine Nachricht zu hinterlassen.

Danach fühlte sie sich jedoch auch nicht viel besser. Sie ging in die Küche, um sich einen Tee zu kochen, aber noch während das Wasser in den Kessel lief, drehte sie den Hahn wieder ab. Um diese Zeit hatte Anne immer einen Tee für sie beide gemacht, und Helen hatte sich zu ihr in die Küche gesetzt und sie hatten sich eine Weile unterhalten. Mittwochs war sie nicht am Institut, und sie genoss die Stunden, die sie zu Hause in Ruhe arbeiten konnte, sehr. Sie erinnerte sich, dass sie es hauptsächlich gewesen war, die erzählt hatte. Anne dagegen hatte immer nur interessiert zugehört und schnell abgewiegelt, wenn das Gespräch auf sie und ihre Familie kam. Es würde Helen nur langweilen, meinte sie lachend, aber Helen spürte nur zu genau, dass sie Sorgen hatte, hatte sie aber nie genau danach gefragt. Warum eigentlich nicht?

Ziellos lief sie eine Weile im Wohnzimmer umher, als das Klingeln

des Telefons sie aufschrecken ließ. So schnell sie konnte eilte sie an das kleine Tischchen. Leonard war wahrscheinlich durch ihre Nachricht äußerst beunruhigt. Als sie jedoch auf das Display blickte, konnte sie die vertraute Nummer dort nicht entdecken. Irgendein unbekannter Anrufer war am anderen Ende der Leitung.
»Bloomfield«, meldete sie sich deshalb zögernd.
»Guten Tag, ich bin Chief Inspector Patrick Falkirk von der Mordkommission in St. Andrews. Spreche ich mit Dr. Helen Bloomfield?«, schallte es ihr aus dem Hörer entgegen.

Nachdem Falkirks kleines Team sich an die Arbeit gemacht hatte, blieb er alleine in seinem bescheiden ausgestattetem Büro zurück. Er blätterte kurz Connies Aufzeichnungen über Rose Dermods Aussage durch, bevor er sich an seinen Computer setzte. Wie jeden Tag war eine kurze E-Mail von Sharon in seinem Posteingang. Sie hatte mit den täglichen Nachrichten zu seinem Dienstantritt in St. Andrews begonnen, um ihn etwas aufzuheitern und viel Glück zu wünschen, und längst war daraus eine liebgewonnene Gewohnheit geworden. Heute Morgen war er nach dem Anruf aus dem Revier sofort losgefahren und hatte seine Frau deshalb nur kurz gesehen. Zu kurz, wie Falkirk jetzt feststellte. Sharon hatte es nicht einfach, das wusste er, war er doch irgendwie auch immer mit seiner Arbeit verheiratet.
Danach rief er die Internetseite der Universität von St. Andrews auf. Es dauerte nicht lange, bis er das Institut für Englische Literaturwissenschaft fand. Wie er es Connie bereits vorausgesagt hatte, gab es natürlich auch einen Lehrstuhl für Shakespeareliteratur, allerdings befand sich der zuständige Professor, ein gewisser Alan McBrody, laut Angabe auf der Homepage in diesem Semester zu Forschungszwecken an der Universität von Illinois und würde erst im nächsten akademischen Jahr wieder in St. Andrews lehren. Falkirk hoffte inständig, den Mord an Maureen Rigg im September nicht mehr als ungelösten Fall auf seinem Schreibtisch finden zu müssen.
Missmutig klickte er durch die übrigen Dozenten, die an Professor McBrodys Lehrstuhl beschäftigt waren, als er plötzlich über einen Namen stolperte, den er heute schon irgendwo gelesen hatte: Dr. Helen Bloomfield.
Bloomfield ... Bloomfield ... Falkirk dachte angestrengt nach, konnte ihn aber nirgendwo einordnen. Erst als sein Blick langsam über den Schreibtisch und Connies Unterlagen darauf wanderte, fiel es ihm wie Schuppen von den Augen. Natürlich, daher war ihm der

Name bekannt! Schnell blätterte er durch die Aufzeichnungen – und tatsächlich, hier stand es. Laut Rose Dermod war Anne Rigg nebenbei als Hausangestellte tätig, und bei einer der Familien handele es sich ihres Wissens nach um Professor Leonard Bloomfield und seine Frau Helen.

»Das ist ja interessant«, murmelte Falkirk und klickte den Namen von Helen Bloomfield an. Neben einem bemerkenswerten Lebenslauf – unter anderem ein Doktorandenstipendium an der Universität von Oxford, zahlreiche Publikationen und Forschungsarbeiten – gab es auch eine Übersicht der Seminare, die sie in diesem Jahr leitete.

Der Chief Inspector warf nur einen kurzen Blick darauf, aber dieser genügte. Er vergewisserte sich noch einmal, um auch jedem Irrtum vorzubeugen, aber es gab keinen Zweifel. Das Seminar, das Helen Bloomfield immer donnerstags von dreizehn bis fünfzehn Uhr in Raum 251 SWG des St. Salvator's College hielt, war laut Institut an alle Studenten im Abschlussjahr gerichtet, da es eine exzellente Vorbereitung für das Examen in frühneuenglischer Literatur darstelle.

Titel: *Ophelia, Julia und Desdemona – William Shakespeare und warum diese Frauen sterben mussten.*

Falkirk starrte einige Sekunden wie gebannt auf den Bildschirm, als ihn das Läuten des Telefons unsanft aus seinen Gedanken riss, die alle gleichzeitig durch seinen Kopf schossen. Auf dem Display war die Nummer der Gerichtsmedizin zu erkennen. Obwohl Dr. Boyers ihm vor den Abendstunden keine endgültigen Ergebnisse versprochen hatte, schien er jetzt doch schon Neuigkeiten zu haben. Blitzschnell nahm Falkirk den Hörer ab.

Dr. Boyers teilte ihm ohne Umschweife das Ergebnis der Obduktion mit, allerdings nicht ohne den deutlichen Hinweis, dass Falkirk schließlich nicht der Einzige sei, der viel zu tun habe.

»Wie ich schon vermutet hatte, wurde die junge Frau zuerst mit einem stumpfen Gegenstand von hinten niedergeschlagen und damit betäubt. Danach hat man sie zum Meer gebracht und dort schließlich ertränkt. Ihre Lunge weist eindeutig Spuren von Salzwasser auf. Am Körper selbst sind außer der Kopfverletzung und den Abdrücken an den Schulterpartien keine Spuren zu erkennen, allerdings hat sie leichte Schürfwunden an beiden Knien und am linken Handgelenk, die auf einen typischen Fahrradunfall hindeuten. Todeszeitpunkt war in etwa um halb sechs Uhr, plusminus eine Viertelstunde. Den fertigen Bericht haben Sie in zwei Stunden auf dem Tisch.«

Für den Pathologen war das Telefongespräch hiermit beendet, und obwohl Falkirk wusste, dass es eigentlich unnötig war und nur eine erneute Verärgerung bei Boyers auslösen würde, fragte er trotzdem nach.

»Sie sind sich also absolut sicher, Doc, dass Ertrinken die Todesursache war und ein Unfall ausgeschlossen werden kann?«

»Ja«, bellte Boyers wütend aus dem Hörer, »das ist genau so sicher wie die Tatsache, dass die junge Frau zum Zeitpunkt ihres Todes in der sechsten Woche schwanger war. Haben Sie sonst noch irgendwelche Fragen, die meine Kompetenz betreffen?«

Connie Wraight war mit Henderson gerade am Friseursalon angekommen und hatte den entsetzten Arbeitskollegen von Maureen erklärt, warum diese heute nicht zur Arbeit kommen würde, als ihr Mobiltelefon klingelte. Falkirk erklärte ihr in wenigen Sätzen, was er soeben von Boyers erfahren hatte und welche Entdeckung er selbst kurz zuvor auf der Homepage der Universität gemacht hatte.

»Connie, versuchen Sie herauszufinden, ob jemand im Laden etwas von der Schwangerschaft gewusst hat. Wir müssen unbedingt den Vater des Kindes finden.« Seine Stimme klang aufgebracht.

»Wir tun, was wir können, Sir. Momentan herrscht hier allerdings nur Chaos und Entsetzen. Ich melde mich, sobald ich mehr weiß.« Connie hatte Mühe, das soeben Gehörte zu verdauen. Damit hatte schließlich keiner von ihnen gerechnet. Henderson wollte gerade die Besitzerin des Friseurgeschäftes genauer befragen, als er von ihr ein Zeichen bekam.

»Andy, bevor wir hier weitermachen ... Es gibt Neuigkeiten vom Chief Inspector, die Sie unbedingt wissen sollten.«

Falkirk griff erneut zum Telefonhörer und wählte die angegebene Nummer der Vermittlungsstelle an der Universität. Eine aufgeweckte weibliche Stimme erklärte ihm, dass Dr. Bloomfield mittwochs nicht am Institut sei.

»Ihr Ehemann, Professor Leonard Bloomfield, ist jedoch im Haus. Ich kann Sie sehr gerne mit den Wirtschaftswissenschaften verbinden, Sir.«

»Nein, vielen Dank. Ich müsste unbedingt mit Mrs. Bloomfield persönlich sprechen. Sie haben doch ihre Privatnummer, nehme ich an? Es ist wirklich sehr dringend.«

Zwei Minuten später hörte er Helen Bloomfields Stimme am anderen Ende der Leitung.

9. Kapitel

Elizabeth Scott kam gerade aus einem der Seminarräume, als sie Mr. Trinkle am anderen Ende des Korridors erblickte, ausnahmsweise nicht von einer dichten Qualmwolke umgeben, da auf allen Gängen strenges Rauchverbot herrschte, dafür aber aufgeregt mit beiden Armen winkend. Obwohl sie am liebsten spontan das Weite gesucht hätte, bemühte sie sich krampfhaft um ein freundliches Lächeln, war sich allerdings nicht sicher, ob es gelang. Es dauerte eine Weile, bis er sich gegen die aus allen Räumen strömenden Studenten durchgekämpft hatte, aber schließlich stand er schwer atmend und mit hochrotem Kopf vor ihr.

»Matthew, wie schön, Sie zu sehen«, flötete sie ihm mit gespielter Freundlichkeit entgegen und schämte sich im selben Moment dafür. »Was machen Sie denn um diese Zeit in der englischen Literaturwissenschaft? Sie werden doch Ihrem Department nicht untreu werden?« Elizabeth hoffte inständig, er wolle derartig spontane Besuche nicht zu einer neuen Gewohnheit werden lassen. Die Montagnachmittage reichten ihr hinlänglich.

»Ich wollte nur nachsehen, ob mit Ihnen alles in Ordnung ist«, erklärte er, immer noch außer Atem.

»Was sollte denn mit mir nicht in Ordnung sein?«

»Ich habe gerade in den Nachrichten gehört, dass ein junges Mädchen oben bei den East Sands mit dem Fahrrad einen tödlichen Verkehrsunfall hatte, und da dachte ich mir, Sie könnten eventuell damit gemeint sein.«

Elizabeth musste unvermittelt lächeln. Oje, wo hatte er diesen Tipp für einen angeblich erfolgreichen Annäherungsversuch bloß wieder aufgeschnappt? Aber sie konnte ihm nicht ernsthaft böse sein. Er bemühte sich ja wirklich um sie.

»Matthew, ich bin weder ein junges Mädchen noch fahre ich mit dem Fahrrad zur Universität. Und an den East Sands wohne ich auch nicht. Wie also kommen Sie darauf, dass *ich* das sein könnte?«

»Oh, ich weiß auch nicht. Aber irgendwie dachte ich mir, dass Sie ...«

»Nein, Matthew, Ihre Sorge um mich in allen Ehren, aber wie Sie sehen, bin ich gesund und munter.«

Bei ihren letzten Worten waren sie vor ihrer Bürotür angekommen, und Elizabeth überlegte krampfhaft, wie sie ihn abwimmeln könnte, ohne dass er dies als solches empfand. In diesem Augenblick hörte sie durch die geschlossene Tür das Klingeln des Telefons. Wer auch immer es sein mochte, er hatte ihr soeben das Leben gerettet.

»Und jetzt entschuldigen Sie mich bitte, Matthew, aber Sie hören ja – die Pflicht ruft. Wir sehen uns.« Rasch hatte sie die Tür aufgeschlossen, und ehe Matthew Trinkle noch etwas erwidern konnte, war Elizabeth auch schon in ihrem Büro verschwunden. Schnell lief sie an ihren Schreibtisch. Wie sich herausstellte, war Helen zu ihrem unfreiwilligen Lebensretter avanciert. Wie könnte es auch anders sein, dachte sie lächelnd und wollte ihr soeben von der Begegnung mit Mr. Trinkle erzählen, als sie mit einem Mal merkte, wie bedrückt Helen klang.

»Helen, ist alles in Ordnung mit dir? Ist etwas passiert?«

Elizabeth erschrak furchtbar, denn ihre Freundin brach plötzlich in Tränen aus. Helen hatte noch nie geweint, selbst dann nicht, als sie, zur vollkommenen Bewegungslosigkeit verurteilt, wochenlang in diesem schrecklichen Krankenhaus gelegen hatte. Es musste etwas Schlimmes passiert sein, dass sie in so einem Zustand war.

Laura! Lieber Gott, lass bitte Laura nichts passiert sein!

Es dauerte eine Weile, bis Helen sich wieder gefangen hatte, und ihr die furchtbaren Neuigkeiten erzählen konnte.

»Und das Mädchen ist ganz sicher ermordet worden?«, fragte Elizabeth fassungslos. Es war zweifellos die selbe Person, die Mr. Trinkle erwähnt hatte. Aber er hatte doch von einem Verkehrsunfall gesprochen. Elizabeth schauderte es bei dem Gedanken, dass sie eben noch so herzhaft über ihn und seine Vermutungen gelacht hatte.

»Ja, ist das nicht grauenhaft. Von hinten niedergeschlagen und ertränkt. Aber das Allerschlimmste kommt erst noch, Elizabeth. Ich darf eigentlich mit niemandem darüber sprechen, und du musst mir unbedingt versprechen, dass du es für dich behältst, hörst du?«

»Natürlich, Helen. Du kannst dich auf mich verlassen.« Elizabeth hatte Helen noch nie in so einer schlimmen Verfassung erlebt.

»Stell dir vor, die Polizei hat ein Ophelia-Zitat bei der Toten gefunden. Verstehst du – ausgerechnet Ophelia, und Maureen dazu tot im *Wasser*! Inspector Falkirk ist deshalb fest davon überzeugt, dass einer meiner Seminarteilnehmer etwas mit dem Mord zu tun haben könnte. Kannst du dir das vorstellen, Liz – einer meiner Studenten soll einen Menschen getötet haben!«

Angela war froh, als es endlich dreizehn Uhr war und sie Bloomfields endlosen Monolog wieder einmal überstanden hatte. Wie sollte man sich bei einem derartigen Langweiler auch nur annähernd auf die Abschlussprüfung vorbereiten können? Ihr fielen schon nach fünf Minuten beinahe die Augen zu. Und dann auch noch diese unerträglichen Klugscheißer aus der ersten Reihe, die sich um jede Zusatzaufgabe, die er ihnen aufbrummte, geradezu rissen. Seit ihre beste Freundin Theresa nicht mehr hier war, war ihr St. Andrews noch unerträglicher geworden.

Missmutig stapfte Angela aus dem Gebäude. Theresa hatte letztes Jahr einfach nur Glück gehabt. Einer ihrer mündlichen Prüfer war ein spätpubertärer Jungspund, dem jedes Mal regelrecht die Augen aus dem Kopf zu fliegen drohten, wenn er ihre Freundin auch nur aus der Ferne sah. Und das nutzte sie natürlich eiskalt aus. Die Bluse, die sie zur letzten Prüfung angezogen hatte, grenzte schon fast an Körperverletzung.

Für solche Reize war Langweiler Bloomfield unempfänglich. Er wollte schlicht und einfach präzise Antworten zum europäischen Binnenmarkt von ihr wissen – Antworten, die sie ihm natürlich nicht hatte geben können. Seinen mitleidsvollen Blick, den sie nun jeden Mittwoch von ihm bekam, wenn sie an ihm vorbei aus dem Raum stürmte, konnte er sich getrost sparen. Sie würde auch dieses Jahr versagen und durch die Prüfung fallen, wenn ihr nicht bald etwas einfiel, so viel stand fest.

»Kannst du nicht aufpassen, Blödmann!«, herrschte sie einen vorbeieilenden Studenten an, der beinahe mit ihr zusammengestoßen wäre.

Als er verwirrt aufblickte, erkannte Angela, dass es sich um Andrew Parker handelte, nach Steve Pritchard der zweitgrößte Prolet, der ihrer Meinung nach ungestraft durch die Gegend laufen durfte. Der ging ihr jetzt gerade noch ab. Sie erwartete schon einen dummen Kommentar seinerseits, aber er schien sie überhaupt nicht wahrzunehmen, sondern lief einfach mit gesenktem Kopf weiter. Was für eine bodenlose Frechheit! Wahrscheinlich hatte Robert alle gegen sie aufgehetzt, und sie wurde deshalb wie Luft behandelt. Nicht dass sie auf die Aufmerksamkeit dieser Leute auch nur irgendetwas gegeben hätte! Trotzdem ...

Angela warf einen Blick auf ihre goldene Armbanduhr – eine kleine Gabe von Papachen, zu einer Zeit, als noch mit ihm zu reden war – und ging schnell in Richtung der Fahrradständer weiter. Als sie um die Ecke des hinteren Gebäudetraktes bog, blies ihr der Wind eisig ins Gesicht. Angela hasste den schottischen Winter. Theresa durfte sich momentan auf den Seychellen vergnügen und sich von gut aussehenden Animateuren den Rücken eincremen lassen – ein Geschenk ihres Vaters zum bestandenen Examen! Wütend zog Angela den Reißverschluss ihres Anoraks nach oben. Wenigstens musste sie in dieser Kälte nicht auf ihn warten, denn er stand bereits an einem der Fahrradständer gelehnt, als sie dort ankam.

»Wie viel?«, fragte er.

»Das Übliche.«

Gespräche zwischen ihnen liefen immer nach dem gleichen Schema ab, aber sie hätte auch nicht gewusst, was es Lohnenswertes mit ihm zu reden gegeben hätte.

Mit kalten, klammen Fingern nestelte sie an ihrer Geldbörse und drückte ihm die Scheine in die Hand, die er hastig in die Tasche seiner schwarzen Lederjacke stopfte. Während sie ihn stumm dabei beobachtete, fragte sie sich unvermittelt, ob er eigentlich noch etwas anderes zum Anziehen hatte. Sie kannte ihn nur in ein und derselben Jacke. Aber wahrscheinlich war er auch noch stolz auf dieses unansehnliche Teil.

»Ist was?«, brummte er unfreundlich, als er ihren prüfenden Blick bemerkte.

Irgendetwas war heute komisch an ihm. Nicht, dass es Angela störte, denn sie hatte bekommen, was sie wollte, aber trotzdem war ihr heute in seiner Gegenwart noch unwohler zumute als sonst. Seine Augen durchbohrten sie fast, als er sie jetzt böse anstarrte. Sie zögerte kurz, beschloss dann aber doch, ihren wohlüberlegten Plan an den Mann zu bringen.

»Lust auf einen kleinen Extraverdienst?«, fragte sie deshalb verheißungsvoll und zog gleichzeitig weitere hundert Pfund aus ihrer Geldbörse.

»Hab nicht so viel dabei. Außerdem haben wir ausgemacht: keine Mitwisser, verdammt noch mal!«, sagte er drohend.

»Das habe ich auch nicht gemeint«, wiegelte Angela schnell ab. »Ich dachte vielmehr an eine kleine Extraaufgabe, die du für mich erledigen könntest.«

Misstrauisch blickte er sie an, und als Zeichen ihres guten Willens zog sie einen weiteren Hundertpfundschein hervor.

»Und das, Kleiner, ist erst der Anfang. Bei Erfolg gibt es noch viel viel mehr davon.«

Elizabeth Scott war von Helen Bloomfields Nachricht genauso schockiert wie Helen selbst und hatte ihr sofort angeboten, ihr beizustehen, wenn der Chief Inspector sie verhörte. Denn das hatte er anscheinend noch für den heutigen Nachmittag geplant. Aber davon wollte Helen natürlich nichts wissen. Starke, tapfere Helen, dachte sie mitfühlend. Im Grunde genommen hatte sie nichts anderes von ihr erwartet, denn so war sie immer, seit Elizabeth sie vor zwei Jahren kennengelernt hatte – stark, tapfer, mutig. Nichts schien bei Helen unmöglich zu sein. Aber die momentanen Vorkommnisse warfen auch sie aus der Bahn. Deshalb hatte sie schließlich zugestimmt, als Elizabeth ihr anbot, wenigstens am späten Nachmittag vorbeizukommen.

»Vielen Dank, Liz. Ich werde uns beide bei Imelda entschuldigen. Ich kann unmöglich heute Nachmittag über Shakespeare reden, so, als wäre der grauenhafte Mord an Maureen überhaupt nicht passiert. Oh mein Gott, wenn sie erfährt, was der Chief Inspector vermutet!! Ich darf ihr auf keinen Fall etwas davon sagen.« Helen klang wieder sehr aufgebracht.

»Das musst du auch nicht. Du sagst ihr einfach, dass du dich nach dieser schlimmen Nachricht nicht gut fühlst und später noch bei den Riggs vorbeischauen willst. Das wird sie ganz bestimmt verstehen. Den Rest können wir ihr ja bei Gelegenheit schonend beibringen. Wer weiß, vielleicht hat sich bald schon alles als ein einziges großes Missverständnis herausgestellt.« Elizabeth bemerkte selbst, wie wenig überzeugend sie klang.

10. Kapitel

Falkirk ließ im Archiv ausrichten, dass sich die geplante Besprechung auf den späteren Nachmittag verschieben würde, und fuhr dann direkt zu Helen Bloomfield. Bei Sergeant O'Reilly löste dies alles andere als Begeisterung aus, und entsprechend ungehalten äußerte er sich gegenüber Constable Norton.

»Das ist ja mal wieder typisch! Uns hier die Drecksarbeit machen lassen und selbst in der Gegend spazieren fahren. Wenn diese elende Sucherei wenigstens irgendetwas bringen würde«, murrte er laut vor sich hin. Lustlos hämmerte er weiter auf die Tastatur ein.

Niemand musste O'Reilly erklären, dass Archivarbeit und das Durchforsten von schier endlosen Datenbänken in einem Mordfall genauso wichtig waren wie die Befragung von Zeugen und Verdächtigen und das Suchen nach Spuren am Tatort. Aber warum war ausgerechnet er derjenige, der in diesem finsteren Kellerloch dazu verdonnert wurde, wohingegen Henderson und Connie die wirklich interessante Arbeit machen durften?

Er wusste nicht mehr, wie viele Namen und Daten er in den letzten Stunden gelesen und verglichen hatte, wie viele Obduktionsberichte und Täterprofile er akribisch auf irgendeine Verbindung zu ihrem jetzigen Fall durchsucht hatte, er wusste nur, dass ihm diese sinnlose Arbeit seit der ersten Minute gehörig auf die Nerven ging. Außerdem hatte er Hunger, und dann war er immer besonders unleidig. Ein Blick auf die Uhr sagte ihm, dass es längst Mittagszeit war.

»Wenn der Chief sich noch mal melden sollte, sagen Sie ihm, ich bin in der Kantine. Das wird ja hoffentlich nicht verboten sein!«, herrschte er den Constable ärgerlich an, bevor er aus dem kleinen Büroraum im Keller des Polizeigebäudes stürmte.

Norton war die ganze Zeit in die gefundenen Täterprofile vertieft gewesen und hatte O'Reillys Meckerei nur mit halbem Ohr zugehört. Er blickte erst auf, als die Tür mit einem lauten Knall ins Schloss fiel.

»Kieran«, rief er ihm aufgeregt hinterher, »warten Sie einen Augenblick. Ich glaube, ich habe hier etwas gefunden, das Sie interessieren dürfte.«

Aber O'Reilly war schon im Aufzug verschwunden und hörte Nortons Worte nicht mehr.

Falkirk behagten die Ermittlungen ohne Connie nicht sehr. Besonders den Besuch bei Helen Bloomfield, zu der er gerade unterwegs war, hätte er lieber in Begleitung von Sergeant Wraight absolviert. Helen Bloomfield war anfänglich davon ausgegangen, er habe sie nur wegen ihrer Bekanntschaft mit Anne Rigg angerufen. Als er ihr allerdings die genauen Umstände der Tat und seinen aufkeimenden Verdacht schilderte, weigerte sie sich schlichtweg, auch nur ein einziges Wort davon zu glauben. Die Zusammenarbeit mit ihr würde nicht einfach werden, dessen war er sich jetzt schon bewusst.

Gedankenverloren trommelte er mit den Fingern auf das Lenkrad, während er an einer roten Ampel warten musste. In St. Andrews nahm ein ganz gewöhnlicher Mittwoch seinen Lauf, und noch ahnte niemand in der kleinen Küstenstadt, was sich in den frühen Morgenstunden an den East Sands ereignet hatte. Eine Gruppe Schulkinder überquerte gerade lachend die Straße vor ihm, Frauen mit vollbepackten Einkaufstüten eilten aus dem Supermarkt zu seiner Rechten, und der Wirt des Pubs gegenüber stellte eine Tafel mit den Spezialitäten des Tages auf den Gehsteig, wohlwissend, dass bald die ersten Gäste zum Mittagessen eintreffen würden. Eine Gruppe Studenten mit tragbaren Computern und Taschen voller Büchern kam in diesem Augenblick aus dem kleinen Café an der Ecke. War unter ihnen auch ein Student von Helen Bloomfield? Ein Student, dem es irgendwann nicht mehr genügte, über Shakespeares Frauengestalten nur zu *sprechen*, sondern der, aus welchem Grund auch immer, plötzlich den Drang verspürte, eine davon kopieren zu müssen? Ein Drang, der Maureen Rigg das Leben gekostet hatte. Falkirk hoffte, von Helen Bloomfield erste Antworten darauf zu bekommen.

Die Bloomfields wohnten in einem stattlichen alten Herrenhaus aus der Zeit Königin Victorias im nördlichen Teil der Uferstraße, der Prachtstraße, wie sie in St. Andrews auch genannt wurde. Größer hätten die Unterschiede zu dem kleinen, bescheidenen Heim der Riggs nicht sein können, vor dem er noch einige Stunden zuvor gemeinsam mit Connie gestanden hatte. Falkirk wusste um die Immobilienpreise in dieser Gegend, hatten er und Sharon sich doch auch für ein Haus ganz in der Nähe interessiert, den Plan nach einem ersten Besichtigungstermin jedoch schnell wieder fallengelassen. Langsam näherte er sich jetzt dem Eingangstor, wo er sich an der Sprechanlage bei Helen Bloomfield zu erkennen gab. Als er den langen und gepflegten Kiesweg entlangging, bemerkte er, dass das Haus nur im Winter von der Straße aus zu sehen war, wenn die Bäume, so wie jetzt, nackt und kahl dastanden. In der restlichen Zeit des Jahres würde es das Laub gut vor neugierigen Blicken abschirmen.

Das Wohnhaus war zweistöckig, mit großen einladenden Fenstern, einer offensichtlich erst vor Kurzem renovierten und deshalb strahlend weißen Fassade und einer schweren Eichentür, die in diesem Moment wie von Zauberhand geöffnet wurde. Falkirk sah sich einer attraktiven Frau Mitte vierzig gegenüber. Ihre rotbraunen langen Haare sollten wohl von einem kleinen Kamm gehalten werden, aber die ersten widerspenstigen Locken hatten sich bereits gelöst. Das makellose Gesicht war nur leicht geschminkt, aber er war sich sicher, es hätte auch ohne künstliche Farbunterstützung alle Blicke auf sich gezogen. Ihre großen rehbraunen Augen blickten ihn ernst und leicht vorwurfsvoll an, als er seinen Dienstausweis zückte und sich ihr nochmals vorstellte.

Als sie ihm voraus ins Wohnzimmer ging, stellte er fest, dass sie das rechte Bein unmerklich nachzog. Es war nicht bei jedem Schritt erkennbar, und er bemühte sich, nicht zu sehr auf ihren Gang zu starren. Sie trug einen perfekt sitzenden dunkelbraunen Hosenanzug und, obwohl sie zu Hause war, dazu farblich abgestimmte, sehr elegante hochhackige Schuhe. Das waren so Dinge, die Sharon und Connie wohl immer besser verstehen würden als er, musste er insgeheim und zugleich leicht resigniert feststellen.

Das Wohnzimmer war der Größe des restlichen Hauses entsprechend riesig. An der einen Wandfläche befand sich sogar ein offener Kamin, in dem aufgrund der derzeitigen Temperaturen auch eingeheizt war. Helen Bloomfield bot ihm einen Platz auf einer cremefarbenen Ledercouch an, die zu Falkirks Überraschung sehr bequem war. Sie hatte Tee auf einem silbernen Tablett bereitgestellt, den er gerne annahm. Dabei fiel ihm auf, dass sein Magen sich allmählich meldete, denn er hatte mal wieder das Mittagessen verpasst.

Helen Bloomfield hatte bisher die Rolle der Gastgeberin perfekt gespielt, ihn mit geradezu übertriebener Höflichkeit empfangen, es aber tunlichst vermieden, den eigentlichen Grund seines Besuches anzusprechen. Als sie ihm jetzt jedoch direkt gegenübersaß, gab es kein Entrinnen mehr. Er sah plötzlich, dass ihre Augen leicht gerötet waren. Anscheinend hatte sie geweint. Vorsichtig griff er in seine Jackentasche und holte das kleine Stück Papier heraus, das er kurz zuvor von der Spurensicherung wieder zurückbekommen hatte. Natürlich ohne ein zufriedenstellendes Ergebnis, aber darüber würde er sich später den Kopf zerbrechen. Leise begann er den seltsam anmutenden Text vorzulesen.

»*Ich hoffe, alles soll gut gehen. Wir müssen Geduld haben; und doch kann ich nicht anders als weinen, wenn ich denke, dass sie ihn in den kalten Boden hineinlegen sollen ...*«

Weiter kam er nicht, denn Helen sprach das Zitat für ihn zu Ende.

»Mein Bruder soll es erfahren, und hiermit dank' ich euch für euern guten Rat. Kommt, wo ist meine Kutsche? Gute Nacht, meine Damen; gute Nacht, schöne Damen; gute Nacht, gute Nacht.«

Ist das der Text, den Sie bei Maureen Rigg gefunden haben?«, fragte sie zögernd, wobei sie es tunlichst vermied, ihn anzusehen.

»Ja, sie hielt ihn in ihrer rechten Hand.«

Helen Bloomfield erwiderte nichts darauf, sondern beobachtete nur nachdenklich die allmählich verbrennenden Holzscheite im Kamin, die leise vor sich hin knisterten. Falkirk wollte nicht länger Kaffeekränzchen spielen und auch nicht wie die Katze um den heißen Brei herumschleichen müssen. Er kam deshalb direkt zur Sache.

»Wie ich Ihnen schon am Telefon gesagt habe, Dr. Bloomfield, ist Maureen Rigg zuerst bewusstlos geschlagen, dann zum Meer geschleppt und dort ertränkt worden. Danach hat man sie nicht einfach im Wasser liegen gelassen, wo sie durch die Strömung wahrscheinlich weggespült worden wäre, sondern an den Strand zurückgebracht und gut sichtbar dort abgelegt. Fast wie auf dem Präsentierteller. Und damit nicht genug. Als Krönung der ganzen Inszenierung wurde ihr auch noch dieses Zitat in die Hand gedrückt. Dr. Bloomfield ...«

»Helen«, unterbrach sie ihn. »Bitte sagen Sie doch Helen zu mir.«

»Gut. Also Helen, alle bisherigen Entdeckungen deuten im Moment auf ein Tötungsritual hin. Der Täter hat anscheinend jede Anstrengung unternommen, um eine Kopie der toten Ophelia zurückzulassen. Gleichzeitig bietet ausgerechnet die Universität, die sich keine fünf Meilen vom Tatort entfernt befindet, ein Seminar an, das sich mit weiblichen Shakespeare-Opfern befasst. Was also würden Sie an meiner Stelle tun?«

Seine Stimme war lauter geworden als beabsichtigt, und er stellte fest, dass Helen erneut Tränen in die Augen traten. Aber sie schluckte nur einmal kräftig, bevor sie mit fester Stimme antwortete.

»Das muss noch lange nicht heißen, dass meine Studenten in diesen furchtbaren Mord verwickelt sind. Die Internetseite der Hochschule kann schließlich von jedem gelesen werden, und Shakespearestücke sind weltweit bekannt. Irgendein irrer Psychopath kann auf diese Idee gekommen sein.«

»Wir ermitteln selbstverständlich auch in diese Richtung. Meine Kollegen sind gerade dabei, unzählige Täterprofile zu überprüfen. Aber wir müssen nun einmal *jeder* noch so geringen Spur nachgehen, und dazu gehören auch Ihre Studenten«, blieb Falkirk standhaft, und als sie nichts darauf erwiderte, fügte er hinzu: »Helen, es ist nur eine erste Vermutung. Nicht mehr, aber auch nicht weniger.«

»Und was wollen Sie jetzt von mir wissen? Welche Noten die Studenten bisher bei mir hatten und ob ich deshalb einem von ihnen einen Mord zutraue? Jenkins, nur achtundvierzig Punkte, das sieht mir aber schwer nach einem Motiv aus. Und McLaughlin, Ihr Interesse an *Hamlet* wird mir jetzt doch langsam unheimlich. Was denken Sie eigentlich, Inspector, mit wem Sie es zu tun haben? Ich leite ein literaturwissenschaftliches Seminar und keine Gruppe potenzieller Schwerverbrecher!« Ihre Stimme hatte einen schrillen Klang angenommen und Zornesröte breitete sich auf ihren Wangen aus.

»Nein, natürlich nicht«, versuchte er die aufgebrachte Situation etwas zu beruhigen. »Mich interessiert in erster Linie, worüber Sie in den bisherigen Sitzungen gesprochen haben. Gab es irgendwelche Auffälligkeiten? Vielleicht besondere Bemerkungen seitens einer Person?«

»Mir hat keiner von irgendwelchen Mordplänen erzählt, falls Sie das meinen. Tut mir leid, Inspector.« Ihre Stimme triefte vor Sarkasmus, aber Falkirk ließ sich nicht provozieren.

»Wie viele Leute sind eigentlich in diesem Seminar?«, fragte er deshalb geduldig.

»Ach, Namen und Adressen der Verdächtigen haben Sie sich noch gar nicht geben lassen. Welch eine Überraschung!«, schleuderte sie ihm wütend entgegen.

Er erwiderte im ersten Moment nichts darauf. Eigentlich hatte er nicht bis zum Äußersten gehen wollen, aber sie ließ ihm mit ihrer Sturheit und Uneinsichtigkeit schließlich keine andere Wahl.

»Helen, ich habe Anne Rigg heute Vormittag erklären müssen, dass ihre Tochter ermordet wurde …«

»Das ist nicht fair, Inspector«, sagte sie leise.

»Patrick, okay? Aber es ist eine Tatsache, vor der man nicht davonlaufen kann, Helen, und ich und meine Leute, wir müssen alles versuchen, um diesen Mord aufzuklären. Wir müssen den Schuldigen finden, bevor er noch mehr Unheil anrichten kann.«

Für einen Augenblick war es ganz still, nur das Knacken der Holzscheite war zu hören. Helen stand abrupt auf und ging in das Zimmer nebenan. Kurze Zeit später hörte er das Klicken einer Computertastatur und schließlich das vertraute Geräusch eines Druckers. Mit einigen Blättern in der Hand, von denen sie ihm das erste reichte, kam sie zurück ins Wohnzimmer. Ihr Gesichtsausdruck sprach Bände, und ihr Widerwille gegen das, was sie gerade tat, war förmlich greifbar.

»Wir sind nur eine kleine Gruppe, sechs Studenten und ich, darunter

vier *Mädchen*. Ich kann mir nicht vorstellen, dass eine von *ihnen* ...«
Helen brach mitten im Satz ab und schüttelte den Kopf. Falkirk nahm das Blatt schweigend entgegen.

»Die ersten vier auf der Liste kenne ich bereits seit zwei Jahren, aber auch mit den anderen beiden komme ich sehr gut aus – einer davon ist, wie sie unschwer am Namen erkennen dürften, ein Austauschstudent unserer französischen Partneruniversität. Und hier«, sie reichte ihm zögernd die beiden restlichen Blätter, »hier finden Sie den Jahresplan – alle Themen, die wir besprochen haben oder noch besprechen werden. Sie werden schnell feststellen, dass die meisten Sitzungen von dem Tod dreier junger Frauen handeln und der Frage, warum und unter welchen Umständen sie sterben mussten. Demnach haben wir uns also alle verdächtig gemacht.« Ihre Stimme hatte bei ihren letzten Worten wieder einen leicht zynischen Klang angenommen.

»Vielen Dank«, beeilte sich Falkirk deshalb zu sagen, ehe sein Blick nochmals auf die Namensliste fiel. Er hatte sich nicht getäuscht. Auf der Liste waren, entgegen Helens Erklärung, sieben Namen abgedruckt, einer davon sichtbar abgesetzt von den übrigen Teilnehmern. Helen, die seinen Blick genau verfolgt hatte, räusperte sich.

»Wie ich sehe, ist es Ihnen natürlich nicht entgangen. Es gab letzten Herbst einen kleinen, nun ja, Problemfall. Steve Pritchard – ich habe ihn nach drei Wochen aus meinem Seminar geworfen. Eigentlich studiert er Rechtswissenschaften, und angeblich hat er sich mit einem Erweiterungsfach bei seinem zweiten Versuch, den Abschluss zu schaffen, etwas bessere Noten erhofft. Der Vater ist ein bekannter Mäzen der Universität, was tut man da nicht alles, um es dem Sprössling so angenehm wie möglich zu machen.« Sie lachte bitter.

»Aber der Sprössling war wohl nicht so bemüht?«, warf Falkirk vorsichtig ein. Helen schüttelte den Kopf. »Nein, überhaupt nicht. Er hat von der ersten Minute an nur gestört, und zwar ganz bewusst. Unqualifizierte Kommentare, vorlautes, impertinentes Verhalten – ein Flegel, wie er im Buche steht. Ich habe es mir eine ganze Weile angesehen, aber als ich dann durch Zufall erfahren habe, dass er nur wegen einer Wette in meinem Seminar saß und nicht, weil er ernsthaft um bessere Noten bemüht war, ist mir endgültig der Kragen geplatzt und ich habe ihn hochkantig hinausgeschmissen.« Die Dozentin war in diesem Augenblick in Helen zum Vorschein gekommen, und Falkirk konnte sich sehr gut vorstellen, welch eine Autoritätsfigur sie an der Universität war.

»Wissen Sie denn, worum es bei dieser Wette ging?«, fragte er vorsichtig, obwohl er keine großen Hoffnungen auf eine positive Antwort hegte. Doch zu seiner Überraschung nickte Helen vielsagend.

»Ja. Dazu muss ich Ihnen allerdings noch etwas erklären. Ich hatte im Sommer letzten Jahres in Südwales einen schweren Autounfall, und es war lange Zeit nicht klar, ob ich rechzeitig zu Beginn des neuen Studienjahres wieder würde arbeiten können.«

Deshalb also das leichte Hinken, dachte Falkirk. Bevor er jedoch etwas auf diese Neuigkeit erwidern konnte, sprach Helen schon weiter.

»Meine Vorgängerin am Institut, Mrs. Barton, und eine sehr nette Kollegin, Ms. Scott, boten mir damals an, die ersten Wochen für mich einzuspringen, falls ich nicht rechtzeitig gesund sein sollte. Ms. Scott wurde dabei vom Dekanat als meine eventuelle Aushilfe für das Shakespeare-Seminar genannt. Sie war wohl auch der Grund, warum Mr. Pritchard unbedingt daran teilnehmen wollte. Ich hätte eigentlich schon stutzig werden müssen, als er sich als Letzter der Gruppe erst kurz vor Beginn des Studienjahres anmeldete, aber ich hatte zu diesem Zeitpunkt, ehrlich gesagt, genügend mit mir selbst zu tun. Ich habe dann einige Wochen später durch Zufall mitbekommen, dass er wohl mit einem Kommilitonen darum gewettet hatte, Ms. Scott im Laufe des Kurses ohne Schwierigkeiten, wie er es auszudrücken pflegte, *rumzukriegen*.«

Falkirk konnte sich mittlerweile in etwa ausmalen, wen er sich unter Steve Pritchard vorzustellen hatte.

»Wusste denn Ms. Scott davon?«, fragte er vorsichtig.

»Nein«, entgegnete sie mit Nachdruck in der Stimme. »Denn Elizabeth ist mehr als eine Kollegin für mich. Sie ist mir in den letzten zwei Jahren eine sehr gute Freundin geworden. Sie ist noch ziemlich jung, und St. Andrews ist ihre erste Stelle als Dozentin. Ich wollte deshalb nicht, dass sie gleich mit so etwas Ekelhaftem konfrontiert wird.«

Helen war, während sie sprach, unvermittelt aufgestanden und langsam vor der großen Fensterfront auf und ab gegangen. Das Gehen schien ihr auf einmal Schmerzen zu bereiten, denn sie blieb ab und zu stehen, um sich den Unterschenkel zu massieren. Falkirk versuchte aus dem, was er soeben gehört hatte, schlau zu werden.

»Und dann kamen Sie in der ersten Unterrichtsstunde plötzlich zur Tür herein, und Mr. Pritchards ehrgeizige Pläne im Hinblick auf Ms. Scott waren mit einem Schlag null und nichtig geworden. Ist es das, was Sie mir damit erklären wollen?«

Helen lächelte – das erste Mal, seit er hier war.

»Ja, so in etwa kann man es beschreiben. Er hat sich daraufhin unmöglich benommen, mir und den anderen Teilnehmern gegenüber. Er hat seinen Rauswurf förmlich provoziert. Außerdem hat er keinen blassen Schimmer von Literatur, sodass ich wirklich keine Skrupel hatte, ihn nach drei Wochen an die Luft zu setzen. Ich hätte es auch getan, wenn ich nichts über diese Wette erfahren hätte, glauben Sie mir das.«

»Helen, wissen Sie, ob Steve Pritchard Maureen Rigg gekannt hat?«

Sie blickte ihn erstaunt an. »Sie glauben, dass er ... Nein, das kann doch nicht sein. Warum sollte er ...?«

»Aus Rache zum Beispiel«, sagte Falkirk leise, »aus Rache an ...«

»An mir?«, unterbrach sie ihn entsetzt. »Aber warum, Patrick, warum hat er dann nicht versucht, mich ...?« Sie sprach den Satz nicht zu Ende.

»Vielleicht wollte er Sie ganz bewusst auf diese perfide Art und Weise bestrafen, weil er weiß, wie viel Ihnen die Literatur und Ihre Arbeit mit den Studenten bedeuten«, versuchte Falkirk vorsichtig zu erklären. »Haben Sie eigentlich Kinder, Helen?«, fügte er nach einer kurzen Pause hinzu.

»Ja, eine Tochter, Laura. Sie studiert seit zwei Jahren in den USA. Warum ...?«

Doch plötzlich begann sie zu begreifen. Ihre Augen weiteten sich vor Schreck, und mit erstickter Stimme stieß sie hervor: »Weil meine eigene Tochter unerreichbar für ihn war, musste Maureen sterben? Ist es das, was Sie denken? Dass ich schuld daran bin, dass Annes Tochter jetzt tot ist?«

11. Kapitel

Die Stimmung in der Umkleidekabine war wie vor jedem Spiel sehr angespannt, und allmählich begann sich auch Nervosität auszubreiten. Überall lagen Schienbeinschoner, Handtücher und Sporttaschen verstreut herum.

»Verdammt noch mal, Andrew, das ist mein Trikot. Mach doch mal die Augen auf.«

»Wo ist mein linker Schuh? Ich habe ihn eben noch hier abgelegt!«

»Wem zum Teufel gehört eigentlich diese Tasche? Ich bin jetzt schon zweimal darüber gestolpert.«

Robert schloss, den Kopf an seinen Spind gelehnt, für einen Moment die Augen und ließ das Stimmengewirr an sich vorüberziehen. Es grenzte für ihn immer wieder an ein kleines Wunder, dass sich dieser Chaoshaufen in eine erstklassige Mannschaft verwandeln konnte, sobald sie die Umkleidekabine verlassen hatten und auf dem Spielfeld standen.

»Na Alter, noch ein kleines Nickerchen, bevor es losgeht«, riss ihn eine laute Stimme aus seinen Gedanken, und eine schwere Hand landete gleichzeitig auf seiner Schulter. Robert öffnete die Augen und mühte sich ein krampfhaftes Grinsen ab. Steve Pritchard hatte sich mit Schwung neben ihn gesetzt und schnürte sich gerade seine Schuhe.

»Oder feilt der Captain etwa noch an einer besonderen Taktik?«, fügte er hinzu, seine Aufmerksamkeit weiterhin ganz seinen Schuhen gewidmet.

»Vielen Dank für diesen kleinen Wink mit dem Zaunpfahl. Aber du musst dir nicht unnötig meinen Kopf zerbrechen, okay?«, gab Robert ungewohnt heftig zur Antwort. Er hatte im Moment einfach genug von Steves endlosen Vorträgen, er würde sich nicht genügend um die Mannschaft und das Training kümmern.

»Wenn dieses ach so schlaue Köpfchen genau weiß, was zu seinen Aufgaben gehört, habe ich auch kein Problem damit.« Steve stand abrupt auf und blieb mit verschränkten Armen vor Robert stehen, sodass dieser gezwungen war, zu ihm aufzublicken.

»Halt einfach deine Klappe, Steve. Ich hab dir schon hundert Mal gesagt, dass es auf deinem ureigenen Mist gewachsen ist, dass du dieses Jahr eine Ehrenrunde drehen musst. Ich werde deinetwegen bestimmt nicht auf mein Diplom verzichten – und auch nicht auf die Binde, das garantiere ich dir.« Robert hatte sehr laut gesprochen, und einige Spieler drehten sich erstaunt nach ihnen um. Steve störten die Worte seines Gegenüber jedoch nicht im Geringsten.

»Hey Mann, jetzt komm mal wieder runter von deinem hohen Ross. Ich war schließlich nicht der Einzige hier, der das Gefühl hatte, unser Captain nimmt uns nicht mehr ganz so ernst wie früher und bastelt ein bisschen zu sehr an seiner steilen Juristenkarriere.« Mit einem hämischen Grinsen im Gesicht legte er Robert erneut die Hand auf die linke Schulter und beugte sich ganz dicht zu ihm hinab. »Aber das haben wir beide ja nun geklärt, nicht wahr?«, stieß er zwischen zusammengepressten Lippen hervor. »Die Idee mit der kleinen Schnecke war aber auch zu gut. Na ja, kam ja auch von mir. Auf den guten Pritchy ist eben immer Verlass. Ich hoffe, du kannst mithalten und lässt deinen großspurigen Worten auch die entsprechenden Taten folgen. Wenn nicht ...«

Mit einer heftigen Bewegung stieß Robert seine Hand weg und rannte wutentbrannt zur Tür. Er spürte die bohrenden Blicke der Anderen in seinem Rücken und drehte sich deshalb noch einmal kurz um. »Okay, Leute, in fünf Minuten draußen am Anstoßkreis.«

Elizabeth stand fröstelnd und von einem Fuß auf den anderen trippelnd hinter der für die Zuschauer angebrachten Absperrung und hatte das ungute Gefühl, sich gerade furchtbar lächerlich zu machen. Nachdem sie dank Helens Anruf Imeldas Fängen ausnahmsweise entkommen konnte, hatte sie kurzerhand beschlossen, Roberts Einladung doch noch zu folgen, wenn auch nur für eine Halbzeit.

Dumme Kuh, geschieht dir ganz recht, wenn du krank wirst, schalt sie sich selbst, als ihr der eisige Wind ins Gesicht blies und ihr förmlich die Tränen in die Augen trieb. Hastig suchte sie nach einem Papiertaschentuch, denn sie wollte nicht, dass ihre Wimperntusche unschöne Spuren hinterließ. Vor einer Stunde hatte sie sich auf der Toilette dabei ertappt, wie sie ihr morgendliches Make-up kritisch beäugte und gerade dabei war, nach ihrem Lippenstift zu greifen, ehe sie ihn mit einem unwirschen Kopfschütteln zurück in ihre Handtasche gesteckt hatte. Sie war schließlich kein Teenager mehr, der eine Verabredung zu einem Date hatte, auch wenn sich das flaue Gefühl in ihrer Magengrube gerade verdächtig danach anfühlte.

Elizabeth hatte anfangs schon befürchtet, Mr. Trinkle irgendwo unter den Zuschauern zu entdecken, aber Sport schien, Gott sei Dank, nicht zu seinen Leidenschaften zu gehören. Und auch von ihren Kollegen aus der literaturwissenschaftlichen Fakultät war glücklicherweise niemand anwesend. Das hätte ihr jetzt gerade noch gefehlt. In diesem

Augenblick sah sie Robert auf der gegenüberliegenden Seite aus der Umkleidekabine kommen, und sie musste sich, wenn auch äußerst widerwillig, eingestehen, dass sie sich freute, ihn zu sehen. Er blickte suchend in die Zuschauermenge, als sich plötzlich ein Lächeln auf seinem Gesicht ausbreitete. In wenigen Schritten hatte er das Spielfeld überquert und blieb direkt vor ihr stehen.

»Hi.« Er hätte so gerne etwas Sinnvolleres und richtig Schlaues gesagt, aber sein Kopf war gerade vollkommen leer.

»Hallo. Vielen Dank für die Blumen und die Einladung.« Elizabeth hoffte inständig, dass er nicht bemerkte, wie kalt ihr war.

»K-keine Ursache. Freut mich, dass Sie kommen konnten.« Er kam sich in ihrer Gegenwart plötzlich wie ein dummer, kleiner Schuljunge vor.

»Ja, allerdings kann ich leider nicht das ganze Spiel bleiben. Es ist etwas sehr Dringendes dazwischen gekommen. Es tut mir wirklich leid. Ich hoffe, Sie verstehen das?«

Warum bedanke und entschuldige ich mich eigentlich andauernd, dachte Elizabeth, wütend über sich selbst. Falls er von ihrer Nachricht enttäuscht war, ließ er sich zumindest nichts anmerken.

»Hey, ist doch ... kein Problem. Freut mich, dass Sie überhaupt vorbeigeschaut haben. Jetzt kann eigentlich nichts mehr schief gehen.«

»Ich drücke Ihnen ganz fest die Daumen. Wenn Sie nur annähernd so genau zielen wie vor zwei Tagen, dann klappt es ganz bestimmt mit einem Tor.«

Oh mein Gott, was rede ich denn nur für einen fürchterlichen, spätpubertären Unsinn!?

»Ganz bestimmt. Wir sind übrigens nach dem Spiel immer im *Cross Keys*, falls Sie später noch vorbeikommen wollen«, sagte er mit einem kleinen Lächeln.

Das hab ich jetzt nicht wirklich gesagt! Sie sagt bestimmt nein, sie ...

»Oh, ich kann es Ihnen nicht versprechen, Robert. Aber ich werde es auf alle Fälle versuchen.«

Helen braucht mich ganz dringend, und ich habe nichts Besseres zu tun, als ins Pub zu gehen!

»Okay. Ich ... ich muss dann mal. Wir sehen uns?«

»Ja, ganz bestimmt.«

Elizabeth verließ eine knappe Stunde später durchgefroren, aber dennoch äußerst widerwillig den Sportplatz. Auf dem Weg zu Helen kam ihr ein Polizeiwagen mit eingeschaltetem Blaulicht entgegen. Er fuhr in Richtung Sportgelände ...

Obwohl Falkirk Helen wieder einigermaßen beruhigen konnte, war er mit einem schlechten Gewissen von ihr weggefahren. Er wollte sie in diesem aufgelösten Zustand ungern alleine lassen, aber sie hatte ihm mit Nachdruck versichert, dass es ihr gut ginge. Sie war von seinem Anliegen nach wie vor nicht begeistert, aber trotzdem hatte sie schließlich zugestimmt, als er angekündigt hatte, sie am nächsten Tag an der Universität aufsuchen und sich die Seminarteilnehmer einzeln vorknöpfen zu wollen. Vielleicht hatte Steve Pritchard während seines kurzen Aufenthaltes ja irgendeine verdächtige Bemerkung fallen gelassen oder unter ihnen sogar einen geheimen Mitwisser gewonnen, der ihn schließlich, aus welchen Gründen auch immer, bei seinem Racheakt unterstützte und ihm eventuell auch Maureen Rigg als Opfer vorgeschlagen hatte.

Und für einen perfiden Racheplan konnte eine Frau genauso in Frage kommen wie ein Mann. Letzteres vermied er natürlich tunlichst vor Helen zu erwähnen, sodass sie sich schließlich widerwillig seiner Bitte gefügt hatte. Den Gedanken, Pritchard gleich zu vernehmen, verwarf er auf dem Rückweg ins Präsidium wieder. Dazu waren seine Ergebnisse einfach noch zu dünn.

Als er mit knurrendem Magen und brummendem Kopf am Revier ankam, saßen seine vier Kollegen schon mit gezückten Blöcken in seinem Büro, jederzeit bereit, ihre gesammelten Informationen an den Mann, in diesem Fall an den Chief Inspector, zu bringen. Nachdem ihm von der Kantine mit Bedauern mitgeteilt wurde, dass er das Mittagessen leider verpasst habe, begann er griesgrämig mit der Besprechung. Connie konnte sich das allerdings nicht lange mit ansehen und rettete dank ihrer guten Beziehungen zum Kantinenpersonal in Form eines Sandwichs und einer extragroßen Portion Schokoladenmousse den weiteren Verlauf des Nachmittags.

Connie und Henderson waren als Erste an der Reihe, und Falkirk stellte insgeheim fest, dass die beiden ein perfektes Team abgaben. Henderson räusperte sich kurz, da er es nicht gewohnt war, vor mehreren Kollegen das Wort zu ergreifen, aber Connie nickte ihm aufmunternd zu, und seine Nervosität legte sich, sobald er die ersten Sätze gesprochen hatte.

Im Friseursalon hatte noch niemand von Maureens Tod gewusst, und sie war bis zum Eintreffen der Polizei auch nicht vermisst worden, da sie mittwochs immer erst um elf anfing. Der Laden befand sich etwas abseits von den Haupteinkaufsstraßen in einer der kleineren Gassen

Richtung Uferstraße und bot neben den üblichen Dienstleistungen auch noch kosmetische Behandlungen an. Connie hatte bei einem kurzen Blick in einen der zahlreichen Spiegel zerknirscht festgestellt, dass ihr letzter Friseurbesuch schon sehr lange zurücklag und die dunklen Schatten unter ihren Augen auch nicht unbedingt von einem perfekt aufgetragenen morgendlichen Make-up zeugten. Gill McGregor, die Besitzerin des Friseursalons, schien das genauso zu sehen, zumindest glaubte Connie, einen leicht vorwurfsvollen Ausdruck in ihrem Gesicht zu erkennen. Henderson war von dem ganzen Ambiente rund um die weibliche Schönheit in keiner Weise angetan, sondern stand, Dauerwellen und Lockenwickler geflissentlich ignorierend, bereits mit gezücktem Bleistift im kleinen Büro von Gill McGregor, in das diese die beiden Beamten gebeten hatte. Sie besaß, wie Connie jetzt feststellte, nicht nur eine der abenteuerlichsten Fönfrisuren, die sie jemals gesehen hatte, sondern auch ein ausgeprägtes Mitteilungsbedürfnis, das in diesem Fall jedoch willkommen war.

»Wissen Sie eigentlich, wie schwer es heutzutage ist, einen tüchtigen und zuverlässigen Auszubildenden zu finden?«, begann sie ihr Gespräch mit Henderson, ohne auf seine eigentliche Frage, wann sie Maureen das letzte Mal gesehen hatte, einzugehen. Nachdem er ihren Ausführungen bezüglich geeigneter Friseurlehrlinge eine Weile geduldig zugehört hatte, konnte er das Gespräch schließlich erfolgreich auf Maureen und den eigentlichen Grund ihres Besuches bringen.

»Die Kleine war nicht schlecht. Manchmal etwas flatterhaft und versessen von der Idee, eines Tages beim Film zu arbeiten, aber dafür auch umso fleißiger. Und das ist in den heutigen schwierigen Zeiten einiges Wert, junger Mann, das kann ich Ihnen sagen. Das arme Ding ...«

Gill McGregor hatte allerdings so gut wie nichts über Maureens Privatleben und ihren Freundeskreis gewusst. Das letzte Mal gesehen hatte sie das Mädchen am Vorabend, aber auch da sei ihr nichts Außergewöhnliches an ihr aufgefallen. Dem morgendlichen Zeitungsaustragen hatte sie nichts entgegenzusetzen. »Solange das Mädchen hier weiterhin fleißig arbeitete, war mir das ziemlich egal. Aber sobald sich das geändert hätte, wäre ich natürlich eingeschritten. Denn Sie können sich gar nicht vorstellen, junger Mann, wie wichtig zuverlässige Mitarbeiter ...«

Connie stellte zufrieden fest, dass Henderson sich insgesamt sehr tapfer geschlagen hatte. Bei ihrer eigenen Befragung hatte es anfangs gar nicht nach einem Erfolgserlebnis ausgesehen.

»Neben Mrs. McGregor befinden sich noch zwei weitere Mitarbeiterinnen im Salon«, erzählte sie Falkirk. »Die eine, Sally McPherson, ist Mutter zweier schulpflichtiger Kinder und arbeitet deshalb nur halbtags im Salon. Da Maureen meistens unter den Fittichen von Mrs. McGregor stand, hatte sie nur sehr oberflächlichen Kontakt mit der Toten. Die andere dagegen, eine gewisse Lucy Kitten, ist etwa in Maureens Alter und war bis vor Kurzem selbst noch Auszubildende. Sie wollte anfangs nicht so recht mit der Sprache heraus, aber ...«, sie legte eine Folie auf den Tisch, in der sich für alle im Raum gut sichtbar ein Foto befand. »Aber Kollege Henderson fand im Spind der Toten dieses Bild, aufgenommen in einem Pub namens *Cross Keys*. Es ist die Stammkneipe einiger Studenten, und Maureen verbrachte laut Lucy in den letzten Wochen fast jeden Abend dort. Die Jungs von der Uni hatten es ihr wohl ziemlich angetan. Lucy konnte oder wollte uns aber nicht sagen, ob ihre Freundin auf jemanden Bestimmten ein Auge geworfen hatte. Von Maureens Schwangerschaft will sie auch nichts gewusst haben. Ehrlich gesagt, glaube ich ihr das sogar. Sie schien vollkommen überrascht zu sein, als wir sie mit der Nachricht konfrontierten.«

»Die Überraschung kann durchaus vorgetäuscht gewesen sein«, mischte sich O'Reilly selbstgefällig plötzlich in ihre Ausführungen ein. Connie warf einen giftigen Blick in seine Richtung. Falkirk erwiderte jedoch nichts darauf, sondern widmete sich stattdessen dem Foto, das vor ihm auf dem Schreibtisch lag.

Es zeigte Maureen, nicht durchnässt und am Strand abgelegt wie ein altes Kleidungsstück, sondern lachend und voller Lebensfreude. Der Junge neben ihr hatte einen Arm um ihre Schultern gelegt. Er trug ein dunkelblaues T-Shirt, auf dem gut sichtbar das Wappen der Universität von St. Andrews zu sehen war. Das Mädchen daneben musste wohl Lucy Kitten sein.

»Bei den anderen Personen handelt es sich um Andrew Parker, Steve Pritchard und Jacob Blythe, allesamt Mitglieder der Universitätsauswahl. Wir ...« Connie brach mitten im Satz ab, denn Falkirks Kopf war ruckartig in die Höhe gegangen, und er hatte das Foto blitzschnell an sich gerissen.

»Sir, ist alles in Ordnung mit Ihnen?«, fragte sie ihn vorsichtig, und auch die anderen Drei musterten ihn mit verwunderten Blicken. Selbst O'Reilly hatte seine zur Schau getragene Selbstgefälligkeit für einen kurzen Augenblick vergessen.

»Dieses Bild«, sagte Falkirk und wedelte dabei aufgeregt mit der Folie vor ihren erstaunten Gesichtern, »Dieses Bild ist das letzte Puzzleteil, das mir noch gefehlt hat, um Steve Pritchard zu verhaften. Ausgezeichnete Arbeit, Kollegen!«

Nachdem er ihnen in kurzen Worten mitgeteilt hatte, was er zuvor von Helen Bloomfield erfahren hatte, schickte er sofort einen Streifenwagen zur Universität. Die dort eingetroffenen Beamten mussten sich erst eine Weile durch den Campus fragen, bis sie erfuhren, dass Steve Pritchard gerade auf dem Fußballplatz im Einsatz war. Er wurde noch auf dem Weg zur Siegesfeier von ihnen gestellt und, ohne auch nur den geringsten Widerstand zu leisten, vor den Augen seiner überraschten Mannschaftskollegen festgenommen. Superintendent Robinson nahm die Nachricht erfreut zur Kenntnis, hoffte er doch, damit das Thema Frauenmörder abgeschlossen zu haben, bevor es ganz St. Andrews in Angst und Schrecken versetzen konnte.

12. Kapitel

Die Stimmung im *Cross Keys* war so ausgelassen wie immer, wenn ein Sieg der Heimmannschaft gefeiert werden konnte. Heute war dieser allerdings vollkommen in den Hintergrund gerückt, und man kannte den ganzen Abend nur ein Gesprächsthema: Steve Pritchard und seine spektakuläre Verhaftung. Die Gerüchteküche unter den mittlerweile ziemlich angetrunkenen Gästen war gehörig am Brodeln und produzierte die abenteuerlichsten Vermutungen.

»Koks! Die haben bestimmt Koks bei ihm gefunden. Ich sag euch, Leute, unser Pritchy hat wahrscheinlich gedealt wie ein Weltmeister!«, rief Jacob Blythe durch das Lokal und erntete damit grölende Zustimmung.

»Nein!«, schrie in diesem Moment eine andere Stimme, »er hat bestimmt die Alte vom Dekan flachgelegt, und das hat Professorchen überhaupt nicht gepasst.«

Als Antwort darauf gab es erneut dröhnendes Gelächter, und irgendjemand bestellte eine neue Runde Bier für alle. Offensichtlich lag es den Anwesenden fern, sich ernsthafte Gedanken um Steve zu machen und darüber, was sich am Nachmittag auf dem Sportplatz ereignet hatte.

»Hey, Captain«, lallte Jacob, als er in diesem Moment an Robert vorbeiging, um zur Theke zu gelangen, »w-was denkst du denn über den alten Pritchy? Ihr ward doch mal ganz dicke ...«

»Geh nach Hause und schlaf deinen Rausch aus«, herrschte Robert ihn wütend an.

Seit ihrer Ankunft im Pub waren keine fünf Minuten vergangen, in denen er nicht auf Steve angesprochen wurde, gleichsam, als ob sie siamesische Zwillinge wären, die man soeben voneinander getrennt hatte.

»I-ist ja schon gut, Mann, hast ihn ja be-bestimmt bald wieder, deinen Herzallerliebsten.« Jacob schwankte beträchtlich und musste sich an der Theke festhalten, um nicht umzukippen. Robert entging dabei nur knapp einer Bierdusche. »Halt doch die Klappe, du Trottel«, zischte er.

Er war gerade aus der Umkleide gekommen, als die uniformierten Beamten aus ihrem Wagen sprangen und Steve noch auf dem Parkplatz die Handschellen anlegten. Der ganze Spuk war so schnell vorbei, wie er begonnen hatte. Robert hatte noch nie einen derart überraschten

Ausdruck in Steves Gesicht gesehen. Es war kein Entsetzen, auch keine Angst. Steve starrte einfach nur vollkommen perplex aus dem Autofenster, als der Polizeiwagen mit quietschenden Reifen davonfuhr. Robert blickte ihm nur noch hilflos hinterher, unfähig, einen klaren Gedanken zu fassen. *Die Abmachung* ... Sie war alles, woran er hatte denken können, und auch jetzt ließ ihn das, worauf er sich vor zwei Tagen eingelassen hatte, keine Ruhe. Konnte er dem Ganzen doch noch irgendwie entkommen?

Während hinter ihm das Gegröle seinem vorläufigen Höhepunkt entgegensteuerte – Jacob setzte gerade zu einer seiner gefürchteten Tanzeinlagen an, die regelmäßig mit einem unansehnlichen Striptease endeten –, sah Robert plötzlich Elizabeth zur Tür hereinkommen und sich suchend umblicken. Er zögerte keine Sekunde, sondern schnappte sich seine Jacke und lief ihr entgegen. Bevor sie irgendetwas sagen konnte, hatte er sie auch schon an der Hand genommen. »Lassen Sie uns von hier verschwinden, bitte. Ich erkläre Ihnen alles, wenn wir draußen sind.«

Elizabeth war noch keine Viertelstunde bei Helen gewesen, als es plötzlich energisch klingelte und niemand anderer als Imelda Barton vor der Tür stand. Sie hatte sich natürlich nicht einfach so von Helens Erklärungen am Telefon abspeisen lassen, sondern wollte höchstpersönlich nach dem Rechten sehen. Eine weitere Viertelstunde und fünf bohrende Imelda-Fragen später hatte ihr Helen schließlich auch von Inspector Falkirks Verdacht berichtet.

Steve Pritchard ... schoss es Elizabeth durch den Kopf. Sie wusste mit einem Mal, was der Einsatzwagen der Polizei an der Universität gewollt hatte. »Ich glaube, sie haben ihn sogar schon verhaftet«, murmelte sie betreten. Und als sie die fragenden Blicke der beiden spürte, fügte sie leise hinzu, »Ich habe die Polizei auf dem Campus gesehen.«

Elizabeth hatte Imelda noch nie sprachlos erlebt, aber diese Neuigkeiten trafen auch sie wie ein Blitz. Alle Farbe war mit einem Mal aus ihrem Gesicht gewichen, und Helen war sofort zum kleinen Beistelltisch geeilt, um einen Brandy für sie einzuschenken. Nach dem zweiten Glas erholte sich Imelda allmählich von ihrem Schock. Sie hatte in ihrer langen Laufbahn mit vielen schwierigen Fällen unter ihren Zöglingen zu tun gehabt, aber noch nie – noch nie! – stand ein Student von St. Andrews unter Mordverdacht. Und dazu kam dieser ungeheuerliche Vorwurf, William Shakespeare bei der Tat imitiert zu haben. Ausgerechnet ihn! Man hätte Imelda ebenso gut gleich das Herz herausreißen können.

»Ich werde morgen sofort mit diesem Chief Inspector sprechen«, sagte sie bestimmt.

»Waaas?«, kam es unisono aus Elizabeths und Helens Mund.

»Natürlich. Ich habe schließlich selbst einmal an dieser Universität unterrichtet«, gab sie donnernd zur Antwort, »auch wenn es für den einen oder anderen schon sehr lange her sein mag. Und wenn jemand tatsächlich so niederträchtig sein sollte, den größten Dichter, den die Welt jemals gesehen hat, für den grausamen Mord an einem jungen Mädchen zu benutzen, dann geht mich das sehr wohl etwas an!«

Elizabeth wusste zwar nicht, ob Inspector Falkirk die Sache auch so sah, genauer gesagt, hegte sie sogar sehr starke Zweifel daran, aber sie würde es tunlichst vermeiden, Imelda den Plan ausreden zu wollen. Ein kurzer Blick zu Helen genügte, um ihr zu sagen, dass diese genau dasselbe dachte. Alle drei saßen sie deshalb eine Zeitlang schweigend da, als auf einmal Schritte im Flur zu hören waren.

»Das wird Leonard sein«, rief Helen erleichtert. »Er hat mir versprochen, heute früher nach Hause zu kommen.«

»So, hat er das?«, murmelte Imelda. Es wäre das erste Mal, dass Leonard Bloomfield ernsthaft um seine Frau besorgt war. Aber ein Mord erschütterte das Leben der Menschen auf eine Art und Weise, die man nicht mit Worten beschreiben konnte. Gott sei Dank hatte auch Leonard die ungeheure Tragweite dieses Verbrechens erfasst. Helen brauchte ihn jetzt – mehr als jeden anderen auf der Welt.

Elizabeth kam sich mit einem Mal furchtbar überflüssig vor. Oder suchte sie etwa nur nach einer Ausrede, um sich möglichst bald ohne ein schlechtes Gewissen verabschieden zu können? Helen bemerkte ihre Unruhe. »Liz, ich glaube, ich bin ganz gut versorgt.« Und mit einem raschen Seitenblick auf Imelda, die sich gerade ein drittes Glas Brandy einschenkte, flüsterte sie: »Lass ihn nicht zu lange warten.«

»Woher weißt du …?«, flüsterte Elizabeth zurück, und ihre Wangen fingen plötzlich unangenehm zu glühen an.

»Ich sehe es dir an der Spitze deiner entzückenden kleinen Stupsnase an. Also los, fahr schon. Dann hat dieser schreckliche Tag wenigstens ein gutes Ende.«

»Oh Helen, ich glaube, ich bin gerade dabei, eine furchtbare Dummheit zu machen«, wisperte sie noch eine Spur leiser.

Helen aber lächelte nur, als sie sie zum Abschied fest umarmte. »Dann mach sie, Liz.«

»Was gibt's denn hier die ganze Zeit zu flüstern?«, hörten sie plötzlich Imeldas strenge Stimme.

Elizabeth war froh, dass Leonard Bloomfield in diesem Augenblick zur Tür hereinkam und alle Aufmerksamkeit auf sich zog. Sein Blick war ungewohnt ernst und voller Sorge und ersparte ihr eine Antwort auf Imeldas Frage. Elizabeth lächelte ihm flüchtig zu, ehe sie sich rasch verabschiedete.

Als Robert sich vier Stunden später mit einem leidenschaftlichen Kuss vor ihrer Haustür von ihr verabschiedete, stellte Elizabeth fest, dass es nichts Schöneres im Leben gab, als ab und zu richtig unvernünftig zu sein. Wie recht Helen doch mal wieder gehabt hatte!

13. Kapitel

»Also gut, Pritchard, dann eben noch mal von vorne. Sie wollten sich an Dr. Bloomfield für Ihren unangenehmen Abgang im letzten Herbst rächen. Wie ich den Einträgen in Ihrer Studentenakte hier entnehme, waren Sie schon öfters in Auseinandersetzungen mit Dozenten und Mitstudenten verwickelt. Ich kann mir vorstellen, dass Ihr Vater über diesen erneuten Rauswurf alles andere als begeistert gewesen sein dürfte.«

Steve Pritchard ließ nur ein verächtliches Schnauben hören, als der Inspector seinen Vater erwähnte.

»Und da Dr. Bloomfields eigene Tochter für Sie unerreichbar war, musste eben Maureen Rigg für Ihren perfiden Racheplan herhalten«, sprach Falkirk unbeirrt weiter. »Sie haben im Pub von ihr erfahren, dass ihre Mutter schon seit Jahren bei den Bloomfields arbeitet, und Sie wussten auch, dass Maureen jeden Tag zu ihrer frühmorgendlichen Tour aufbrach. Sie haben sie mit Ihrem Wagen verfolgt, von der Straße abgedrängt und sie anschließend brutal niedergeschlagen. Und dann, Pritchard, dann kam Ihr ganz persönliches kleines Meisterstück. Dann kam Ophelia ins Spiel und damit Ihr eigentlicher Racheakt an Helen Bloomfield. Und …«, donnerte Falkirk los, als Steve zu einem wütenden Protest ansetzen wollte, »und, Pritchard, zu allem Überfluss haben Sie für die Tatzeit kein Alibi. Keiner Ihrer Mitbewohner kann mit Sicherheit sagen, dass Sie tatsächlich in Ihrem Bett lagen, wie Sie es uns vormachen wollen. Sie wohnen keine drei Meilen vom Tatort entfernt, und hätten sich problemlos aus dem Haus und danach wieder zurückschleichen können, ohne dass irgendjemand Ihre Abwesenheit bemerkt hätte.«

Seit drei Stunden ging das Verhör nun schon in diesem Stil, aber an ein sichtbares Vorwärtskommen war nach wie vor nicht zu denken. Steve war, nachdem er den ersten Schreck über seine Verhaftung sehr schnell abgeschüttelt hatte, Falkirk und Connie die meiste Zeit mit einem selbstgefälligen Grinsen im Gesicht gegenüber gesessen und von der ganzen Situation eher gelangweilt denn beunruhigt. Demonstrativ kaute er jetzt an einem Kaugummi und zog die Augenbrauen genervt nach oben. Er war, wie Connie insgeheim feststellen musste, eigentlich nicht unattraktiv, aber sein herablassendes Benehmen und seine protzige Selbstgefälligkeit sorgten schnell dafür, dass man gar nicht erst in die Versuchung kam, ihn sympathisch zu finden.

Der von Pritchard senior eilig aus Glasgow herbeigerufene Alexander Cole war von diesem Verhalten seines Mandanten ebenfalls nicht angetan. Er hatte Steve sofort instruiert, keine der ihm gestellten Fragen beantworten zu müssen, wenn er sich damit selbst belasten sollte, aber dieser hatte das Ganze nur mit einem müden Achselzucken abgetan. Als Jurastudent wüsste er schließlich um seine Rechte, schickte er in oberlehrerhaftem Ton hinterher. Bei der letztjährigen Abschlussprüfung durchgefallener Jurastudent, fügte Connie boshaft in Gedanken hinzu.

»Ihre Leute haben weder an Mr. Pritchards Wagen noch am Fahrrad des Opfers Spuren eines Unfalls feststellen können. Das Gleiche gilt im Übrigen auch für den Tatort«, ereiferte sich Cole in diesem Moment.

Falkirk kannte den Bericht der Spurensicherung nur zu genau, aber so schnell dachte er nicht daran aufzugeben.

»Das ist richtig, Mr. Cole, aber man muss eine Fahrradfahrerin nicht unbedingt anfahren, um sie von der Straße zu drängen. Dichtes Auffahren und ständiges Aufblenden reichen vollkommen aus. Und dass bei diesen Windverhältnissen keine Spuren im Sand zu finden sind, dürfte wohl jedem Laien einleuchten.«

Trotz seiner selbstsicheren Aussage wünschte sich Falkirk, es gäbe eindeutigere Hinweise. Nur ein kleiner Kratzer oder eine winzige Lackspur und sie hätten den Sack zumachen können. So gab es zwar einen Berg an Indizien, aber der endgültige Beweis war weit und breit nicht in Sicht. Lange würde er die beiden nicht mehr hier behalten können.

»Inspector, auch wenn Sie sich auf den Kopf stellen, ich hab die Kleine nicht umgebracht. Ich hab sie ein paar Mal mit diesem anderen Feger im *Cross Keys* gesehen, und mir war natürlich gleich klar, was die wollten, aber ich hab sie nicht angerührt, verdammt noch mal.« Bei seinen letzten Worten hatte er drohend mit der Faust auf den Tisch geschlagen, was Mr. Cole sofort zum Einschreiten veranlasste.

»Steve, bitte, beruhigen Sie sich«, bat er ihn eindringlich. Aber sein Mandat schien allmählich die zur Schau getragene Lässigkeit zu verlieren.

»Ich will mich aber nicht beruhigen. Seit drei Stunden sage ich jetzt, dass es mir scheißegal war, dass mich die Alte aus ihrem bescheuerten Kurs geworfen hat. Ich hab ihn sowieso nur wegen der blonden Schnecke, dieser Scott, belegt, und die Bloomfield und den ganzen Literaturkram nicht abhaben können. Dieses endlose Shakespeare-Gedönse und die ganzen Langweiler da drin sind mir so was von auf die Nerven gegangen. Ich war heilfroh, als ich endlich draußen war.« Cole versuchte etwas zu erwidern, aber Steve beachtete ihn überhaupt nicht.

»Außerdem hat es mich einen Dreck interessiert, wo und was die Mutter dieser kleinen Gans gearbeitet hat. Ich wusste auch nicht, dass sie einen Braten in der Röhre hatte und wer ihr dieses Kuckucksei ins Nest gelegt hat. Ich war es jedenfalls nicht!« Die letzten Worte brüllte er fast.

Connie fragte sich unwillkürlich, ob man Steve nicht dringend darauf hinweisen sollte, dass ein weibliches Wesen durchaus auch als »Mädchen« oder »junge Frau« bezeichnet werden konnte. Sie hatte bis dahin nicht gewusst, wie viele ungehobelte Ausdrücke ein Mensch in einem Satz unterzubringen in der Lage war, aber nach Steves Wutausbruch – die erste emotionale Reaktion überhaupt, seit sie ihn verhaftet hatten – war sie um einiges klüger.

»Wenn Sie den Kommilitonen meines Mandanten endlich einmal ordentlich befragen würden, könnte er Ihnen diese Wette um Ms. Scott sofort bestätigen. Auch wenn sie vielleicht etwas ungewohnt klingen mag, so zeigt es doch ganz deutlich, dass Mr. Pritchard nach Dr. Bloomfields vorzeitiger Rückkehr keinen Grund hatte, noch länger diesem Seminar anzugehören.« Alexander Cole war von der Situation und Steves unkooperativem Verhalten sichtlich genervt.

Ungewohnt? Frauenfeindlich ist wohl der weitaus passendere Begriff, korrigierte Connie den Anwalt in Gedanken.

»Das, Mr. Cole, werden wir zu gegebener Zeit auch tun. Wie Ihnen nicht entgangen sein dürfte, liegt Jacob Blythe immer noch sturzbetrunken in einer Ausnüchterungszelle und ist momentan nicht einmal in der Lage, seinen Namen richtig auszusprechen. Vor morgen früh werden wir von ihm bestimmt keine zuverlässige Aussage bekommen. Und selbst wenn Mr. Pritchard keinerlei akademischen Wert auf den Kurs gelegt hat, so hat ihm dieser Rauswurf doch zumindest ein weiteres äußerst unangenehmes Treffen mit seinem Vater beschert.«

Wie Falkirk zufrieden feststellte, brachte sein letzter Satz die Strategie des Anwalts kurzzeitig ins Wanken. Er hasste es, wenn andere das Gefühl hatten, ihn an seine Aufgaben erinnern zu müssen.

Aber Alexander Cole hatte sich schnell wieder im Griff. »Was Ihre übrigen Verdachtsmomente betrifft, Mr. Falkirk, so haben Sie nichts, aber auch gar nichts gegen Mr. Pritchard in der Hand. Es sind nichts weiter als zusammengereimte Hirngespinste ohne jeglichen konkreten Beweis. Ich beantrage deshalb die sofortige Entlassung meines Mandanten.«

Steve zeigte plötzlich wieder dieses höhnische Grinsen, das Connie mittlerweile schon vertraut war.

»Vielleicht …«, er machte eine kurze Pause, bevor er genüsslich weitersprach. »Vielleicht sollten Sie es mal bei Andrew Parker versuchen. Der war total scharf auf die Kleine und sie auch auf ihn. Hatte in der letzten Zeit ganz schön Panik vor seinem Alten, der Gute, so von wegen, wie sag ich ihm bloß, dass er bald Opa wird«

Falkirk glaubte sich im ersten Augenblick verhört zu haben.

»Moment mal, Pritchard, wollen Sie etwa damit sagen, dass Sie sehr wohl wissen, wer der Vater des Kindes ist, und Sie uns alle hier drei Stunden lang für dumm verkauft haben?«, donnerte er ihm entgegen.

Steve mimte den Bestürzten und gab sich für seine Schauspielkunst nicht unbedingt viel Mühe.

»Oh, das scheint mir doch tatsächlich irgendwie entfallen zu sein. So was passiert mir öfter, Inspector, tut mir leid. Da kann ich irgendwie gar nichts dagegen machen.«

Falkirk schien ihn mit seinem Blick förmlich zu durchbohren, und Connie fürchtete einen Augenblick sogar, er würde auf Steve losgehen. Aber er beherrschte sich, wenn auch mit viel Mühe. Drei Stunden hatten sie vollkommen sinnlos vertan, und dieses grinsende Früchtchen vor ihm wusste das nur zu gut. Auch Alexander Cole verschlug es im ersten Moment die Sprache.

»Pritchard, ich warne Sie, führen Sie mich nicht an der Nase herum!«, zischte Falkirk zwischen zusammengepressten Zähnen hervor. »Das hier ist eine polizeiliche Untersuchung und keines Ihrer beliebten Wettspielchen!«

Als Andrew Parker eine halbe Stunde später buchstäblich im Schlaf überrascht wurde und angesichts der polizeilichen Übermacht in seinem Zimmer ohne lange Umschweife die Vaterschaft zugab, pochte Cole erneut auf die sofortige Freilassung seines Mandanten. Er war von dem stundenlangen Verhörmarathon inzwischen müde und ausgelaugt und verspürte wenig Lust, die ganze Nacht auf dem Polizeirevier in St. Andrews zu verbringen.

Falkirk blieb angesichts der dünnen Beweislage nichts anderes übrig, als Steve Pritchard schließlich gehen zu lassen. Zum Abschied gab er ihm jedoch noch eine eindeutige Warnung mit.

»Eines sage ich Ihnen, Pritchard, fühlen Sie sich nicht zu sicher. Sollte ich herausfinden, dass Sie und Parker gemeinsame Sache gemacht haben oder Sie auf irgendeine andere schmutzige Weise Ihre Finger im Spiel haben, dann werde ich dafür sorgen, dass Sie dafür zur Rechenschaft gezogen werden, das garantiere ich Ihnen. Und jetzt hauen Sie ab!«

Erschöpft stieg Connie eine halbe Stunde später die Treppe zu ihrer Wohnung hinauf. Sie hatte schon von der Straße aus gesehen, dass kein

Licht mehr brannte und war dankbar, mit Michael heute nicht mehr reden zu müssen. Was für ein grauenvoller Tag! Und dabei waren sie heute Morgen noch mit so viel Energie an den neuen Fall herangegangen. Jetzt war davon nichts mehr übrig außer unendliche Müdigkeit.

Was die Riggs jetzt wohl gerade taten? Würde Anne, betäubt durch Dr. Grahams Beruhigungsmittel, immer noch in einer Art Nirwana schweben, wo sie von dem Leid, das man ihr zugefügt hatte, nichts mitbekommen musste? Und Gary und Denis, würden sie sich anschweigen und stumm vor sich hinstarren, unfähig, das Geschehene zu begreifen? Und die Dermods? Würde Frank morgen zu seiner gewohnten Tour aufbrechen, so, als hätte er nie dieses tote Mädchen am Strand gefunden? Und würde Rose zu Hause sitzen und unruhig auf ihn warten? Anne und Gary, die Dermods, Lucy Kitten … Der Mord an Maureen hatte so viele entsetzte Gesichter verursacht, hatte so viel Leid über die Menschen gebracht.

Morgen würden alle in St. Andrews davon in den Nachrichten erfahren. Die Presse war mit Bekanntwerden des Leichenfundes sofort hellhörig geworden und würde so lange keine Ruhe geben, bis endlich ein geeigneter Mörder präsentiert werden konnte. Robinson hatte nach Steves Verhaftung eine erste Mitteilung zur allgemeinen Besänftigung der Gemüter herausgegeben, zu schnell, wie sie mittlerweile wussten. Er würde sie morgen zähneknirschend revidieren müssen.

Sie hatten nichts gegen Pritchard in der Hand, aber Falkirk wollte ihn trotzdem heimlich observieren lassen. Lange würde Robinson das nicht dulden, denn dazu fehlten ihnen momentan einfach die Leute. Connie hatte plötzlich das ungute Gefühl, dass der Chief sich in etwas zu verrennen drohte. Zugegeben, Pritchard war kein angenehmer Zeitgenosse, dennoch musste sie seinem Anwalt recht geben.

Es war zwar geschmacklos, aber kein Verbrechen, mit einem Freund um eine Frau zu wetten, und auch keines, jede Menge ungehobelter Ausdrücke zu verwenden. Ein dumpfes Gefühl sagte ihr außerdem, dass sie bei Andrew Parker nicht viel mehr Erfolg haben würden, auch nicht nach einer Nacht in Untersuchungshaft.

Sie warf einen Blick auf ihre Armbanduhr, als sie leise die Tür zum Schlafzimmer aufmachte. Schon fast Mitternacht. Morgen um acht musste sie wieder im Revier sein, denn dann wollte Falkirk mit Andrews Befragung beginnen. Und Jacob Blythe war hoffentlich endlich nüchtern und aussagebereit. Es würde ein neuer, sehr langer und anstrengender Tag werden. Aber vielleicht hatten sie ja an seinem Ende Maureens Mörder gefasst.

Obwohl dichte Nebelschwaden und eisige Kälte den Fußmarsch nach Hause äußerst ungemütlich machten, bekam Robert nichts davon mit. Leise vor sich hinpfeifend ging er durch das nächtliche St. Andrews, das um diese späte Stunde wie ausgestorben war. Nur einmal, als er die um diese Zeit eigentlich verbotene Abkürzung vorbei an den Ruinen der alten Kathedrale nahm, blieb er kurz stehen, weil er Schritte hinter sich zu hören glaubte, aber als er sich umdrehte, war niemand zu sehen. Lächelnd blickte er jetzt auf die Textmeldung, die Elizabeth ihm soeben auf seine Nachricht geschickt hatte. Das erste Mal seit vielen Wochen hatte er das Gefühl, dass endlich wieder etwas Sinn in seinem Leben machte.

»Na, Blakie, so spät noch unterwegs«, hörte er plötzlich eine schneidende Stimme

Erschrocken fuhr er herum. »Steve? Was zum Teufel machst du hier?«

Die dunkle Gestalt, die neben dem Fahrradständer gewartet hatte, kam auf ihn zu.

Robert hatte gehofft, Steve die nächsten Tage nicht über den Weg laufen zu müssen, und war tief in seinem Innersten über die Vorkommnisse am Nachmittag auch nicht so bestürzt gewesen, wie die meisten, nein, wie *alle* dies von einem guten Freund erwarteten. Es war fast so, als ob eine schwere Last unvermittelt von ihm gefallen war, eine Last, die allerdings schneller wieder da war, als ihm lieb sein konnte. Roberts Gesicht schien seine Gedanken zu verraten, denn Steve kam plötzlich näher, und seine Körperhaltung ließ die angestaute Wut und die Aggression in ihm erkennen.

»Ich habe auf dich gewartet. Damit hast du jetzt nicht gerechnet, hm? Hast wohl gehofft, die Bullen lassen mich gar nicht mehr gehen, und du bist aus allem fein raus?«, fragte er lauernd.

»Was soll der Scheiß, Mann? Was war überhaupt …?« Aber weiter kam Robert nicht, denn Steve unterbrach ihn mit einer unbeherrschten Geste.

»Wie sagtest du heute Nachmittag so schön? Zerbrich dir mal nicht meinen Kopf. Das waren doch deine Worte, oder? Also, dann halte dich auch selbst daran und verschone mich mit deinen lästigen Fragen.«

»Sag mal, spinnst du jetzt total? Was soll denn das ganze Theater? Warum lauerst du mir hier mitten in der Nacht auf?«

»Das weißt du ganz genau. Ich wollte mich nach meinem kleinen Ausflug nur wieder in Erinnerung bringen und mich vergewissern, ob du auch schon fleißig warst, das ist alles. Im Reden bist du ja immer vorne mit dabei. Aber *ich*, Kleiner, *ich* weiß genau, wie man in gewissen Situationen *handelt*. Kannst ja mal bei den Bullen nachfragen, wenn du dich traust«, spottete Steve mit einem höhnischen Grinsen, das ihm jedoch verging, als Robert ihn am Kragen packte und gegen die Hausmauer drückte.

»Vergiss es, hast du gehört. Vergiss es! Ich mache nicht mehr mit. Ich bin raus aus der Sache! Und jetzt verschwinde endlich!«

Er gab Steve einen unsanften Stoß, sodass dieser ins Straucheln geriet, aber er hatte sich schnell wieder gefangen. Wutentbrannt stellte er sich Robert in den Weg, die Hände zu Fäusten geballt.

»Wenn der liebe artige Blakie glaubt, er kommt einfach so aus dieser Sache wieder raus, dann hat er sich aber gewaltig geschnitten. Das Ding mit der Kleinen war meine Idee, du hattest alle Möglichkeiten, einen Rückzieher zu machen. Aber du wolltest ja unbedingt mitmachen. Und jetzt wird es langsam Zeit für *deinen* Anteil, andernfalls ...«

»Willst du mir etwa drohen?«

Doch Steve kam zu keiner Antwort mehr, denn in diesem Moment wurde im ersten Stock ein Fenster geöffnet. »Ist dort unten jetzt endlich Ruhe, verdammt noch mal!«, schrie jemand wütend. »Macht euer Kaffeekränzchen gefälligst woanders!«

Beide hatten erschrocken nach oben geblickt, sodass sie die versteckte Gestalt, die hinter den Fahrradständern gelauert hatte und jetzt gebückt im Schutz der Dunkelheit eilig das Weite suchte, nicht bemerkten.

Robert verschwand durch die Eingangstür, ohne Steve noch einmal anzuschauen. Erst als er atemlos in seinem Zimmer angekommen war und sein Mobiltelefon aus der Tasche holte, merkte er, dass seine Hände zitterten.

14. Kapitel

Rose war froh, als der kleine Wecker auf ihrem Nachttisch endlich halb sechs anzeigte. Sie hatte fast die ganze Nacht wachgelegen, und wenn sie doch einmal eingeschlafen war, so wurde sie von wirren Albträumen geplagt, in denen sie Anne und Gary die Nachricht von Maureens Tod überbringen musste. Aber jetzt war es fast Morgen. Frank würde in einer halben Stunde aufstehen, und dann musste auch sie nicht mehr quälende Stunden auf den Schlaf warten, der ja doch nicht kommen wollte.

Vorsichtig blickte sie zu ihm hinüber. Er schien tief und fest zu schlafen. Würde er tatsächlich so wie jeden Tag zum Strand hinuntergehen? Würde er in sein Boot steigen, als ob nichts passiert wäre, als ob er Maureen nie gefunden hätte? Sie hatte es gestern nicht gewagt, ihn danach zu fragen. Die nette Polizistin hatte ihnen einen starken Tee gekocht, bevor sie und der Inspector sich wieder verabschiedet hatten. Sie waren beide sehr freundlich gewesen, hatten nicht viele Fragen gestellt, sondern einfach nur zugehört. Aber dann waren sie und Frank auf einmal wieder alleine gewesen, hatten stumm auf der Eckbank gesessen und nicht gewusst, was man dem anderen sagen sollte. Also hatten sie beide geschwiegen.

Wer wohl die Zeitung heute bringen wird, schoss es Rose plötzlich durch den Kopf. Bestimmt hatte der Händler schon einen Ersatz für Maureen gefunden, denn das Leben musste ja weitergehen und der zahlende Kunde zufriedengestellt werden. Ein anderer würde heute Morgen die Zeitung austragen, in der Maureens furchtbarer Tod nachzulesen war. Wahrscheinlich würde sich die Ausgabe sogar besonders gut verkaufen, denn jeder in St. Andrews würde wissen wollen, was genau an den East Sands passiert war. An ihrem Strand …

Rose blickte nochmals zur Uhr und stellte fest, dass es mittlerweile kurz nach sechs war. Frank machte keine Anstalten aufzustehen. Dabei hatte er sonst nie einen Wecker gebraucht, war immer von alleine wach geworden. Rose sah ihn besorgt an. Er lag mit offenen Augen da und starrte einfach nur auf die Zimmerdecke. Nur das leichte Anheben der Bettdecke zeigte ihr, dass er überhaupt atmete. Vorsichtig streckte sie ihre Hand aus und legte sie auf seine. Sie spürte, wie sich seine mageren knochigen Finger langsam mit den ihren verhakten und sie fest drückten. Sie wagte es nicht, ihn anzusprechen, wagte kaum, zu atmen.

Plötzlich hörte sie seine Stimme, leise und gebrochen. »Ich kann nicht. Ich kann es einfach nicht.«

»Schon gut, Frank. Bleib heute zu Hause«, flüsterte sie. Aber ihre Worte schienen ihn nicht trösten zu können, schienen ihn überhaupt nicht zu erreichen. Sie spürte seine Verzweiflung, als er erneut zu sprechen begann. »Wie kann ich jemals wieder auf das Meer hinausfahren, in dem sie sterben musste?«

———

»Wie wir soeben von einem Polizeisprecher erfahren haben, wurde der gestern verhaftete Student der St. Andrews Universität bereits in den späten Abendstunden wieder freigelassen. Dafür soll es noch in der Nacht eine zweite Verhaftung gegeben haben. Die Polizei war jedoch aus ermittlungstaktischen Gründen zu keiner weiteren Stellungnahme bereit. Bei dem siebzehnjährigen Opfer soll auch eine geheimnisvolle Nachricht des Täters gefunden worden sein. Die Polizei in Person von Superintendent George Robinson wollte dies weder bestätigen noch dementieren, sodass natürlich für uns und auch für Sie, liebe Hörer, viele Fragen offenbleiben. *Radio St. Andrews* wird Sie selbstverständlich jederzeit über die polizeilichen Ermittlungen und eventuelle neue Spuren auf dem Laufenden halten. Jetzt aber kommen wir erst einmal zum Wetter für den heutigen Donnerstag ...«

Mit einer unwirschen Bewegung schaltete Robinson das Radio aus und blickte ernst zu Falkirk, der ihm im Besuchersessel am Schreibtisch gegenübersaß.

»Würde nur zu gerne wissen, woher die ganze Meute das mit der Nachricht schon wieder weiß. Ich will gar nicht daran denken, was passiert, wenn sie erfahren, was sich wirklich hinter dieser Botschaft verbirgt. Ein Ritualmord würde die Öffentlichkeit erst recht in Angst und Schrecken versetzen. Umso wichtiger ist es deshalb, dass wir schnell zur Lösung dieses Falls kommen, bevor eine regelrechte Lawine losgetreten wird.«

Warum, dachte Falkirk wütend, spricht Robinson eigentlich immer von *wir*, wenn er in Wirklichkeit nur *mich* meint? Er hasste diese Verbrüderung, von der er sich im Ernstfall nichts kaufen konnte. Der Vorabend hatte es mal wieder zur Genüge bewiesen. Während sie noch vergeblich dabei waren, Pritchard weich zu kochen, hatte ihnen der Superintendent mit seiner Meldung an die Presse einen Bärendienst erwiesen. Hauptsache, der Polizei konnte keine Tatenlosigkeit vorgeworfen werden. Dafür waren sie jetzt in den Verruf geraten, schlampige Ermittler zu sein, die wahllos und ohne stichhaltige Beweise irgendwelche Studenten verhafteten, die sie nach kurzer Zeit sowieso wieder freilassen mussten.

»Sir, dass Pritchard den Namen von Parker so lange verschweigen würde, damit konnte wirklich niemand rechnen«, verteidigte Falkirk vehement sein Vorgehen. »Andernfalls hätten wir ihn uns schon viel früher vorknöpfen können. Außerdem müssen Sie mir zustimmen, dass die Indizien eine Verhaftung Pritchards absolut gerechtfertigt haben, und ich bin auch jetzt noch der Meinung, dass er etwas mit der Sache zu tun hat.«

Robinson runzelte bekümmert die Stirn. »Der Vater dieses Pritchards war von der Verhaftung seines Sohnes erwartungsgemäß wenig angetan. Er lässt über seinen Anwalt eine Dienstaufsichtsbeschwerde gegen Sie vorbereiten, Patrick. So ungern ich es jetzt sage, aber wir müssen sehr vorsichtig sein, was die Ermittlungen gegen Steve Pritchard betrifft.«

Und da war es wieder, dieses vertraut wirkende *wir*, das die ganze Polizei zu einer einzigen großen Familie werden ließ, mit George Robinson als väterliches Oberhaupt. Falkirk blickte ihn mit einem müden Lächeln an. Daher wehte also der Wind. Der Superintendent spürte nicht nur den Druck der Pressemeute, sondern auch den eines geradezu übermächtig scheinenden Erdöltycoons.

»Warum verwundert mich bei dieser Familie schön langsam überhaupt nichts mehr? Pritchard senior hätte mich doch sehr überrascht, wenn er diese Beschwerde *nicht* eingereicht hätte«, sagte Falkirk.

Robinson schüttelte abwehrend den Kopf. »Patrick, es wird selbstverständlich alles getan, damit es nicht so weit kommt. Ich habe nachher gleich ein Gespräch mit Alexander Cole. Der scheint mir ja ein ganz umgänglicher Bursche zu sein.«

Falkirk war seit dem gestrigen Verhör zwar anderer Meinung, stellte aber erstaunt fest, dass Robinson tatsächlich von sich in der Einzahl gesprochen hatte. Sollte es doch ab und zu noch ein Wunder geben? Bevor er etwas erwidern konnte, klopfte es an die Tür. Connie ließ ihm mitteilen, dass Andrew Parker zum Verhör bereit sei.

»Denken Sie dran, Patrick, wir brauchen in dieser leidigen Angelegenheit schnellstmöglich etwas Handfestes«, gab ihm Robinson mit einem freundschaftlichem Schulterklopfen auf den Weg.

Nein, heute morgen würde es dieses Wunder nicht mehr geben.

Auf dem Weg ins Vernehmungszimmer kam ihnen Constable Norton entgegen. Falkirk verspürte auf einmal ein schlechtes Gewissen, hatte er sich doch nach der Entdeckung des Fotos nur noch auf Pritchard konzentriert und die Arbeit der beiden Kollegen im Archiv beiseitegelassen.

»Guten Morgen, Constable. Tut mir leid, dass ich Sie gestern umsonst stundenlang hab suchen lassen. Aber Sie sehen ja selbst, was hier los ist. Die Ereignisse haben sich förmlich überschlagen. Sie wissen Bescheid wegen Pritchards Beschattung?«

Norton war gemeinsam mit Henderson zur Ablöse des Nachtdienstes eingeteilt und nickte eifrig. Er hatte die halbe Nacht damit verbracht, aus seiner neu erworbenen Lektüre schlau zu werden, aber irgendwann im dritten Akt von *Hamlet* doch etwas entmutigt kapituliert. Gerade noch konnte er ein Gähnen unterdrücken.

»Guten Morgen, Sir«, beeilte er sich deshalb zu sagen. »Ja, wir lösen die Kollegen vor Pritchards Wohnung in einer Stunde ab. Ich wollte Sie aber noch wegen etwas anderem …«

Weiter kam er nicht, denn in diesem Augenblick bog Sergeant Henderson um die Ecke und mit ihm die Nachricht, dass Jacob Blythe endlich in der Lage gewesen sei, eine Aussage zu machen.

»Und?« Die Spannung in Falkirks Stimme war förmlich greifbar. Connie bemerkte in diesem Moment, dass Henderson etwas grünlich im Gesicht wirkte. Sie konnte sich lebhaft vorstellen, in welchem Zustand er die Ausnüchterungszelle vorgefunden hatte, in der Jacob Blythe zuvor eine Nacht verbracht hatte, und sie beneidete ihn nicht um dieses morgendliche Vergnügen. Henderson rümpfte leicht die Nase, bevor er seinen Bericht ablieferte.

»Es ist tatsächlich so, wie Steve Pritchard es gesagt hat. Die beiden haben gewettet, dass er es schafft, diese junge Dozentin … äh …«

»Elizabeth Scott«, half ihm Connie schnell aus der Zwickmühle.

»Genau. Dass er, also Pritchard, es schafft, diese Elizabeth Scott … ähm … *flachzulegen*. So hat es Jacob Blythe jedenfalls ausgedrückt«, fügte Henderson rasch hinzu, denn er hatte Connies missbilligenden Gesichtsausdruck nur allzu deutlich wahrgenommen.

»Wetten scheinen laut Blythe eine Art Hobby von Pritchard zu sein«, fuhr er dann nach einer kurzen Pause fort. »Blythe meinte jedoch auch, dass die Sache mit der Rückkehr von Dr. Helen Bloomfield sehr schnell jeglichen Reiz für Steve Pritchard verloren hätte und das Ganze schließlich im Sande verlief. Allerdings gab es wohl in der Tat etwas Ärger mit Pritchard senior, dem das unmögliche Verhalten seines Sprösslings in dem Literaturkurs und sein anschließender Rauswurf überhaupt nicht gefallen hatten. Blythe deutete an, dass es nicht das erste Mal gewesen sei, dass Steves Vater gewisse Dinge mit der einen oder anderen Spende wieder geradezubiegen versucht hatte.«

Nachdem der Sergeant mit seinem Bericht fertig war, stellte Falkirk irritiert fest, dass Henderson die ganze Zeit eigentlich nur mit Connie gesprochen hatte. Dies änderte jedoch nichts an der ernüchternden Tatsache, dass sie Pritchard nach wie vor den Mord nicht nachweisen konnten.

»Ich habe das Protokoll aufgenommen und ihn dann nach Hause geschickt, Sir. Er sah so aus, als könne er dringend eine Dusche vertragen. Ich hoffe, das war in Ordnung so?« Henderson grinste schief.

Falkirk nickte nur resigniert. »Ja, ja, schon gut. Hat er Ihnen eigentlich gesagt, ob es damals einen Wetteinsatz gab?«

»Allerdings. Der Verlierer sollte nackt in der Nordsee baden, im Winter wohlgemerkt. Und der Vorschlag dazu, kam, Sie werden es nicht glauben ...«

»Von Pritchard selbstverständlich«, warf Connie ungehalten ein. »Wer sonst sollte auf eine derart schwachsinnige Idee kommen?«

»Nein, Connie.« Henderson schüttelte den Kopf. »Der Vorschlag kam von Andrew Parker. Er ist der Einzige, der von den beiden damals in die Wette eingeweiht worden war.«

»Tatsächlich?« Falkirks Stimme klang wieder etwas zuversichtlicher. »Seine Leidenschaft für kaltes Meerwasser darf er mir jetzt dann gleich ausführlich erklären. Gute Arbeit, Henderson.«

Dieser Meinung konnte sich Connie nur anschließen.

Gary Rigg hatte nicht gewusst, wie unendlich lang eine Nacht war, wenn man nicht schlafen konnte und stundenlang nur an einen einzigen Menschen dachte. Irgendwann gegen drei Uhr morgens hatte er es nicht mehr ausgehalten und war aufgestanden. Aber wohin jetzt? In Maureens Zimmer und nachsehen, ob das Bett tatsächlich leer war, um sicherzugehen, dass sie nicht nach Hause gekommen war? Er wusste, dass er den Anblick der sauber gefalteten Bettdecke und des glattgezogenen Leinens nicht ertragen hätte. Also war er in die Küche gegangen, hatte sich ein Bier aus dem Kühlschrank geholt und sich an den Tisch gesetzt – an den Tisch, der vier Stühle hatte, von denen einer in Zukunft immer leer bleiben würde. Jeden Tag würden sie daran erinnert werden, dass jemand fehlte.

Denis würde wie immer nach ein paar Minuten aufstehen oder gar nicht erst zum Abendessen erscheinen, und dann würden er und Anne ganz alleine hier sitzen. Sie würden nicht wissen, was sie reden sollten, jeder würde übertrieben freundlich mit dem anderen umgehen und innerlich große Angst davor haben, ihren Namen auszusprechen, sich dem Thema zu nähern, worüber niemand sprechen durfte.

Oder würde Anne nie wieder aus diesem Trancezustand erwachen und den Rest ihres Lebens wie geistesabwesend durch die Gegend laufen, vollgepumpt mit irgendwelchen Beruhigungstabletten? Würde er, so wie er es jetzt tat, irgendwann ganz alleine hier sitzen und an seine zerstörte Familie denken? An die Scherben, die dann noch übrig waren? Gary hatte plötzlich Schritte im Vorgarten gehört. Wer wollte denn um diese Uhrzeit etwas von ihnen? Durch das Wohnzimmerfenster glaubte er eine vertraute Gestalt zu erkennen. Das konnte doch unmöglich sein. Er sprang auf und rannte zum Fenster, aber der nächtliche Besucher war bereits an der Haustür angelangt, sodass er sich seinem Blick entzog.

Er hatte sich bestimmt geirrt, es konnte nicht sein, oder etwa doch? Hatten sich vielleicht die anderen geirrt, und sie war es gar nicht? Er hatte sein kleines Mädchen noch nicht tot gesehen, erst morgen, das hatte der Chief Inspector gesagt, erst morgen würden sie Maureen sehen können. Aber am Ende war es gar nicht sein Mädchen, das da unter einer sterilen weißen Decke lag, aufgeschnitten und zerlegt wie ein seziertes Insekt. Denn sie war ja hier, stand vor dem Haus und wollte hereingelassen werden. Und keiner machte ihr auf! Gary war zur Eingangstür gerannt und hatte sie mit einem Schwung aufgerissen.

»Maureen!«

»Was? Drehst du jetzt durch«, herrschte ihn eine wütende Stimme an.

Gary verstand nicht, warum sie so böse auf ihn war. Warum schimpfte sein kleines Mädchen so mit ihm?

»Maureen, komm herein. Du erkältest dich doch«, hatte er sie angefleht.

»Verdammt noch mal, hör endlich auf damit«, schrie die Stimme noch lauter.

Gary war in die kalte Nachtluft hinausgetreten. Er roch den Rauch einer Zigarette, und als er zur Seite blickte, sah er ...

»Was machst du denn hier um diese Zeit? Geh endlich schlafen und lass mich in Ruhe«, hatte Denis seinen Vater wütend angebrüllt, bevor er an ihm vorbei ins Haus gestürmt war.

Als Gary jetzt alleine in der Küche saß, die Bierflasche, die immer noch ungeöffnet vor ihm auf dem Tisch stand, fixierte und über diese nächtlichen Stunden nachdachte, fragte er sich plötzlich, ob er gerade dabei war, seinen Verstand zu verlieren. Er hatte nicht nur seinen Sohn mit seiner Tochter verwechselt, sondern brachte mittlerweile jedes Geräusch, das er im Haus hörte, mit ihr in Verbindung. War sie nicht gerade unter der Dusche? Hörte er sie nicht gerade aus ihrem Zimmer kommen? Ging sie nicht die Treppe herunter? Das Frühstück war ja noch gar nicht gemacht, Anne hatte sich noch um nichts gekümmert. Er musste ...

»Gary«, sagte eine leise Stimme hinter ihm, »lass uns bitte in die Gerichtsmedizin fahren. Ich möchte zu unserer Tochter.«

Anders als bei Steve Pritchard führte die Tatsache, dass er verhaftet worden war, bei Andrew Parker weder zu einem selbstgefälligen Grinsen noch zu spätpubertären Kraftausdrücken. Die Nacht in Untersuchungshaft hatte ihre Spuren hinterlassen. Aschfahl und mit dunklen Augenringen saß er Connie und Falkirk seit einer Stunde gegenüber, und seine einzige Sorge bestand darin, was wohl sein Vater zu tun gedachte, sobald er von den Aktivitäten seines Sohnes erfahren sollte. Offensichtlich nichts Angenehmes.

»Wenn er mitbekommt, dass das Kind von mir ist, bringt er mich um«, murmelte er zum wiederholten Male.

Falkirk zog genervt die Luft ein. »Sie vergessen dabei wohl das Wichtigste an der ganzen Sache, Mr. Parker. Maureen Rigg war nicht nur schwanger. Sie ist noch dazu, und das ist es, was *uns* vor allem interessiert, seit gestern Morgen *tot*! Und Sie, mein Lieber, haben ein ganz gewaltiges Motiv für diesen Mord.«

»Aber ich habe sie nicht umgebracht! Wie oft soll ich es denn noch sagen? Ich habe doch erst gestern Abend von Ihren Beamten erfahren, dass sie tot ist. Sie müssen mir glauben. Sie müssen ...« Er war kurz davor, in Tränen auszubrechen.

»Ich muss gar nichts, Mr. Parker«, unterbrach Falkirk ihn wütend. »Und ich tue es auch nicht. Ich glaube nämlich nicht, dass Sie Maureen angeblich Montagabend das letzte Mal gesehen und seit der Zeit auch nichts mehr von ihr gehört haben. Soll ich Ihnen nochmals erklären, wie *ich* mir die ganze Geschichte vorstelle?«

Connie sah kurz zu Falkirk hinüber und gab ihm ein Zeichen, mit ihr nach draußen zu gehen. Sie hatte genug gehört und gesehen, genug, um zu wissen, dass sie bei dem Jungen auf dem Holzweg waren, und zwar ganz gewaltig. Falkirk ahnte bereits, was ihn auf dem Flur erwarten würde. Er lehnte seinen Kopf müde gegen den Türpfosten, und ehe Connie ihren Vermutung äußern konnte, sagte er leise: »Ich weiß, was Sie mir sagen wollen. Verdammt noch mal, wir drehen uns im Kreis und kommen kein Stück vorwärts.«

»Sir, wir haben nichts gegen ihn in der Hand, außer diese Schwangerschaft«, begann sie vorsichtig. »Und ich glaube ihm, wenn er sagt, dass Maureen ihn nicht unter Druck gesetzt und selbst an eine Abtreibung gedacht hat. Denken Sie doch mal an ihre ehrgeizigen Pläne. Sie wollte endlich weg aus St. Andrews, wollte in die Großstadt ziehen und irgendwann beim Film arbeiten, aber ganz bestimmt nicht mit siebzehn Mutter sein. Warum sollte er sie wie Ophelia am Strand drapieren, wo sie innerhalb weniger Stunden gefunden wird, und ihr dann auch noch dieses lächerliche Zitat in die Hand drücken? Wenn er Maureen samt Baby wirklich heimlich verschwinden lassen wollte, dann hätte er sie einfach im Wasser liegen lassen. Die Strömung hätte das ihrige dazu beigetragen, und wer weiß, ob sie jemals gefunden worden wäre.«

Falkirk wusste, dass sie recht hatte, denn es waren im Grunde genommen seine eigenen Argumente. Aber er wollte Andrew Parker nicht einfach wieder gehen lassen. Er war ihre einzige Spur im Moment.

»Aber was, Connie, wenn es gar nicht seine Idee war? Was ist, wenn sich Pritchard das alles ausgedacht hat? Das könnte doch gut möglich sein. Parker hat selbst zugegeben, sich bei ihm wegen Maureens Schwangerschaft ausgeheult zu haben, und Pritchard, der sowieso mit Helen Bloomfield noch eine Rechnung offen hatte, hat plötzlich die Möglichkeit, zwei Fliegen mit einer Klappe zu schlagen. Parker ist sein kleines Problem mit Maureen los, und er selbst kann seinen persönlichen Rachefeldzug richtig ausleben.«

Pritchard ... Natürlich, sie hätte es sich gleich denken können. Der Chief war nach wie vor fest davon überzeugt, dass Steve Pritchard etwas mit dem Mord zu tun hatte. Falkirk war allmählich regelrecht besessen von der Idee, Pritchard dafür zur Rechenschaft ziehen zu müssen.

»Sir, Sie vergessen dabei aber, dass nicht einmal Andrew Parker etwas von der Verbindung zwischen Helen Bloomfield und den Riggs wusste. Woher sollte es also dann Steve Pritchard wissen? Ich habe bei Lucy Kitten heute Morgen nochmals etwas nachgebohrt. Maureen hatte wohl von Anfang an nur Augen für Parker und hat laut ihrer Freundin keine fünf Sätze mit Pritchard gesprochen, der mit beiden Mädchen auch nicht sonderlich viel zu tun haben wollte. Und Maureen und Andrew hatten bestimmt Besseres im Sinn, als über Anne Riggs Arbeitgeber und Steve Pritchards unangenehmen Abgang aus irgendwelchen Seminaren zu sprechen.«

»Diese angebliche Unwissenheit kann genauso gut raffiniert vorgetäuscht und vorgespielt sein«, fauchte Falkirk zurück.

»Jetzt klingen Sie schon genau wie O'Reilly«, schleuderte ihm Connie zornig entgegen, und in ihrer rechten Schläfe begann ein unangenehmes Pochen.

»Ich weiß, dass Sie den nicht mögen, wenn mir auch schleierhaft ist, warum«, kam Falkirks prompte, nicht minder zornige Antwort zurück.

Sie waren drauf und dran, richtig zu streiten. Wie zwei Kampfhähne standen sie sich im Flur gegenüber und warfen sich gegenseitig böse Blicke zu.

»Allerdings, Sir, ich mag Sergeant O'Reillys Überheblichkeit überhaupt nicht, aber etwas anderes mag ich noch viel weniger. Nämlich, dass Sie sich in etwas verrennen, in etwas, das von vorneherein eine Sackgasse bedeutet. Glauben Sie wirklich allen Ernstes, Parker würde den Mord an seiner Freundin alleine ausbaden, falls Pritchard seine Finger mit ihm Spiel hätte? Glauben Sie wirklich, er würde eine Nacht in Untersuchungshaft verbringen, während sich sein Komplize ein schönes Leben in Freiheit macht? Von diesen Leuten denkt doch jeder nur an sich, an seine Karriere und an seinen eigenen Vorteil. Parker genau wie Pritchard und all die anderen zukünftigen Rechtsanwälte und Wirtschaftsbosse. Keiner von denen würde ernsthaft einen Finger krumm machen, wenn ihn ein Freund um einen Gefallen bittet, und schon gar nicht, wenn es dabei um ein so heikles Thema wie die Schwangerschaft einer Minderjährigen geht.«

Connies Wangen hatten sich inzwischen dunkelrot gefärbt, und in ihren Augen blitzte es gefährlich auf. Falkirk hatte sie selten so temperamentvoll erlebt. Er versuchte krampfhaft, etwas zu seiner Verteidigung zu sagen, aber kam nicht einmal zum Luftholen.

»Und noch etwas, Sir, das Sie vielleicht berücksichtigen sollten. Auch wenn die ungewollte Schwangerschaft für die beiden ein großes Problem war, so heißt das noch lange nicht, dass Andrew Parker seine Freundin deswegen loswerden wollte. Er hat Maureen wahrscheinlich nicht *geliebt*, so wie ... wie Sie zum Beispiel Ihre Frau lieben. Aber ich glaube, sie war für ihn trotzdem so etwas wie ein Lichtblick, wenn Sie verstehen, was ich meine.«

Falkirk war das leichte Zögern in ihrer Stimme nicht entgangen. Bevor er jedoch etwas erwidern konnte, sprach sie schon weiter.

»Ein Mensch, bei dem er die Bewunderung und Bestätigung bekam, die ihm wahrscheinlich jahrelang von seinem Elternhaus versagt wurde, wo es nur Leistungsdruck und hohe Erwartungen zu geben scheint.«

»Was wiederum zu einer Panikreaktion geführt haben könnte, nachdem er von Maureens Schwangerschaft erfahren hatte«, erwiderte Falkirk fast schon störrisch. »Sie sehen doch selbst, wie viel Angst Andrew Parker vor seinem Vater hat.«

»Panik? Und dazu dieses wohlüberlegte und sorgfältig ausgesuchte Zitat? Das passt doch hinten und vorne nicht zusammen, Sir.«

Falkirk blickte Connie eine Weile schweigend an. Es war das erste Mal in den zwei Jahren, in denen sie nun zusammenarbeiteten, dass es beinahe zu einem Krach zwischen ihnen gekommen wäre. Er musste zugeben, dass sie einen ähnlichen Sturkopf hatte wie er selbst. Grimmig nickte er ihr schließlich zu, und gemeinsam gingen sie zum Vernehmungszimmer zurück.

Die Türklinke schon in der Hand, wandte sich Connie nochmals an Falkirk. Mit leiser Stimme sagte sie: »Ich will nur nicht, dass Sie sich in etwas verrennen, Sir. Wenn Pritchard tatsächlich in diesen Mord verwickelt sein sollte, dann nur aus einem einzigen Grund: um seiner selbst willen. Und dann, Patrick, dann werden wir den Beweis dafür eines Tages auch finden. Aber Andrew Parker lassen Sie jetzt bitte gehen.«

15. Kapitel

Falkirk wusste allmählich nicht mehr, was er eigentlich verbrochen hatte. Der Tag hatte nicht nur vollkommen katastrophal begonnen, sondern setzte sich auch in den späten Vormittagsstunden unerbittlich so fort. Kaum hatte er Robinson die unerfreuliche Nachricht von Parkers Freilassung übermittelt, wurde ihm von der Gerichtsmedizin mitgeteilt, dass sich die Riggs auf dem Weg dorthin befänden.

Den Eltern die Leiche ihrer Tochter zeigen zu müssen und ihnen dann auch noch beizubringen, dass diese zum Zeitpunkt ihres Todes schwanger war, war das Letzte, was er jetzt gebrauchen konnte. Außerdem würde er ihnen sagen müssen, dass er zwar mehrere Tatverdächtige verhaftet hatte, aber alle inzwischen wieder auf freiem Fuß waren, weil die Mordkommission bisher nicht in der Lage war, die notwendigen Beweise zu liefern.

»Ich kümmere mich um Maureens Eltern«, schlug Connie mutig vor, als sie seinen angespannten Blick bemerkte. »Ich kann mich vielleicht mit Anne von Frau zu Frau etwas besser unterhalten.«

»Sind Sie sicher?«, fragte er vorsichtig, denn um die Aufgaben, die mit der Pathologie zu tun hatten, riss sich normalerweise niemand in der Mordkommission. Und insbesondere bei Connie wusste er um ihre Angst, den Angehörigen von Opfern begegnen zu müssen.

»Ja, Sir, ganz sicher. Machen Sie sich darüber keine Sorgen«, sagte sie mit fester Stimme, obwohl sie innerlich aufgewühlt war.

Falkirk war keine fünf Minuten alleine im Büro und eben dabei, die Akte von Denis Rigg genauer zu studieren, als ihm vom Empfang der Besuch einer gewissen Imelda Barton angekündigt wurde. Er hatte keine Ahnung, wer sie war und was sie von ihm wollte, aber viel schlimmer konnte es heute eigentlich nicht mehr kommen. Zwei Minuten später wusste er, dass er sich gewaltig geirrt hatte ...

Helen Bloomfield blickte nervös auf ihre Armbanduhr. In einer Stunde würde das Seminar beginnen. Aber das war es nicht, das sie zu dieser inneren Unruhe veranlasste. Es war vielmehr die Tatsache, dass Chief Inspector Falkirk dann anwesend sein würde, um ihren ahnungslosen Studenten endlose Fragen über diesen grauenvollen Mord zu stellen. Der Dekan hatte sehr ungehalten reagiert, als er davon erfahren hatte und sich anfangs sogar geweigert, die Befragung zuzulassen.

»Können Sie sich vorstellen, wie die Eltern der Studenten reagieren werden, wenn sie davon erfahren? Ermittlungen in einem Mordfall an der Universität von St. Andrews, so etwas hat es ja noch nie gegeben. Ein Skandal ist das! Ein ganz furchtbarer Skandal! Das darf auf keinen Fall publik werden, Dr. Bloomfield!«

Für Helen klang dies so, als wolle man plötzlich ihr die Schuld für die schlimmen Geschehnisse rund um Maureen Rigg geben. Mit kühler und distanzierter Stimme antwortete sie deshalb: »Ich habe nicht um dieses Verhör gebeten, Sir, sondern hätte nichts dagegen, meinen normalen Unterricht abhalten zu dürfen. Und was die damalige Sache mit Steve Pritchard betrifft ...«

Damit hatte sie wohl einen wunden Punkt beim Dekan erwischt, denn er unterbrach sie äußerst unwirsch: »Ja, ja, schon gut. Ich kenne die Pritchard-Geschichte nur zu gut. Schließlich konnte ich mich damals mit seinem Vater herumstreiten.«

Wieder verspürte Helen das Gefühl, ungerechtfertigterweise für etwas geradestehen zu müssen, aber sie verzichtete auf einen weiteren Kommentar. Sie konnte ihm nur erneut Falkirks Sicht der Dinge schildern und den Dekan wenigstens davon überzeugen, dass ein Gespräch an der Universität auf jeden Fall besser sei, als wenn sie alle auf dem Polizeirevier erscheinen müssten. Das würde den Eltern der Beteiligten ohne Zweifel noch viel weniger gefallen. Allerdings konnte sie ihn nicht davon abhalten, persönlich bei Falkirks Vorgesetztem vorstellig zu werden. Da sie seitdem nichts mehr von ihm gehört hatte, blieb es wohl beim vereinbarten Besuch des Inspectors.

Missmutig blickte sie aus dem Fenster, hinaus in den grauen, trostlosen schottischen Winter. Immer und immer wieder hatte sie sich seit gestern den Kopf zerbrochen, ob sie bei Steve Pritchard nicht doch etwas falsch gemacht hatte, ob sie vielleicht nicht anders hätte reagieren sollen. Imelda wollte davon natürlich nichts hören und gab vielmehr dem Dekan die Schuld, der Pritchard nach all seinen Eskapaden immer noch an der Universität duldete. Dann war Helen plötzlich den furchtbaren Gedanken nicht mehr losgeworden, dass sie irgendetwas übersehen hatte, dass es tatsächlich einen Kommentar oder irgendeinen anderen Hinweis von Pritchard gegeben hatte, bei dem sie hätte misstrauisch werden müssen. Aber so sehr sie sich auch anstrengte, so sehr sie sich auch den Kopf darüber zermarterte, es wollte ihr einfach nichts einfallen.

Weil ich so froh war, dass er endlich nicht mehr störte, dachte sie die ganze Zeit. Weil ich ihn nicht in einem Kurs haben wollte, in dem nur Platz für die Elite war. Zugegeben, Pritchard hatte bewusst gestört, ihre Arbeit boykottiert und alle mit seinem Benehmen auf die Palme gebracht, aber sie hätte trotzdem nicht so schnell aufgeben dürfen. Was wäre denn gewesen, wenn es diese unsägliche Wette nicht gegeben hätte, wenn Pritchard tatsächlich ihren Kurs für einen besseren Abschluss gebraucht hätte? Hätte sie seinen Rauschmiss dann immer noch verantworten können? War sie nicht insgeheim froh gewesen, endlich einen Grund gefunden zu haben, der es ihr ermöglichte, ihn loszuwerden? Einen Grund, der beim Dekan nicht nach langen Erklärungsversuchen verlangte, sondern ganz einfach für sich sprach.

Was aber würde sie in Zukunft bei Studenten machen, die nicht ganz so pflegeleicht waren, wie sie es gerne hätte? Hatte ihre erfolgreiche Arbeit in den letzten Jahren dazu geführt, dass sie allmählich den Boden unter den Füßen verlor? Dass sie plötzlich nicht mehr wusste, was es wirklich hieß, einen Lehrauftrag an einer Universität zu haben?

Die Guten ins Kröpfchen, die Schlechten ins Töpfchen ... War das inzwischen zu ihrem Motto geworden? Wie anders doch Leonard mit seinen Studenten umgehen konnte. Für ihn waren immer alle gleich. Er hatte nie Favoriten unter seinen Zöglingen und nie das Gefühl, sich bei dem einen oder anderen umsonst zu bemühen, auch wenn er ab und zu allen Grund dazu hätte.

Die Arbeit mit jungen Menschen war nie umsonst, auch wenn es nicht immer so glatt lief, wie sie es gerne hätte. Imelda hätte es geschafft, dachte Helen plötzlich mit einem Anflug von Scham. Sie hätte Steve Pritchard nicht einfach abgeschrieben, sondern ihn vielmehr als eine Herausforderung betrachtet, die es zu bewältigen galt.

Mitten in ihre trüben Gedanken hinein läutete das Telefon. Helen erkannte Elizabeths Büronummer sofort. Warum rief sie immer dann an, wenn man gerade das dringende Bedürfnis hatte, mit jemandem zu reden, und nicht alleine sein wollte? Hatte sie es eigentlich verdient, so gute Freunde zu haben? War sie nicht ständig am Nehmen und nie am Geben? So wie in ihren Gesprächen mit Anne, als sie es versäumt hatte, ein guter Zuhörer zu sein und nach ihren Sorgen zu fragen?

»Hallo Liz!«

»Hallo Helen«, schallte es fröhlich aus dem Hörer. »Ich bin so froh, dass ich gestern auf dich gehört habe. Stell dir vor ...«

Liz war genau der Sonnenschein, den sie an diesem trüben Januartag so sehr gebraucht hatte.

Connie sah schon von Weitem, dass Falkirk eine ganz besondere Laus über die Leber gelaufen sein musste, als er sie auf dem Parkplatz der Gerichtsmedizin abholte, um mit ihr an die Universität zu fahren. Sie fragte nicht sofort, sondern ließ ihn erst eine Weile wütend die Gangschaltung traktieren. Erst als er beinahe eine rote Ampel übersehen hätte und mit einem lauten Fluch eine Vollbremsung einlegte, konnte sie ihre Neugier nicht mehr zügeln.

»Jetzt erzählen Sie schon, was passiert ist. Ich sehe doch, dass Sie kurz vor der Explosion stehen.« Es konnte unmöglich immer noch die Tatsache sein, dass er Parker schließlich zähneknirschend von dannen hatte ziehen lassen.

»Imelda Barton«, stieß er wütend hervor, und als er ihren fragenden Blick bemerkte, fügte er hinzu: »Seien Sie bloß froh, dass Sie diesen Drachen nicht kennenlernen mussten. Und dabei hatte ich Helen eindeutig gebeten, mit *niemandem* darüber zu sprechen.«

Wütend trat er auf das Gaspedal, sodass der Wagen mit einem Ruck anfuhr. Connie, die sich mit beiden Händen am Sitz festklammerte, verstand immer noch nicht, worum es ging. Wer war Imelda Barton? Sie traute sich aber nicht, erneut zu fragen. Zwei Minuten und eine weitere Vollbremsung später fing Falkirk endlich zu erzählen an.

Schön langsam begann Connie seine schlechte Laune zu begreifen. Zu allem Überfluss hatten sie es jetzt auch noch mit einer Neuausgabe von Miss Marple zu tun, die es als persönliche Beleidigung empfand, dass William Shakespeare in einen Mordfall verwickelt war – und dies, obwohl er unschuldig und fast vierhundert Jahre tot war.

»Als ob wir den ehrenwerten Herrn höchstpersönlich verhaftet hätten und er dringend einen Pflichtverteidiger bräuchte! Zum Schluss meinte sie doch tatsächlich, mir sagen zu müssen, dass wir nicht einfach den nächstbesten Raufbold verhaften sollten, der durch die Gegend läuft. Was glaubt diese Barton eigentlich, wie wir auf die Spur von Pritchard gekommen sind? Durch Würfelspielen? Impertinente Person!«

Connie wusste darauf nicht wirklich etwas Einfallsreiches zu erwidern und zog es deshalb vor, zu schweigen. So ganz unrecht hatte die alte Dame ihrer Meinung nach nicht, aber sollte sie es wagen, dies Falkirk gegenüber anzudeuten, würde er sie wahrscheinlich zu Fuß weitergehen lassen. Das Shakespeare-Zitat – der Anfang all ihrer Ermittlungen in diesem Fall – war mittlerweile doch etwas in den Hintergrund geraten.

Auch die Riggs wussten immer noch nicht, dass ihre Tochter womöglich einem Ritualmord zum Opfer gefallen war. Sie hatten Connie bei ihrem Zusammentreffen in der Pathologie kein einziges Mal nach den laufenden Ermittlungen der Polizei gefragt. Aber wie hätte sie es ihnen auch beibringen sollen? Sie hatten auch ohne dieses Wissen schon genug zu verkraften. Die Nachricht von Maureens Schwangerschaft hatte beide in einen neuen Schockzustand versetzt. Connie hatte es alleine Anne zu verdanken, dass Gary nicht sofort zu Andrew Parker gefahren war, um ihn sich vorzuknöpfen, wie er laut durch die Gerichtsmedizin gebrüllt hatte. Überhaupt war Anne viel gefasster, als sie und Falkirk es anfangs befürchtet hatten, aber das lag wahrscheinlich noch an den Nachwirkungen der Beruhigungsmittel. Connie versuchte die Identifizierung ihrer Tochter so lange wie möglich hinauszuzögern, hoffte sie doch so, von Anne noch einiges über Maureen erfahren zu können.

Aber Falkirk hatte zu viele Hoffnungen in Maureens Mutter gelegt. Sie wusste zwar von der Freundschaft zwischen Lucy und Maureen, aber die abendlichen Pubbesuche der beiden und die daraus entstandene Liebesbeziehung zu Andrew Parker hatte das Mädchen offenbar geschickt vor ihr zu verheimlichen gewusst. Danach war der Pathologe endlich so weit, und Connie wusste, dass es jetzt kein Entrinnen mehr gab. Hatte Anne bisher zumindest äußerlich noch einigermaßen gefasst gewirkt, so war von dieser Fassade bei Maureens Anblick nichts mehr übrig. Jede weitere Frage, wonach auch immer, hatte sich erübrigt, und Connie beschlich das ungute Gefühl, die ganze Sache vollkommen falsch angepackt zu haben.

Aber Falkirk, der froh war, nicht mehr über Imelda Barton reden zu müssen, hatte sich ihre Geschichte nur ganz ruhig angehört, so wie sie das von ihm gewohnt war. Keine Spur mehr von wütendem Traktieren der Gangschaltung und von waghalsigen Vollbremsungen. Sein Zorn über den ungebetenen Gast war vergessen.

»Wissen Sie, Connie, das Schwierigste an der Arbeit bei der Mordkommission ist, dass es einfach kein Patentrezept gibt, kein Richtig oder Falsch. Worte, die in einem Fall noch tröstend gewirkt haben, verursachen beim Nächsten genau das Gegenteil. Ich denke, Sie haben Ihre Sache bei den Riggs sehr gut gemacht. Wir werden morgen noch mal gemeinsam zu ihnen fahren, für den Moment, denke ich, ist das, was sie zu verarbeiten haben, unfassbar genug.«

Connie lächelte ihn dankbar an, schien er doch zu ahnen, wie turbulent es in ihrem Inneren immer noch aussah. Trotzdem verspürte sie keine wirkliche Zufriedenheit. »Hm ... ich will ihnen nur nicht das Gefühl geben, dass sie die Letzten sind, die etwas über unsere Ermittlungen erfahren. Wenn ich mir vorstelle, sie müssen in der Zeitung lesen, dass ihre Tochter einem Ritualmord zum Opfer gefallen ist ...« Sie ließ den Rest des Satzes unvollendet.

»Ich weiß, Connie, ich hätte mich mehr um die beiden kümmern müssen. Aber wenn wir hier und jetzt auf der richtigen Spur sind, dann können wir die Schlinge vielleicht endlich zuziehen.«

Fragte sich nur noch, um wessen Hals?

Es dauerte eine Weile, bis sie 251 SWG in den weitverzweigten Gängen des St. Salvator's Colleges fanden. Connie war von dem mittelalterlichen Gebäude sehr angetan und blickte sich fast ehrfurchtsvoll um, als sie hinter Falkirk die verwinkelten Korridore entlangeilte. Schon als Kind hatte sie sich immer vorgestellt, eines Tages in einem der altehrwürdigen Colleges von St. Andrews unterrichtet zu werden. Kunstgeschichte, Archäologie, Literatur, Jura – ihre Pläne änderten sich damals fast täglich. Aber am Ende ihrer Schulzeit hatte sie sich dann für die Polizeiakademie in Edinburgh und damit auch für moderne, unpersönliche und kalte Seminarräume entschieden. St. Salvator's College befand sich direkt an der Uferstraße und bot nicht nur einen fantastischen Ausblick auf die stürmische Nordsee, sondern versetzte Connie mit seinen bunten Fenstergläsern, den alten Holztreppen und zahlreichen Nischen zurück in eine längst vergangene Welt. In den Gängen roch es nach altem Papier und Staub. Sie hatte Mühe, mit Falkirk Schritt zu halten, der dem Reiz seiner Umgebung nicht annähernd so viel Aufmerksamkeit schenkte, sondern angestrengt die Hinweisschilder studierte. Als sie schließlich vor dem gesuchten Raum ankamen, wartete Helen bereits auf dem Korridor. Wie schon am Vortag trug sie auch heute einen perfekt sitzenden Hosenanzug, bei dem es sich, ohne Frage, um ein teures Designerstück handelte. Ihre widerspenstigen Locken wurden von einer farblich zur Kleidung abgestimmten großen Haarspange im Zaum gehalten und ließen sich anders als beim letzten Mal bändigen. Trotz des makellosen Äußeren war ihre Nervosität deutlich zu sehen.

Ihre Hände zitterten leicht, als Falkirk sie und Connie miteinander bekannt machte, und ihre Wangen waren vor Aufregung gerötet. Er hatte ursprünglich zu einer saftigen Strafpredigt ansetzen wollen, weil sie ihr Versprechen ihm gegenüber, seinen Verdacht vorläufig niemandem mitzuteilen, nicht lange gehalten hatte. Aber als er sie jetzt zittrig und nervös vor sich sah, schluckte er seinen Ärger hinunter – vorläufig zumindest, denn ganz ungeschoren wollte er sie nicht davonkommen lassen.

Robinson hatte Falkirk nochmals abgefangen und ihm, wie einem unerfahrenen Polizeischüler im ersten Ausbildungsjahr, eingeschärft, an der Universität sehr vorsichtig vorzugehen. Falkirk musste nicht lange rätseln, um herauszufinden, dass hinter dieser Bitte eine äußerst aufgebrachte Universitätsleitung stand, die mit allen möglichen rechtlichen Mitteln drohte. Er vermutete, dass auch Helen diesen Druck zu spüren bekam. Als er mit ihr den Seminarraum betrat, in dem soeben noch aufgeregtes Getuschel und hitzige Debatten geherrscht hatten, trat urplötzlich eine beklemmende Stille ein. Alle starrten nach vorne, als hätte Helen ihn soeben als die Reinkarnation William Shakespeares und nicht als Chief Inspector Falkirk vorgestellt.

Die Gruppe bestand aus vier Mädchen und zwei Jungen. Falkirk bat mit einem Blick auf Helens Liste, als Erstes mit einer gewissen Katie Ewans sprechen zu dürfen. Die anderen fünf sollten in der Zwischenzeit mit Helen und Connie zusammen auf dem Flur warten. Ein dunkelhaariges, sehr großgewachsenes Mädchen hob selbstbewusst ihren Arm, als er den Namen vorlas, und trat ohne Scheu nach vorne.

Falkirk fühlte sich durch den klassenzimmerartigen Raum plötzlich an seine eigene Schul- und Studienzeit erinnert. Das ungute Gefühl in der Magengegend, das er all die Jahre vor jeder mündlichen Prüfung gehabt hatte, machte sich auf einmal wieder in ihm breit, und er musste sich regelrecht zwingen, daran zu denken, wer hier eigentlich die Fragen stellte. Katie war dagegen von der Tatsache, dass sie es mit der Polizei zu tun hatte, wenig beeindruckt.

»Katie, Sie wissen wahrscheinlich von Hel … von Dr. Bloomfield, dass wir im Mordfall Maureen Rigg ermitteln und in diesem Zusammenhang unter anderem auf Steve Pritchard gestoßen sind?«, begann er vorsichtig.

Katie nickte brav, aber Falkirk war nicht entgangen, dass sie eine Augenbraue leicht in die Höhe zog, als er den Namen Pritchard erwähnte.

»Es ist folgendermaßen …« Er wusste, dass das Shakespeare-Zitat in diesem Moment seine geheimnisvolle Existenz verlor und ihnen morgen in allen Zeitungen anklagend entgegenspringen würde. Aber er hatte, Robinson und seine Bedenken hin oder her, keine andere Wahl.

Katie sah ihn nur mit großen Augen an, als er ihr die Zusammenhänge und den eigentlichen Grund seines Besuchs erklärte. Als er schließlich auf Steve Pritchard zu sprechen kam, bemerkte er erneut das Zucken der Augenbraue. Sollte er tatsächlich auf der richtigen Spur sein?

»Und jetzt denken Sie, dass Steve das Mädchen umgebracht hat? Um sich an Dr. Bloomfield zu rächen?«, fragte sie ihn vorsichtig.

»Wäre das in Ihren Augen so abwegig?«

Die Erwartung, die er in ihre Antwort legte, war unüberhörbar. Katies nächster Kommentar ließ jedoch all seine Hoffnungen wie eine Seifenblase platzen.
»Ja, allerdings. Dazu ist *der* viel zu dumm.«

16. Kapitel

Missmutig blickte Falkirk Jérôme Guillard hinterher. Seine schlechte Laune resultierte nicht nur aus der ernüchternden Erkenntnis, dass seine Französischkenntnisse gerade noch ausreichten, um in einem Bistro einen Kaffee zu bestellen, sondern auch aus der Tatsache, dass es sich um das fünfte erfolglose Gespräch hintereinander handelte. Er kam sich mittlerweile nicht mehr wie in einer mündlichen Prüfung vor, sondern wie in einer Quizshow, bei der niemand auch nur annähernd in der Lage war, die 100 000-Pfund-Frage richtig zu beantworten.

Alle vier Mädchen hatten mehr oder weniger das Gleiche ausgesagt. Pritchard war in ihren Augen nichts weiter als ein Großmaul, das bei jeder von ihnen – erfolglos – versucht hatte zu landen und den Unterricht mit unqualifizierten und pöbelhaften Kommentaren aufzumischen gedacht hatte.

Kandidat Nummer fünf war zwar sehr mitteilungsbedürftig, hatte aber Mühe, Falkirks Fragen überhaupt richtig zu verstehen. Der Chief war froh, dass Connie, und vor allem Helen, draußen warteten und seinen missglückten Ausflug in die französische Sprache nicht mitbekommen hatten. War seine eigene Schulzeit tatsächlich schon so lange her? Allerdings war Jérômes Englisch nicht sehr viel besser, sodass Falkirk das Gespräch nach ein paar Minuten entnervt beendete. Er konnte sich beim besten Willen nicht vorstellen, dass sein Gesprächspartner mit »Steeve Prischarrr« in Sachen Maureen Rigg gemeinsame Sache gemacht hatte.

Die interessanteste Neuigkeit, wenn man sie überhaupt so bezeichnen wollte, hatte schließlich noch Katie für ihn. Von ihr erfuhr er zumindest die genaueren Umstände, die zu Pritchards vorzeitigem Abgang geführt hatten.

»*Sie* waren es, die Dr. Bloomfield von der Wette erzählt hat?«, fragte er erstaunt. Er hatte den von Helen erwähnten Zufall bisher nicht genauer hinterfragt.

»N-nein, so direkt kann man das nicht sagen«, begann sie zögerlich. »Er hat zwar genervt, unendlich genervt, aber ich verpetze keinen Kommilitonen.«

Natürlich, dachte Falkirk, die gute alte Regel. Sie hatte es schon zu seiner Zeit gegeben, und sie würde auch die kommenden Studentengenerationen überleben.

»Ich hab ihn und diesen Jacob Blythe durch Zufall in der Bibliothek über Ms. Scott und die misslungene Wette reden hören. Steve hatte so schon genug gestört und dann auch noch das! Ich hab's danach gleich Barbara erzählt, und wir haben uns tagelang den Kopf zerbrochen, wie wir das gegen ihn ausnutzen könnten.«

»Barbara McLaughlin?«, hatte er mit einem Blick auf seine Liste gefragt.

»Ja. Wir wussten zuerst nicht, wie wir es anstellen sollten, ohne ihn anzuschwärzen. Aber dann hatten wir einfach nur Glück. Die Waschräume der Dozenten wurden renoviert, und Dr. Bloomfield kam eines Tages in die Studententoilette. Sie hat nicht bemerkt, dass wir sie im Spiegel gesehen haben. Und dann ...« Katie brach mitten im Satz ab und rutschte unruhig auf ihrem Stuhl hin und her.

»Und dann?«, half ihr Falkirk auf die Sprünge.

»Na ja, wir haben so getan, als würden wir uns über unser Seminar unterhalten, und ich hab ziemlich deutlich gesagt, was ich in der Bibliothek über Pritchard und die Wette erfahren hatte und wie unmöglich das doch von ihm wäre. Dr. Bloomfield hat es natürlich ganz genau gehört. Und eine Woche später ist Steve dann auch nicht mehr gekommen.«

Falkirk sah Katie eine Weile schweigend an. Sie wurde noch etwas unruhiger und sagte mit aufgeregter Stimme: »Ich weiß, was Sie jetzt denken, Inspector. Aber Barbara und ich, wir wollen unseren Master in Oxford machen, und dazu reicht nicht einfach ein gutes Examen, verstehen Sie? Wir brauchen hervorragende Noten, um dort überhaupt eine Chance zu bekommen. Aber die Wochen mit Steve im Kurs waren eine einzige Katastrophe, es war plötzlich wie im Kindergarten. Er hat alles total durcheinander gebracht.« Und nach einer kleinen Pause fügte sie hinzu: »Sie denken jetzt, ich bin doch eine Petze, und eine besonders fiese und gemeine noch dazu, nicht wahr?«

Katie besaß nichts mehr von der Sicherheit und Lässigkeit, mit der sie Falkirk anfangs begegnet war. Aber er blickte sie nur mit einem kleinen Lächeln an.

»Katie, ich denke einfach nur, besondere Vorkommnisse erfordern besondere Maßnahmen. Und Steve Pritchard kann man in der Tat als ein besonderes Vorkommnis bezeichnen.«

Es dauerte ein paar Sekunden, bis sie seine Worte richtig verstanden hatte. Dann allerdings breitete sich ein dankbares Lächeln in ihrem Gesicht aus, und die anfängliche Selbstsicherheit kehrte wieder zurück.

»Haben Sie außer mit Barbara noch mit irgendjemand anderem über diese Wette gesprochen?«

»Nein«, sagte sie bestimmt. »Ich kenne Ms. Scott von einer unserer

Kurse aus dem letzten Jahr und mag sie ziemlich gerne. Wir wollten nicht, dass sie wegen diesem Idioten vielleicht sogar die Uni verlässt.«

Ein Blick auf seine Liste sagte ihm, dass nun nur noch ein gewisser Peter Jenkins auf seine Vernehmung wartete. Ein einziger Blick auf den Jungen genügte allerdings, um in Falkirk jegliche Hoffnung auf einen Komplizen Pritchards zu zerstören. Jenkins rief sofort Erinnerungen in ihm hervor – Erinnerungen an jene bedauerlichen Mitschüler, die im Sportunterricht immer als Letzte in die Mannschaft gewählt wurden und die man höchstens zum Abschreiben der Hausaufgaben näher kennenlernen wollte.

Eine dicke Hornbrille, die vor etwa dreißig Jahren aus der Mode gekommen war, blässliche Haut, den Kleidungsstil in etwa dem Brillenmodell angepasst, verkörperte Jenkins genau den Typ, mit dem sich Pritchard auch dann nicht angefreundet hätte, wenn er der einzige männliche Mitstudent auf dem Campus gewesen wäre. Was ohne Zweifel umgekehrt genauso der Fall war.

Falkirk blieb nach diesem abschließenden Reinfall einige Minuten regungslos sitzen und ließ seinen Blick ziellos durch den Raum wandern. Unvermittelt hielt er dabei an der Tafel inne, wo noch die Anschrift der letzten Unterrichtsstunde zu lesen war. Der Kurs hatte Shakespeares *Viel Lärm um nichts* besprochen, und es hätte in diesem Moment keine bessere Wortwahl für ihn geben können. Geradezu hämisch schienen ihn die leuchtend weißen Buchstaben jetzt anzugrinsen.

Die ergebnislose Fragestunde, die er zuvor so vehement bei Helen verteidigt hatte, hatte sich in der Tat als viel Lärm um nichts entpuppt. Er hatte nicht nur sie und ihre Studenten umsonst in Aufruhr versetzt, sondern würde sich wegen des verratenen Zitats auch noch eine saftige Strafpredigt von Robinson abholen können, um sich dann zu guter Letzt mit der Beschwerde von Pritchard senior auseinanderzusetzen. Und der Mord an Maureen Rigg war noch immer so mysteriös wie vierundzwanzig Stunden zuvor.

In diesem Augenblick tiefster Unzufriedenheit kam Connie in den Seminarraum, ihr Mobiltelefon aufgeregt in der Hand hin und her schwenkend.

»Chief, Sie glauben nicht, was ich soeben von Constable Norton erfahren habe«, begann sie atemlos. »Stellen Sie sich vor: Denis Rigg hat Steve Pritchard aufgelauert und versucht, ihn zu verprügeln, als der aus dem Haus kam. Henderson und Norton haben beide vorläufig aufs Revier mitgenommen.«

»Waaas?« Falkirk glaubte seinen Ohren nicht zu trauen.

»Sie haben ganz richtig gehört, Sir. Und das ist noch nicht alles! Henderson hat die beiden gleich in die Mangel genommen, und Denis Rigg behauptet steif und fest, Pritchard und einen seiner Kumpels gestern Nacht dabei belauscht zu haben, wie sie über den Mord an seiner Schwester sprachen.«

Falkirks Ehrgeiz, der eben noch drauf und dran war, vor diesem Fall zu kapitulieren, drängte mit aller Macht ins Leben zurück.

»Connie, das ist ja ...«

»Unglaublich! Ich weiß! Und Henderson hat sogar den Namen dieses geheimnisvollen Unbekannten aus Denis herausbekommen«, fuhr sie triumphierend fort. »Er heißt Robert Blake und studiert auch hier an der Universität.«

»Robert Blake? Um Gottes willen!« Sie hatten beide nicht bemerkt, dass Helen hinter Connie in den Seminarraum zurückgekommen war. Fassungslos stand sie jetzt vor ihnen.

»Sie kennen diesen Robert Blake? Wo ist er um diese Zeit zu finden?« Falkirk stürzte sich regelrecht auf Helen, die erschrocken ein paar Schritte zurückwich.

»Ich kenne ihn nicht persönlich. Ich weiß nur, dass er sich momentan bei Elizabeth aufhält. Ihr Büro ist zwei Stockwerke unter uns. Er wird ihr doch nichts antun? Oh mein Gott, so unternehmen Sie doch etwas!« Ihre Stimme klang schrill vor lauter Angst.

»Robert, das hier ist die absolute Ausnahme, hast du mich verstanden? Du darfst mich nicht mehr in meinem Büro besuchen. Ich komme in Teufels Küche, wenn man uns zusammen sieht.«

Blass und mit dunklen Schatten unter den Augen saß er ihr auf dem Besuchersessel gegenüber. Dort, wo auch ihre eigenen Studenten Platz nahmen, allerdings waren diese normalerweise nicht in einem so desolaten Zustand. Elizabeth hatte keine Ahnung, was mit ihm los war. Er hatte ihr noch in der Nacht eine Nachricht geschickt, dass er sie dringend sprechen müsse, und nur deshalb hatte sie diesem überstürzten Treffen zugestimmt. Wenn jemand am Institut etwas mitbekäme, könnte sie ihre sieben Sachen packen, so viel war gewiss. Dozentin und Student – wüsste der Dekan von ihnen, würde er ihre sofortige Entlassung beantragen.

»Ich weiß, tut mir leid. Aber ich musste dich unbedingt sehen«, sagte er leise und griff zögernd über den Schreibtisch hinweg nach ihrer Hand.

»Was ist nur los mit dir? Du siehst aus, als ob du die ganze Nacht durchgemacht hättest!« Elizabeth wollte eben aufstehen, als es energisch an der Tür klopfte. Auch das noch!

»Falls jemand fragen sollte, du bist ein Student von mir, verstanden!«, flüsterte sie und entzog ihm hastig ihre Hand.

»Herein.« Ihre Stimme zitterte leicht.

Die Tür ging auf, und ein ihr unbekannter, großer Mann mit dunklen, leicht gewellten Haaren betrat das Büro.

»Ms. Elizabeth Scott?«, fragte er ernst, nachdem er die Tür hinter sich geschlossen hatte.

»Ja, das bin. Darf ich fragen, was Sie von mir wollen?«, fragte sie verwirrt.

Sie hatte sich innerlich schon auf einen erneuten, ihre Nerven endgültig überstrapazierenden Überfall von Mr. Trinkle eingestellt und wusste deshalb mit dem mysteriösen Besucher im ersten Moment nichts anzufangen. Er spürte ihre Unsicherheit und warf einen kritischen Blick auf Robert, bevor er sich ihr als Chief Inspector Falkirk vorstellte.

Helen hatte nicht übertrieben, dachte Elizabeth spontan. Er war mit seinen markanten Gesichtszügen und den stahlblauen Augen, denen nichts zu entgehen schien, in der Tat eine attraktive Erscheinung. Was allerdings wollte diese Erscheinung ausgerechnet *jetzt* in ihrem Büro? Was wollte er überhaupt von *ihr*?

»Was kann ich für Sie tun?« Elizabeth musste wütend über sich selbst feststellen, dass ihre Stimme immer noch merklich zitterte. Anstatt ihr sofort eine Antwort zu geben, holte er sein Mobiltelefon aus der Tasche. »Alles in Ordnung hier. Kein Grund zur Sorge. Es geht ihr gut.«

Allmählich platzte ihr der Kragen. Was sollte dieses Theater? Mit wem sprach er über sie, während sie selbst wie ein dummes kleines Schulmädchen danebenstand? Falls dies eine Methode sein sollte, um sie einzuschüchtern, dann irrte er sich gewaltig.

»Warum sollte es mir denn nicht gut gehen? Würden Sie mir jetzt endlich sagen, was Sie von mir wollen?«

»Von Ihnen eigentlich nichts Ms. Scott, sondern vielmehr von Ihrem Besucher. Ich nehme an, Sie sind Robert Blake?« Falkirk wandte sich an den dunkelhaarigen jungen Mann in dem Besuchersessel, der ihm bisher keinerlei Aufmerksamkeit geschenkt hatte.

»Ja, aber ...«, begann Robert vollkommen verblüfft. Ihm war erst jetzt die Anwesenheit eines Polizisten im Raum richtig bewusst geworden.

»Robert, was hast du mit der Polizei zu tun?«, unterbrach ihn Elizabeth entgeistert. Sie wandte sich an Falkirk. »Sie ermitteln doch wegen

Maureen Rigg, oder? Das Mädchen, das ermordet am Strand gefunden wurde. Helen hat mir davon erzählt.«

Falkirk verspürte einen kurzen, aber heftigen Anflug von unterdrückter Wut, als er Elizabeths Antwort hörte. Helen hatte in der Tat alles unternommen, um ihr Versprechen ihm gegenüber schnellstmöglich zu brechen. Gleichzeitig musste er anerkennend feststellen, dass Elizabeth sehr rasch kombinierte. Zu seinem Erstaunen zeigte Robert allerdings keinerlei Reaktion, als Maureens Name fiel, aber dieses Verhalten kannte er von Pritchard mittlerweile nur zu gut. Er würde sich davon bestimmt nicht mehr täuschen lassen.

Er erklärte der entsetzten Elizabeth in wenigen Worten, weswegen er hier war, und forderte Robert auf, ihn ohne Umschweife auf das Revier zu begleiten. Endlich schien dieser die brenzlige Lage zu begreifen.

»Wie bitte?«, rief er laut und stand so abrupt auf, dass sein Stuhl mit lautem Getöse nach hinten umkippte. »Wollen Sie damit etwa sagen, dass ich jetzt verhaftet bin?«

Aber ehe Falkirk etwas erwidern konnte, war Elizabeth aufgesprungen und hatte sich zwischen die beiden Männer gedrängt. Sie packte Robert an den Schultern und schüttelte ihn unsanft.

»Robert, sag mir jetzt bitte, was los ist! Hast du etwas mit diesem toten Mädchen zu tun?«, rief sie laut, und die Panik in ihrer Stimme war unüberhörbar. Sie hatte ihn trotz Falkirks Anwesenheit einfach geduzt und ihre Bedenken der letzten Stunden einfach über Bord geworfen. Sie hatte plötzlich nur noch Angst, furchtbare Angst. Hatte Robert sie deshalb auf einmal so dringend sprechen wollen? Wollte er ihr etwa gerade gestehen, dass ... Lieber Gott, nein, alles bloß das nicht. Nicht Robert.

»Bist du wahnsinnig? Ich kenne diese Maureen überhaupt nicht!«, verteidigte sich Robert, von Elizabeths plötzlichem Gefühlsausbruch überrumpelt. Zu Falkirk gewandt fragte er wütend: »Wie kommen Sie überhaupt auf so einen Unsinn?«

Der Chief Inspector teilte ihm kurz und knapp mit, was er von Sergeant Henderson am Telefon erfahren hatte.

»Wie Sie unschwer erkennen können, ist es alles andere als Unsinn. Mr. Pritchard sitzt bereits auf dem Revier, Mr. Blake, und Sie werden mich jetzt genau dorthin auf der Stelle begleiten! Haben Sie mich verstanden?«

Blake war sichtbar zusammengezuckt, als er das nächtliche Gespräch mit Pritchard erwähnt hatte. Endlich hatten sie den Komplizen erwischt! Jetzt war es nur noch eine Frage der Zeit, bis auch Pritchard unter der Last der Indizien zusammenbrechen würde. Und dieses Mal würde sein Vater nichts mehr geradebiegen können, da mochte er mit noch so vielen Geldbündeln winken!

»Nein«, sagte Robert auf einmal ganz leise, »das hat doch alles nichts mit diesem Mädchen zu tun. Es ging um eine ganz andere Person. Ich kenne diese Maureen nicht, ehrlich nicht.«

Elizabeth war nach wie vor nicht gewillt, Platz zu machen, und starrte Robert mit durchdringendem Blick an. Falkirk wurde allmählich ungeduldig.

»Um wen ging es dann?«, fragte er streng. »Denis Rigg hat sich das doch alles nicht eingebildet. Steve Pritchard hat mit Ihnen laut und deutlich über einen Plan und eine junge Frau gesprochen.«

Robert warf einen hilfesuchenden Blick auf Elizabeth.

»Liz, es tut mir so leid. Ich … ich wollte es dir gerade sagen. Es … es ging um …«

Elizabeth hatte plötzlich das ungute Gefühl, den Boden unter den Füßen zu verlieren, und war sich nicht sicher, ob sie das, was gleich kommen würde, wirklich hören wollte.

»Was wollten Sie Ms. Scott gerade sagen, Robert?«, fragte Falkirk lauernd.

»Ihr habt über mich gesprochen, nicht wahr? Du und dieser … Pritchard.« Elizabeth hatte geantwortet, bevor Robert überhaupt etwas sagen konnte. Sie klang vollkommen ruhig, aber Falkirk bemerkte, dass es sie enorme Anstrengung kostete, Robert nicht hier und jetzt anzuschreien.

»Ja«, sagte dieser so leise, dass Falkirk es kaum hören konnte.

»Wie bitte? Sie und Mr. Pritchard, Sie haben sich gestern Abend über Ms. Scott unterhalten?«

Langsam dämmerte ihm, worauf die Sache hinauslief. Pritchard … Elizabeth Scott … die Geschichte kam ihm nur allzu bekannt vor. Robert sprach nur mit Elizabeth, als er endlich antwortete.

»Liz, bitte, lass es mich erklären. Ich … Wir …«, er stotterte genauso hilflos und verlegen wie an dem Tag, als er den Fußball durch ihr Fenster geschossen hatte.

»Ich höre!«, sagte sie kühl.

»Wir haben darum gewettet, dass … dass ich es schaffe, dich …«

Robert sprach nicht weiter, aber sie hatte auch so begriffen. Falkirk kam sich plötzlich wie der Regisseur einer unglaublich schlechten Seifenoper vor. Außerdem hatte er alles, aber auch wirklich alles, was es überhaupt falsch zu verstehen gab, falsch verstanden. Elizabeth war auf einmal so blass geworden, dass er Angst hatte, sie würde jeden Moment umkippen. Wenn doch nur Connie endlich da wäre.

»Ihr habt gewettet, dass du es schaffst, mich rumzukriegen?«
Elizabeth klang noch immer sehr ruhig – viel zu ruhig, für das, was sie soeben erfahren musste. Robert nickte betreten, ohne sie dabei anzusehen.

»Gratuliere! Das hast du ja geschafft!« Ihre Stimme war schneidend.

»Liz, bitte, lass es dir erklären. Ich ...«, begann er von Neuem eine Erklärung für etwas, das man einfach nicht erklären konnte.

»Was war ich dir wert? Ihr hattet doch bestimmt einen Wetteinsatz, oder? Also, was war es?« Die Frage kam wie aus der Pistole geschossen.

»Liz, lass es bitte. Ich ...«

»Was ich dir wert war, will ich wissen!«, schrie sie laut, und ihre bis dahin mühsam gewahrte Fassung brach in diesem Moment in sich zusammen.

Robert wagte nicht, ihr in die Augen zu sehen, als er mit leiser Stimme antwortete.

»Die Binde. Wir haben um den Posten des Captains gewettet.«

Klatsch! Ehe Falkirk reagieren konnte, hatte sie Robert eine schallende Ohrfeige verpasst, und ein unschöner roter Fleck begann sich auf seiner rechten Wange auszubreiten.

»Ich werde jetzt diesen Raum verlassen, und wenn ich in einer halben Stunde wieder zurück bin, bist du von hier verschwunden. Und wage es nicht noch einmal, mir irgendwo über den Weg zu laufen. Hast du mich verstanden?« Mit diesen Worten stürmte Elizabeth zur Tür hinaus.

»Liz, verdammt noch mal. Warte doch! Liz!«, rief Robert und wollte ihr sofort hinterher. Er hatte Falkirks Anwesenheit im Raum vollkommen vergessen. Aber dieser hielt ihn unsanft am Arm fest.

»Lassen Sie sie, Robert. Das bringt jetzt überhaupt nichts.« Und nach einer kurzen Pause fügte er hinzu: »Sie und Steve Pritchard sind wirklich die zwei größten Idioten, die mir jemals begegnet sind.«

Und der Drittgrößte bin ich selbst, fügte er wütend in Gedanken hinzu.

17. Kapitel

Connie blickte mitfühlend auf das Häufchen Elend, das noch immer vor ihnen auf Elizabeths Besuchersessel saß.

»Kommen Sie mit, Blake«, sagte Falkirk seufzend, »Sie haben doch bestimmt eine Kantine hier im College, oder? Ich glaube, wir können jetzt alle drei einen starken Kaffee gebrauchen. Da haben Sie ja was Schönes angerichtet.«

Als er zehn Minuten später mit Robert und Connie im Schlepptau einen freien Tisch in der Cafeteria ansteuerte, spürte er die neugierigen Blicke der Studenten in seinem Rücken. Die Anwesenheit der Polizei hatte sich erwartungsgemäß wie ein Lauffeuer im ganzen Gebäude herumgesprochen, und die Neuigkeit würde sich auch von den dicken mittelalterlichen Mauern der Universität nicht lange aufhalten lassen, sondern bald in ganz St. Andrews bekannt sein.

Zu allem Überfluss saß Jérôme Guillard, freundlich in ihre Richtung winkend, keine drei Tische von ihnen entfernt, und Falkirk wusste trotz fehlender Sprachkenntnisse ganz genau, was es den anderen so Wichtiges mitzuteilen gab. Connie ging zur Theke, um ihnen drei Kaffee zu besorgen, und er hoffte, dass er etwas besser war als das furchtbare Gebräu, das er im Revier immer aufgetischt bekam. Robert war wie ferngesteuert aus Elizabeths Büro Richtung Cafeteria gelaufen. Jetzt saß er regungslos neben ihm und schien von seiner ganzen Umgebung und dem aufgeregten Getuschel um sich herum nichts mitzubekommen. Als Connie mit drei dampfenden Bechern zurückkam, einen davon vor ihm abstellte und ihn zum Trinken ermutigte, reagierte er überhaupt nicht.

»Was um Himmels willen haben Sie sich bei dieser Aktion eigentlich gedacht?«, fragte Falkirk nach einer Weile kopfschüttelnd.

Robert antwortete nicht sofort, sondern zuckte nur resigniert mit den Schultern. Connie war Elizabeth zuvor auf der Treppe begegnet und hatte die junge Frau irrtümlich für eine in Tränen aufgelöste Studentin gehalten, bevor Falkirk ihr das ganze Ausmaß der Geschichte erzählt hatte. Über sie zu wetten, war wohl mit das Schlimmste, das ein Mann einer Frau antun konnte, die sich gerade in ihn verliebte.

Seltsamerweise verspürte Connie auf Robert nicht annähernd so viel Wut wie auf Steve Pritchard – vielleicht, weil er so blass und elend aussah, dass man einfach nur noch Mitleid für ihn empfinden konnte. Ein Gefühl, das sich nicht unbedingt in einem aufdrängen wollte, wenn man an »good old Pritchy« dachte.

»Ich hab das nicht gewollt«, flüsterte Robert in diesem Moment.
»Warum haben Sie sich dann überhaupt auf diese hirnlose Aktion eingelassen?«, fragte sie ihn und konnte den Vorwurf in ihrer Stimme jetzt doch nicht unterdrücken.
»Er hat einfach keine Ruhe mehr gegeben. Seit Wochen geht das nun schon so«, murmelte Robert kaum hörbar vor sich hin.
»Sie hatten den Plan, Ms. Scott *näher kennenzulernen* also schon länger?«, fragte Falkirk.
»Nein!« Robert schüttelte heftig den Kopf. »Ich meinte, das mit dem Amt des Captain.« Als er ihre fragenden Blicke sah, holte er tief Luft. »Okay, dann fang ich wohl am besten von vorne an.«
»Ja«, sagte Falkirk seufzend, »von ganz vorne, wenn möglich. Vielleicht verstehe ich es ja dann – irgendwie.«
Ein ziemlich hübsches und, das sah Connie sofort, für eine Studentin sehr teuer gekleidetes Mädchen ging in diesem Moment an ihrem Tisch vorbei. Sie hätte in ihren schwarzen Lederstiefeln, der mit Perlen besetzten Hochsteckfrisur und dem hellblauen Pelzjäckchen auch den Laufsteg einer Modenschau entlangstolzieren können. Ihre ganze Erscheinung schrie förmlich nach Aufmerksamkeit und Beifallsbekundung, die ihr, wie Connie unschwer an den Blicken der männlichen Studenten am Nebentisch erkennen konnte, auch nicht versagt blieb. Aber die junge Frau interessierte sich dafür momentan nicht sonderlich. Ihre ganze Aufmerksamkeit galt Robert. Sie blieb einen kurzen Augenblick vor ihnen stehen und blickte fragend in seine Richtung. Robert drehte den Kopf jedoch hastig zur Seite, als er sie erkannte, und nach ein paar Sekunden vergeblichen Wartens stolzierte sie mit klappernden Absätzen und einem abfälligen Kopfschütteln von dannen.
»Steve und ich, wir kennen uns schon seit über zehn Jahren. Er ist ... war einer meiner besten Freunde«, begann Robert stockend. Offensichtlich hatte er nicht vor, über das, was sich soeben ereignet hatte, zu sprechen, und Connie vermied es, ihn nach dem Mädchen zu fragen.
»Als wir vor knapp vier Jahren nach St. Andrews kamen, bedeutete das für ihn vom ersten Augenblick an nur eines: endlich frei sein und Spaß haben. Davon hatte es die Jahre im Internat schließlich nicht allzu viel gegeben. Steve hat hier nichts ausgelassen – außer unzählige Unterrichtsstunden.« Er lachte bitter. »Aber das war ihm vollkommen egal. Zumindest am Anfang, denn da ging ja alles noch gut. Er hat es die ersten zwei Jahre immer geschafft, sich irgendwie durchzumogeln. Ich Idiot hab ihn ja sogar noch unterstützt dabei und ab und zu seine Arbeiten geschrieben, wenn es besonders brenzlig wurde. Aber bei den

Abschlussprüfungen letztes Jahr ging das natürlich nicht, und alles endete in einer einzigen Katastrophe. Er wurde nicht einmal zur Nachprüfung zugelassen, so schlecht hat er abgeschnitten. Entsprechend groß war das Theater bei ihm zu Hause.« Robert schüttelte resigniert den Kopf.

Falkirk nutzte sein kurzes Schweigen und fragte leise: »Und für Sie, bedeutete für Sie St. Andrews nicht, ›frei zu sein‹ und ›Spaß zu haben‹?«

Robert verzog sein Gesicht zu einem missglückten Lächeln und zuckte mit den Schultern.

»Für mich ist der Spaß schon seit Längerem vorbei«, sagte er dann mit einem Unterton in der Stimme, der Connie und Falkirk aufhorchen ließ. Robert schien eine Weile mit sich zu ringen, bevor er leise zu erzählen begann.

»Mein Bruder ist vor vier Jahren, kurz bevor ich hierher kam, bei einem Autounfall ums Leben gekommen. David ... er stand hier in St. Andrews kurz vor seinem Examen in Jura, als es passierte, und es war schon ganz genau geplant, dass er bei meinem Vater in die Kanzlei einsteigen und diese irgendwann übernehmen sollte. Es hat meine Eltern damals beinahe umgebracht. Vor allem Dad hat vollkommen den Boden unter den Füßen verloren. Er hatte so große Hoffnungen in David gesetzt. Die beiden sind ... waren sich in so vielem so ähnlich. Und jetzt ist es eben an mir, diese Hoffnungen zu erfüllen.«

»Sie studieren nur deshalb Jura, weil Ihr Bruder das getan hat?«, fragte Falkirk.

»Nein, das wollte ich schon, seit ich als kleiner Junge das erste Mal im Büro meines Vaters war. Aber ich wollte nicht unbedingt Rechtsanwalt werden, eher die andere Seite ...«

»Zur Staatsanwaltschaft?«

»Ja«, sagte Robert und in seinen Augen war auf einmal ein Leuchten zu sehen. »Das hat mich schon immer interessiert. Aber schon mein Großvater hat als Rechtsanwalt gearbeitet und auch die Kanzlei gegründet, bevor mein Vater sie nach und nach zu dem aufbaute, was sie heute ist. Und jetzt bin es eben ich, der an der Reihe ist. Aber das alles hat dieser Idiot ja nicht begreifen wollen. Steve verstand nicht, was es heißt, schlicht und einfach funktionieren zu *müssen*, wenn alle Welt ständig auf einen blickt und immer Erwartungen hat. Wenn man ein Leben leben muss, das man eigentlich gar nicht haben will.«

Er hatte die letzten Worte sehr heftig hervorgestoßen und in seinen Augen begann es verdächtig zu glitzern. Aber Robert schluckte nur einmal, ehe er mit leiser Stimme weitersprach.

»Nach den Sommerferien ist es unerträglich geworden. Wir haben uns die ganzen Ferien nicht gesehen, das erste Mal seit zehn Jahren. Vor uns mimt Steve immer den Coolen und Unnahbaren, aber ich weiß, dass es bei ihm zu Hause ganz anders ist. Er hatte ganz schön Ärger mit seinem Vater wegen der verpatzten Prüfung. Mr. Pritchard kann ab und zu ziemlich ... hm ... unangenehm werden, wenn ... na ja ...« Robert schwieg, aber Falkirk konnte sich Mr. Pritchards Reaktion und seine unangenehmen Seiten auch ohne genaue Erklärungen sehr gut vorstellen.

»Die ganze Zeit tat Steve so, als wäre es meine Schuld gewesen, als hätte ich ihn im Stich gelassen. Als er mich dann ein paar Mal wegen Prüfungen und Referaten in der Mannschaft vertreten musste, hat er mit den Sticheleien überhaupt nicht mehr aufgehört. Immer wieder diese dummen Kommentare von wegen, was mir denn wichtiger wäre. Und dass es auch ohne mich gehen würde, ich müsste es nur sagen, wenn ich nicht mehr wollte. Aber ich wollte verdammt noch mal weiterspielen. Das ist meine Mannschaft genauso wie seine, und ich lass mich nicht einfach so verdrängen.« Roberts Stimme war so laut geworden, dass sich einige Studenten am Nachbartisch erstaunt nach ihnen umdrehten. Falkirk wollte gerade etwas erwidern, als Robert mit leiserer Stimme hastig weitersprach.

»Am Montag, beim Spiel gegen unsere zweite Mannschaft, ist dann was ganz Blödes passiert: Ich hab den Ball durch Liz' offenes Bürofenster geschossen – unabsichtlich«, fügte er mit Nachdruck hinzu. »Ich hab sie bis dahin überhaupt nicht gekannt und hab mit ganz schön viel Ärger gerechnet. Aber sie hat total gelassen auf den Vorfall reagiert, und Steve fing in der Kabine auf einmal damit an, was für ein heißer Feger sie doch sei. Und dass er bei ihr gerne mal einen richtigen Treffer landen würde und ich mich das bestimmt nie trauen würde.«

Connie konnte sich dieses Gespräch und Steves charmante Ausdrucksweise lebhaft vorstellen. Ob Robert wusste, dass Pritchard Elizabeth schon einmal als unfreiwilliges Opfer seiner zweifelhaften Eroberungskünste ins Auge gefasst hatte?

»Er hat nicht mehr damit aufgehört, und irgendwie gab ein Wort das andere, und ... und plötzlich war da diese Wette. Ich hab einfach eingeschlagen und überhaupt nicht nachgedacht. Ich konnte mir wirklich Schlimmeres vorstellen, als Liz näher kennenzulernen.«

»Das mit dem Kennenlernen haben Sie dann ja auch gut hingekriegt.« Falkirk konnte sich diesen spitzen Kommentar nicht verkneifen.

»Ich weiß, was Sie beide jetzt von mir denken, und Sie haben auch vollkommen recht. Aber das Ganze ist schon nach unserem ersten

Treffen vollkommen aus dem Ruder gelaufen. Ich ... verdammt ...«
Robert winkte einfach nur kopfschüttelnd ab.
»Sie haben der guten Ms. Scott wohl ein bisschen zu lange in die Augen gesehen«, sagte Falkirk ungerührt.
Er teilte Connies Mitleid mit seinem Gegenüber nicht im Geringsten. Robert nickte, ohne ihn anzublicken.
»Ich hab so gehofft, Steve vergisst es einfach, aber Wettschulden ...«
»... sind Ehrenschulden, nicht wahr?«, vollendete Connie für ihn.
»Ja, und bei Steve sowieso. Er war ganz versessen darauf«, murmelte Robert.
»Das ist uns bekannt. Wussten Sie eigentlich, dass Pritchard schon einmal mit Jacob Blythe um Elizabeth gewettet hat?«, fragte Falkirk.
Aus Roberts Reaktion schloss Connie, dass dies nicht der Fall war. Er war auf einmal ganz weiß im Gesicht. »Was? Was wollen Sie damit sagen?«
»Haben Sie sich eigentlich nie gefragt, warum ausgerechnet *Steve Pritchard* in einem literaturwissenschaftlichen Seminar über Shakespeare-Tragödien war?«, begann Falkirk vorsichtig. »Bestimmt nicht, um akademischen Interessen nachzugehen und seine Noten aufzubessern.«
»Ich bring den Kerl um«, stieß Robert wütend hervor, nachdem ihm Connie die Einzelheiten dazu erzählt hatte.
»Das lassen Sie mal schön bleiben. Vergessen Sie bitte nicht, mit wem Sie es hier zu tun haben!«, drohte der Chief Inspector.
Ein Mordfall reichte ihm, und es wurde höchste Zeit, dass endlich Licht in diese mysteriöse Angelegenheit kam.

Im Polizeirevier wurden sie schon von einem aufgeregten Sergeant Henderson erwartet.
»Gut, dass Sie kommen, Sir. Der Superintendent war von unserer Aktion überhaupt nicht begeistert. Und Steve Pritchard ist natürlich zu keinem Geständnis zu bewegen. Wir ...«
»... müssen ihn leider Gottes wieder freilassen, Sergeant«, unterbrach ihn Falkirk missmutig. »Denis Rigg hat etwas furchtbar missverstanden. Wo finde ich den Jungen?«
»Waaas? Pritchard kann gehen? Aber warum? Ich verstehe nicht ...«
»Connie, könnten Sie das übernehmen? Ich würde mich gerne mal mit Denis unterhalten.«
Wenn er jedoch ehrlich war, dann wollte er vor allem der Konfrontation mit Steve Pritchard entgehen. Schon die Vorstellung, ihn ein

zweites Mal freilassen und dabei auch noch in sein arrogantes, grinsendes Gesicht sehen zu müssen, verursachte ihm Bauchschmerzen. Und Robinson mit all seinen Bedenken und Befürchtungen konnte ihm momentan auch gestohlen bleiben.

Als Falkirk fünf Minuten später Maureens Bruder gegenüber saß, hatte er alle Hände voll zu tun, ihn davon zu überzeugen, dass er sich die Nacht zuvor tatsächlich geirrt hatte. Als Denis nämlich erfuhr, dass Steve Pritchard soeben als freier Mann aus dem Revier spazieren konnte, rastete er vollkommen aus.

Constable Norton musste schließlich sogar eingreifen, denn Denis war drauf und dran, mit der Büroeinrichtung um sich zu schmeißen und auf Falkirk loszugehen.

»Warum haben Sie das Schwein gehen lassen? Er hat meine Schwester auf dem Gewissen!«, hörte Connie ihn in diesem Moment durch die geschlossene Tür brüllen und gleich darauf die besänftig wirkende Stimme des Chief Inspectors, der ihn vom Gegenteil zu überzeugen versuchte.

Nein, Denis, dachte sie, das hat er nicht. Steve Pritchard mochte zwar einiges auf dem Kerbholz haben, aber den Mord an Maureen Rigg hatte ein anderer begangen. Und sie mussten diesem Jemand auf die Spur kommen, bevor er ein zweites Mal zuschlagen konnte.

Helen sah rasch auf ihre Armbanduhr. Es war schon kurz vor acht und allmählich Zeit, nach Hause zu fahren. Sie hatte die letzten beiden Stunden an dem Ort verbracht, an dem sie am liebsten arbeitete, wenn sie Ruhe zum Nachdenken brauchte. Die kleine institutseigene Bibliothek im ersten Stock des Gebäudes war dafür wie geschaffen und seit jeher Helens Lieblingsplatz. Nicht zu vergleichen mit der großen Zentralbibliothek, die jeden Tag Hunderte von Studenten mit den gewünschten Büchern versorgte und der die fast schon ehrwürdige Atmosphäre und wohltuende Ruhe dieses wesentlich kleineren Raumes abhanden gekommen war. Imelda hatte sie während ihrer Lehrtätigkeit ins Leben gerufen, und auch wenn der Bestand noch längst nicht den angestrebten Umfang erreicht hatte, so wuchs sie doch stetig – auch dank großzügiger Spenden literaturbegeisterter Geldgeber. Was Helen noch viel mehr freute war, dass die Studenten, wie Imelda es damals ausdrücklich gewünscht hatte, die gesamte Verwaltung der Bibliothek selbst leiteten.

Als sie den Raum betreten hatte, hatte sie Katie Ewans am Tisch der Bibliotheksaufsicht sitzen sehen. Beim Anblick ihrer Studentin musste sie unvermittelt an Falkirks unangenehme Fragestunde denken, und ein schlechtes Gewissen begann sich in ihr auszubreiten. Sie hätte dieser Vernehmung, die sich noch dazu als vollkommen nutzlos herausstellte, nicht so leichtfertig zustimmen dürfen. Sie hätte ihre Studenten, die wie Schwerverbrecher von der Polizei behandelt wurden, besser vor Falkirk und seinen bohrenden Fragen schützen müssen. Helen hatte das Gefühl, Katie für die beiden Stunden am Nachmittag irgendwie entschädigen zu müssen, und schickte das Mädchen kurzerhand zwei Stunden früher in den Feierabend.

Donnerstagabend war nicht die Zeit, in der noch viele Lust auf geisteswissenschaftliche Studien verspürten, und auf die wenigen, die sich tatsächlich noch in die Bibliothek verirren sollten, würde einfach sie selbst ein Auge haben. Außerdem schwang auch etwas Eigennutz bei dieser Entscheidung mit, wollte sie doch den Raum gerne ganz für sich alleine haben. Katie war ihrem Vorschlag gegenüber nicht abgeneigt gewesen und hatte eilig ihre Sachen gepackt. Danach setzte sich Helen an einen der Fensterplätze und ließ ihren Blick langsam über den Campus und das dahinter liegende Meer schweifen.

Die Sonne war schon am Untergehen, aber die dichten grauen Wolken würden das im Sommer so beeindruckende Naturschauspiel heute nicht zur Geltung kommen lassen. Sie stützte den Kopf in ihre linke Hand und überlegte, wie sie Elizabeth in der momentanen Situation am besten helfen konnte. Es war natürlich klar, dass Steve Pritchard seine Hände bei der schmutzigen Angelegenheit im Spiel hatte, aber von Robert Blake hätte sie das eigentlich nicht erwartet. Erst letzte Woche hatte ihn ein Kollege aus den Rechtswissenschaften lobend erwähnt, als es darum ging, wer eventuell als Kandidat für ein Doktorandenstipendium in Betracht kam.

Helen, die seit Kurzem Mitglied des Ausschusses war, der über die Vergabe der Stipendien entschied, hatte sich sofort seine Akte geholt. Tadellose Referenzen, hervorragende Noten, dazu Captain der Universitätsmannschaft – Robert war in der Tat das, was man gemeinhin als Musterstudenten bezeichnete, dessen Werdegang die Universität, auch im Hinblick auf den jährlichen Vergleich mit anderen Hochschulen, nur allzu gerne förderte. Er hatte zweifellos beste Chancen, für einen der begehrten Plätze nominiert zu werden.

Aber auch bei ihm war nicht alles so perfekt und makellos, wie es die Oberfläche vermuten ließ, und es der Kollege aus den Rechtswissenschaften gerne gesehen hätte. Keine noch so erstklassige Zensur konnte davon ablenken, dass er Elizabeth wie einen billigen Gegenstand benutzt hatte und letztendlich keinen Deut besser war als einer der größten Unruhestifter an der Universität. Er wusste es einfach nur besser zu verpacken als Steve Pritchard. Imelda hätte ihn alleine schon wegen der Tatsache, dass er privat mit einer Dozentin zu tun hatte, sofort von der Kandidatenliste gestrichen, hätte sie von Liz ein ähnliches Geständnis erfahren, wie Helen dies vor einigen Stunden getan hatte. Aber Imelda war, bei allem Respekt, nicht unbedingt der geeignete Ansprechpartner für komplizierte Herzensangelegenheiten. Helen dagegen wusste nur zu gut, was in einem vorgehen konnte, wenn man drauf und dran war, sich ernsthaft in jemanden zu verlieben, auf den man selbst bis vor Kurzem in seinen kühnsten Träumen nicht gekommen wäre.

Ihre Ehe verdankte es damals einzig und allein Lauras Existenz, dass sie nicht in die Brüche gegangen war – ein Umstand, von dem Leonard bis heute nicht die leiseste Ahnung hatte. Und von dem außer Liz niemand sonst jemals etwas erfahren würde – auch Imelda nicht. Dass die Universitätsleitung eine derartige Beziehung natürlich ganz anders sehen würde, war Helen klar. Elizabeth hätte ihren Posten als Dozentin wohl verloren, wäre diese Affäre publik geworden, auch wenn Robert kein unmittelbarer Student von ihr war. St. Andrews hatte schließlich einen ausgezeichneten Ruf zu verlieren. Beide Seiten der Geschichte – Verstand und Gefühl – abzuwägen und dann eine Entscheidung zu fällen, wäre eines Tages eine Aufgabe gewesen, der sich sowieso nur Liz ganz alleine hätte stellen können. Aber dazu würde es ja nun dank Roberts großartigem Auftritt heute Nachmittag nicht mehr kommen. Spätestens jetzt gehörte er von sämtlichen Listen gestrichen – zu allererst aber von Liz' persönlicher.

Erschöpft und gleichzeitig entmutigt, weil sie zu keiner wirklichen Lösung gekommen war, packte Helen ihre Unterlagen zusammen. Was hätte wohl William Shakespeare aus einer Situation wie dieser gemacht? Hätte er das Ganze als Tragödie enden lassen oder für Robert und Liz noch einen Weg gefunden? *Romeo und Julia* oder doch lieber *Viel Lärm um Nichts*? Das Leben lieferte immer wieder den Stoff, aus dem die besten Geschichten waren. Nur dass niemand vorhersagen konnte, wie diese Geschichten eines Tages enden würden, egal, wie gut die Absichten dahinter auch sein mochten.

Als sie verärgert einige wahllos in die Regale zurückgestellte Bücher einordnete, hörte sie plötzlich, wie die Tür zur Bibliothek aufgemacht wurde. Sollte sich tatsächlich zu dieser späten Stunde noch jemand in eine wissenschaftliche Abhandlung vertiefen wollen? So sehr sie studentischen Ehrgeiz sonst auch zu schätzen wusste – dieser jemand würde sich ausnahmsweise bis morgen gedulden müssen.

»Entschuldigen Sie bitte, aber wir schließen um acht«, rief sie deshalb laut zwischen die Regale hindurch. Aber wer auch immer gerade die Bibliothek betreten wollte, schien es sich ohnehin anders überlegt zu haben, denn Helen konnte niemanden entdecken, als sie zu ihrem Platz am Fenster zurückging. Wie sehr sie sich doch auf den Sommer freute, wenn es um diese Tageszeit noch hell sein würde und ein Spaziergang ans Meer die trüben Gedanken vertreiben konnte. Mit einem leisen Seufzer wanderte sie nochmals die Regalreihen entlang, als ihr auf einmal schaudernd bewusst wurde, dass sie doch nicht alleine im Raum war ...

18. Kapitel

Als sie an diesem Abend erschöpft zu Hause ankam, hatte Connie allmählich das Gefühl, ein Hamster im Laufrad zu sein. Egal, was sie die letzten beiden Tage auch angepackt hatten, jede noch so verheißungsvolle Ermittlung, alles war innerhalb kürzester Zeit wie eine Seifenblase zerplatzt, und es galt wieder von vorne anzufangen.

Falkirk war griesgrämig im Büro zurückgeblieben, als sie sich schließlich in den Feierabend verabschiedet hatte, um mit einem ebenfalls sehr missmutigen Sergeant O'Reilly die Ergebnisse aus dem Archiv zu besprechen. Connie war froh, dass sie bei diesem Gespräch nicht anwesend sein musste. Der Gesichtsausdruck O'Reillys zeigte deutlich, was er von Anfang an von dieser Aktion gehalten hatte, und die spärlichen Ergebnisse, die er zu Tage brachte, untermauerten, sehr zu Falkirks Missfallen, diese äußerst destruktive Einstellung. Michael hatte einen Zettel auf dem Küchentisch hinterlassen, um ihr mitzuteilen, dass er noch mit Freunden beim Bowling war und dass es spät werden könnte. Es war bereits nach zehn Uhr. Obwohl Connie wenig Lust verspürte und todmüde war, versuchte sie sich noch eine Weile mit einem Buch wach zu halten, um auf ihn zu warten. Sie wusste mit einem Mal, dass gewisse Dinge nicht mehr länger aufgeschoben werden konnten – auch nicht bis zu einem Strandurlaub unter Palmen.

Irgendwann musste sie wohl doch eingeschlafen sein, denn das Klingeln des Telefons ließ sie plötzlich unsanft hochschrecken. Michael war noch immer nicht zu Hause. Sie blickte auf das Display: Es war Falkirk. Er ging mittlerweile wohl wie selbstverständlich davon aus, dass sie zu jeder Tages- und Nachtzeit zur Verfügung stand. Als sie seine Stimme am anderen Ende der Leitung hörte, wusste sie sofort, dass etwas passiert war.

»Was ist los, Sir?«, fragte sie atemlos.

»Connie, wir haben ein zweites Opfer. Er hat wieder zugeschlagen ...«

»Oh nein! Wer, Patrick? Wer?«

Für ein paar Sekunden war es vollkommen ruhig in der Leitung, und sie dachte schon er hätte aufgelegt.

»Helen Bloomfield«, sagte er schließlich tonlos. »Sie wurde erstochen in der Bibliothek gefunden.«

Connie brauchte ein paar Sekunden, um das soeben Gehörte zu verstehen. Helen Bloomfield – mit der sie vor ein paar Stunden noch

gesprochen und in deren Gegenwart sie das Gefühl hatte, noch nie einer schöneren und klügeren Frau begegnet zu sein. Helen, die so voller Wärme und Lebenslust war und die man von der ersten Minute an einfach nur gern haben konnte. Nein, dachte sie, nicht Helen! *Nicht Helen!*
»Helen? Erstochen? Oh mein Gott! Aber wie kommen Sie darauf, dass es er …?«
»Dass es der Shakespeare-Mörder war? Neben der Leiche lag ein Zitat, ein Zitat aus *Romeo und Julia*. Es sind Julias letzte Worte …«

»Sir, Ms. Scott wäre jetzt hier.«
Connie hatte die Tür zu Falkirks Büro nur einen Spalt weit geöffnet. Er stand am Fenster, mit dem Rücken zu ihr und blickte gedankenverloren in den trüben Januarmorgen hinaus. Es dauerte ein paar Sekunden, ehe er reagierte und sich schließlich langsam zu ihr umdrehte. Seine Haut war blass und fahl, und unter den Augen, denen der bekannt scharfe Blick abhanden gekommen war, hatten sich tiefe Schatten abgezeichnet. Die Müdigkeit ließ seine markanten, fast asketischen Gesichtszüge umso stärker hervortreten.
»Danke, Connie«, sagte er mit brüchiger Stimme. »Schicken Sie sie bitte herein und bleiben Sie dann zur Vernehmung hier.«
»Natürlich, Sir.«
Connie hatte den Chief noch nie so erlebt. Er war nach der Besichtigung des Tatorts nur für wenige Stunden nach Hause gefahren und schien überhaupt nicht geschlafen zu haben. Als sie selbst gegen acht im Büro angekommen war, war er schon genauso wie jetzt am Fenster gestanden und hatte wie hypnotisiert hinausgestarrt. Als sie sich vorsichtig nach dem weiteren Vorgehen erkundigte, hatte er etwas gesagt, das sie hoffte, nie wieder aus seinem Mund hören zu müssen.
»Sergeant, ich denke, es ist besser, ich gebe den Fall noch heute ab. Ich bin mit schuld daran, dass es so weit kommen musste.«
Sie hatte diese Reaktion schon in der Nacht befürchtet, als sie beide in der Bibliothek standen und auf Helens Leiche blickten. Anders als sonst hatte er der Spurensicherung und dem Arzt kaum Fragen gestellt. Selbst Dr. Boyers, der für seine griesgrämige Laune bei mitternächtlichen Einsätzen berüchtigt war, nahm die gedrückte Stimmung wahr und verzichtete auf seinen sonst üblichen scharfen Tonfall. Bereitwillig gab er ihnen jede Information, die er zu diesem Zeitpunkt schon hatte. Helen war mit einem gezielten Stich in die Brust getötet worden. Der Mörder musste ihr hinter einem der Regale aufgelauert haben und

hatte sie mit der Waffe, einem einfachen langen Küchenmesser, mitten ins Herz getroffen. Jetzt lag es mit blutverschmierter Klinge neben der Leiche. In ihrer starren rechten Hand hatte die Spurensicherung ein Stück Papier entdeckt – fast identisch mit dem, das Frank Dermod bei Maureen gefunden hatte. Nur der Text darauf war ein anderer. Die Worte sprangen Connie förmlich entgegen, als sie einen kurzen Blick darauf warf.

O willkommener Dolch. Die Scheide sei mein Herz, du roste hier!

Sie hätte es dieses Mal nicht gewusst, hätte, anders als bei *Hamlets* Ophelia, die Worte nicht sofort einem Stück und auch nicht der Person zuordnen können, die sie in William Shakespeares Tragödie sprach. Aber Elizabeth erkannte sie, Elizabeth, die Helen zuvor gemeinsam mit Leonard Bloomfield hatte finden müssen und vollkommen in Tränen aufgelöst und einem Nervenzusammenbruch nahe von einem eilig herbeigerufenen Notarzt versorgt wurde. Leonard dagegen saß bei ihrer Ankunft wie zu einer Maske erstarrt in einem der angrenzenden Büros, lehnte jede ärztliche Hilfe vehement ab und war von Falkirk nicht einmal dazu zu überreden gewesen, wenigstens nach Hause zu fahren. Ganz im Gegenteil.

»Sie haben Helen auf dem Gewissen. Sie haben nichts getan, um diesen Kerl schon viel früher zu finden, bevor er weiteres Unheil anrichten konnte! Und jetzt ist Helen tot!«, hatte er den Chief angebrüllt.

Falkirk war wie von einem Peitschenhieb getroffen zusammengezuckt. Bloomfields Worte waren nicht nur der emotionale Ausbruch eines trauernden Ehemannes, sie waren auch Ausdruck dafür, was Connie schon seit Falkirks Anruf unterschwellig gespürt hatte. Er hatte diesen Mord von der ersten Sekunde an persönlich genommen, hatte genau das getan, was normalerweise ihre große Schwäche war. Es war das erste Mal, dass er die Distanz, um die sie ihn immer so beneidet hatte, nicht halten konnte.

Sie selbst hatte ihn gestern noch davor gewarnt, dass er dabei war, sich in etwas zu verrennen. Sein Wunsch, Pritchard den Mord an Maureen nachzuweisen, hatte ihn blind für alles andere werden lassen. Obwohl Helen sich vehement dagegen gewehrt hatte, hatte er ihr Seminar als den Auslöser der Tat betrachtet und ihre Studenten dieser letztendlich sinnlosen Befragung unterzogen. Denn irgendeinen Hinweis musste es doch geben.

Niemand außer Steve Pritchard konnte der Täter sein, und ob nun Andrew Parker oder Robert Blake sein Komplize war, auch das hatte irgendwann keine Rolle mehr gespielt. Und in der Zeit seines blinden

Eifers hatte der wahre Täter nochmals zugeschlagen, als ob er ihm auf diese grausige Weise zeigen wollte, wie sehr er sich doch geirrt hatte.

Natürlich hatte Connie Pritchard sofort überprüfen lassen, aber die Sache war praktisch mit ihrer Anfrage auch schon wieder erledigt. Er hatte dieses Mal nicht nur *einen* Zeugen gefunden, der für ihn aussagen konnte. Wie ihr der Wirt des *Cross Keys* missmutig mitgeteilt hatte, waren ungefähr vierzig Gäste unfreiwillig Augenzeuge der Schlägerei geworden, die sich dort zwischen Steve Pritchard und Robert Blake abgespielt hatte, im Laufe derer ihn Robert mit einem gezielten Faustschlag zu Boden geschickt hatte. Als sie und Falkirk bei Helens Leiche standen, wurden beide noch in der Notaufnahme des County Hospital behandelt.

Der Chief hatte sich ihren Bericht mit unbeweglicher Miene angehört und danach kein einziges Mal mehr nach Pritchard gefragt. Aber so sehr Connie seinen Eigensinn und seine Sturheit in dieser Angelegenheit auch gerügt hatte, umso deutlicher wurde ihr in Gegenwart von Leonard Bloomfield auch bewusst, dass sie keine wirklichen Alternativen zu Steve gefunden hatten. Alle Hinweise hatten auf den ersten Blick vielversprechend geklungen, alle Spuren immer irgendwie zu ihm geführt und sich dann doch nur als Sackgassen erwiesen.

Die Antwort auf Bloomfields Vorwurf hatte ihr Falkirk schließlich keine zehn Stunden später geliefert. Natürlich hatte Robinson von seinem Rücktritt nichts hören wollen, aber Connie wusste, dass blanker Eigennutz aus dem Superintendent sprach. Denn woher sollte er auf die Schnelle einen Ersatz für die Leitung der Mordkommission finden, noch dazu während einer laufenden Ermittlung? Wahrscheinlich befürchtete er bereits, im Notfall selbst diese Aufgabe übernehmen zu müssen, ganz abgesehen von der ohnehin schon aufgebrachten Presse, die dieser Fall spätestens jetzt, nach dem Mord an Helen Bloomfield, zweifellos nach sich ziehen würde.

Connie hatte Falkirk kurz und knapp erklärt, dass sie, sollte er den Fall abgeben, ebenfalls zurücktreten werde, und wenn es schon nicht Robinsons leere Worthülsen waren, so war es diese Aussage seines Sergeant, die ihn wieder einigermaßen zur Vernunft brachte. Trotzdem war er den ganzen Vormittag nicht aus seinem Büro gekommen und hatte sich bis zum Eintreffen von Elizabeth Scott auch keinen Millimeter von seinem Platz am Fenster wegbewegt.

Als jetzt jedoch die Tür aufging und er beim Anblick von Elizabeth im ersten Augenblick das Gefühl hatte, einem Geist gegenüber zu stehen und keinem Menschen aus Fleisch und Blut, kam sein Kampfeswille allmählich zurück. Er hatte kein Recht, in Selbstmitleid zu zergehen, nicht nachdem er keine zwei Meter von sich entfernt sehen musste, was der Mord an Helen Bloomfield angerichtet hatte.

Gary starrte wie gebannt auf die großen schwarzen Lettern, die das Titelblatt der *St. Andrews News* zierten. Niemand hatte ihnen etwas davon gesagt. Dieser Inspector nicht und auch nicht die nette junge Beamtin, die gestern bei ihnen gewesen war, als sie Maureen sehen durften. Dass seine Tochter schwanger war und den Namen dieses Dreckskerls, der ihr das angetan hatte, das durften sie erfahren, aber nicht, warum sein Mädchen sterben musste.

Fiel junges Mädchen Ritualmord zum Opfer? Der Shakespeare-Mörder und seine grausige Botschaft! Die Buchstaben verschwammen für einen kurzen Moment vor seinen Augen und er musste sich an der Tischkante festhalten. Gary hatte das Gefühl, als hätten die Herausgeber diesen Mord regelrecht herbeigesehnt, um St. Andrews endlich etwas anderes bieten zu können als die sonst üblichen Berichte über den Kirchenbasar und den Kaninchenzüchterverein, die außer den direkt Beteiligten sowieso niemand lesen wollte. St. Andrews hatte endlich eine richtige Sensation, hatte endlich seinen eigenen kleinen grausamen Mord – einen Mord, dem sein Mädchen zum Opfer gefallen war.

Gary verspürte Wut in sich hochsteigen. Wut auf die Schreiberlinge dieses Schmierblatts, auf den Zeitungshändler, bei dem Maureen noch bis vor zwei Tagen gearbeitet hatte und der sich wahrscheinlich über den reißenden Absatz, den ihr Tod verursachte, heimlich ins Fäustchen lachte, aber vor allem verspürte Gary eine unglaubliche Wut auf die Polizei.

Warum hatten ihnen die Beamten nicht gesagt, was sie die ganze Zeit insgeheim vermutetet hatten? Dieser Chief Inspector hatte es doch vor zwei Tagen schon geahnt, als er Gary all die seltsamen Fragen zu Maureens Büchern gestellt hatte. Dabei hatte sich seine Tochter nie für diesen hochgestochenen Literaturkram interessiert, über den sich vielleicht irgendwelche Akademiker an der Universität den lieben langen Tag ihren Kopf zerbrechen mochten. Aber bestimmt niemand aus der Familie Rigg.

Sie hatte als Kind Pferdebücher und Internatsgeschichten gelesen und später die Hefte und Zeitschriften, die alle jungen Mädchen heutzutage lasen. Daraus waren ja auch all die bunten Poster, die dann an den Wänden und den Schranktüren ihren Platz fanden. Und natürlich die Magazine mit den Frisuren, die er immer stapelweise im Badezimmer fand, nachdem sie eine davon an sich selbst oder an Anne ausprobiert hatte.

Aber im ganzen Haus gab es bestimmt kein einziges Buch mit einem

Shakespeare-Text. Wer von ihnen hätte es auch gelesen? Ophelia – so hieß angeblich das Mädchen, das dem Mörder zum Vorbild diente. Was für ein seltsamer Name. Ihre letzten Worte hatte Maureen in ihrer Hand gehalten. Warum? Warum hatte man ausgerechnet seine Tochter dafür ausgewählt? *Wer* hatte seine Tochter für dieses Ritual ausgewählt? War sie von jemandem beobachtet worden? Stand vielleicht irgendeiner Verrückter die ganze Zeit vor ihrem Haus, und er, ihr eigener Vater, hatte nichts davon bemerkt? Genauso wie er nicht in der Lage gewesen war, ihr diese Schule zu bezahlen. Natürlich hatte er sich Annes Bedenken angehört, aber Maureen war schließlich kein kleines Kind mehr, Maureen würde bei diesen morgendlichen Touren schon auf sich aufpassen können. Dabei wäre es seine Aufgabe gewesen, auf sein Mädchen aufzupassen. War das vielleicht auch der Grund, warum dieser Chief Inspector ihnen nichts erzählt hatte?

Weil er ihn für einen schlechten Vater hielt, der nicht verhindern konnte, dass sein Sohn sich nach und nach zu einem Kriminellen entwickelte und der seine Tochter ohne Bedenken bei Nacht und Nebel hatte arbeiten lassen. Weil er nicht im Stande war, die Fragen über seine Tochter zu beantworten, und schließlich resigniert hatte feststellen müssen, dass er über das Leben seiner eigenen Familie nicht wirklich etwas wusste.

Wo war Denis eigentlich jetzt schon wieder? Wo trieb sich der Junge die ganze Zeit herum? Hatte er die letzten zwei Tage überhaupt eine Sekunde um seine Schwester getrauert? Gary hörte plötzlich Schritte auf der Treppe. Schnell versuchte er die Zeitung zu verstecken, denn er wollte nicht, dass Anne sie zu Gesicht bekam. Aber er war nicht schnell genug. Mit unbeweglicher Miene las sie die überdimensionalen Buchstaben der Überschrift und den Artikel darunter. Den Artikel, der allen in St. Andrews heute mitteilte, wie ihr Mädchen tatsächlich gestorben war. Den Artikel, der Spekulationen anstellte und die Menschen davor warnte, nachts alleine auf die Straße zu gehen, vor allem junge Frauen.

Warum hatte er es seiner Kleinen nicht verboten? Warum hatte er nichts gegen diese morgendlichen Touren in vollkommener Dunkelheit unternommen? Er hatte sie ihm praktisch auf dem Silbertablett serviert – ihm, der irgendwo da draußen gelauert hatte, bis er seine Ophelia gefunden hatte …

Anne legte die Zeitung auf den Tisch zurück. Sie war immer noch ruhig. Gary hatte plötzlich Angst vor dieser geradezu unmenschlichen Ruhe. Wenn sie doch nur irgendeine Reaktion zeigen würde. Er hätte in diesem Moment alles dafür gegeben, wenn sie geweint oder geschrieen oder getobt hätte. Mit allem hätte er umgehen können, nur nicht mit dieser geradezu unheimlichen Teilnahmslosigkeit, die sie seit zwei Tagen ausstrahlte.

»Die Polizei hätte es uns sagen müssen! Dieser Inspector, er hätte …«, begann er, nur um irgendetwas zu sagen, das diese grausame Stille unterbrach.

»Ophelia … mein Mädchen«, flüsterte Anne. Dann ging sie plötzlich in den Flur hinaus und zog sich den Mantel an. »Bring mich zu Rose, Gary. Ich muss wissen, wie mein Mädchen … Bring mich bitte schnell zu Rose.«

Connie hatte sich Imelda Barton nach Falkirks Berichterstattung ganz anders vorgestellt. Sie hatte das Bild einer gestrengen Gouvernante mit straff nach hinten gebundenen Haaren und einem verkniffenen Zug um den Mund vor sich gehabt. Doch als sie Imelda jetzt eine Tasse Tee anbot und sich neben sie auf einen der Besucherstühle im Flur setzte, hatte sie vielmehr das Gefühl, einem kleinen, fast elfenartigen Wesen zu begegnen und keinem »feuerspeienden Drachen«, wie Falkirk sie in einer seiner drastischeren Beschreibungen bezeichnet hatte.

Ihr wachsamer Blick ließ jedoch vermuten, dass ihren tiefblauen Augen während ihrer Lehrtätigkeit als Dozentin nur wenig entgangen war. Sie hatte Elizabeth hierher begleitet und diese nur ungern alleine in der Obhut des Chief Inspectors gelassen. Da waren ihre Zähigkeit und ihre Hartnäckigkeit für einen kurzen Moment aufgeblitzt, und Connie konnte sie sich durchaus als unangenehme Fragestellerin vorstellen, die sich nicht so schnell mit einer lapidaren Antwort abspeisen ließ – von Falkirk genauso wenig wie all die Jahre zuvor von ihren Studenten.

»Versprechen Sie mir bitte, dass Sie ihn finden. Bitte finden Sie den Kerl, der Helen und dieses junge Mädchen auf dem Gewissen hat«, sagte sie plötzlich, als sie dankbar den Becher mit der heißen goldbraunen Flüssigkeit entgegen nahm.

Connie wusste im ersten Moment keine Antwort darauf, war es doch für einen Polizisten unmöglich, ein solches Versprechen abzugeben. Aber dann drängten sich allmählich die Bilder all der Menschen in ihren Kopf, die sie eigentlich am liebsten weit von sich geschoben hätte. Das fassungslose Entsetzen, die unglaubliche Trauer …

Helen hatte eine Tochter, die in wenigen Stunden in Edinburgh landen würde, eine Tochter, die am Telefon hatte erfahren müssen, dass ihre Mutter grausam ermordet worden war. Und vor ihr saß Imelda Barton, die Laura Bloomfield würde trösten müssen, obwohl sie selbst diese furchtbare Tat an einem der liebsten Menschen, die sie gekannt hatte, nicht begreifen konnte, obwohl sie selbst schwach sein wollte, aber für Laura und Elizabeth stark sein musste.

»Ja«, sagte Connie deshalb mit leiser, aber fester Stimme. »Ja, Mrs. Barton, das verspreche ich Ihnen.«

Elizabeth konnte später nicht sagen wie sie die letzten Stunden überstanden hatte. Dieser Donnerstag im Januar würde ihr für immer als einer der schlimmste Tage ihres Lebens im Gedächtnis bleiben. Ganz egal, was sie noch alles würde mitmachen müssen, ganz egal, was das Leben noch mit ihr vorhatte, der Schmerz und die Trauer, die sie jetzt empfand, würden sie immer begleiten. Nie wieder würde es so werden, wie es einmal war.

Sie hatte seit Stunden das Gefühl zu fallen, und nirgendwo gab es einen Halt, der diesen Fall bremsen konnte. Roberts Geständnis hatte ihr den ersten Stoß in dieses endlose Nichts verpasst. Wie hatte sie auch nur eine einzige Sekunde glauben können, dass sich zwischen ihnen vielleicht etwas Besonderes entwickeln würde? Sie hatte ihn doch gerade erst vier Stunden gekannt – was waren schon vier Stunden im Leben eines Menschen?

Natürlich war Helen ihr erster Trost gewesen. Helen, die schon voll schlimmster Befürchtungen auf sie wartete, die sie einfach in den Arm genommen hatte und bei ihr war. Und die sich selbst die bittersten Vorwürfe machte, weil sie Elizabeth zu diesem Schritt ermutigt hatte, weil sie sich so sehr mit ihr gefreut und ihre Bedenken zerstreut hatte. Der Dekan hatte sie unterbrochen, und sie wollten später weiterreden. Bei Helen zu Hause, wo niemand stören konnte, wo Elizabeth so lange traurig sein durfte, wie sie wollte.

Aber in diesem Zuhause war Helen nicht mehr angekommen. Leonard und sie hatten sich anfangs nichts dabei gedacht. Leonard, der den Kopf wie immer bei seiner Arbeit hatte, und sie, die sich viel zu sehr mit sich selbst und ihren Gefühlen für Robert beschäftigte. Erst als es immer später wurde und sich niemand im Büro und auf dem Mobiltelefon meldete, waren sie unruhig geworden. Aber auch dann hatten sie erst noch gewartet und waren nicht gleich losgefahren, um nach Helen zu sehen.

Warum eigentlich nicht? Warum waren sie nicht auf den Gedanken gekommen, dass Helen etwas passiert war? Leonard hatte doch diese Situation schon einmal mitgemacht – im letzten Sommer, als sie mutterseelenallein bewusstlos und schwer verletzt in ihrem Auto lag, mitten auf einem Feld abseits der Landstraße. Aber Leonard kam gar nicht auf den Gedanken, dass mit Helen etwas nicht in Ordnung sein könnte. Weil Helen immer perfekt war, weil Helen alles meisterte, weil Helen nie versagte. Elizabeth wurde ganz schlecht bei dem Gedanken, dass Helen die ganze Zeit, als sie noch rätselten und überlegten und abwarteten anstatt endlich etwas zu unternehmen, schon längst tot in der Bibliothek lag. Heimtückisch ermordet.

Lass uns heute Abend in aller Ruhe reden, Liz, hatte sie zu ihr gesagt. Aber sie würde nie wieder mit Helen reden können. Weil jemand sie kaltblütig niedergestochen hatte. Sie konnte sich nicht vorstellen, wie das Leben ohne Helen weitergehen sollte. Helen und St. Andrews – die beiden Begriffe hatten von Anfang an für Elizabeth untrennbar zusammengehört. Seit Helen sie an ihrem ersten Tag an der Universität zu sich eingeladen und ihr mit ihrer freundlichen und offenen Art alle Unsicherheit und Angst vor der neuen Stelle genommen hatte. Sie konnte es einfach nicht begreifen, dass Helen nie wieder in ihrem Büro sitzen und mit ihr über Mr. Trinkle lachen würde, dass sie nie wieder gemeinsam zu Imelda gehen würden, dass Helen von einer Minute auf die andere nicht mehr da war und auch nie mehr wiederkommen würde. *Nie mehr ...*

Elizabeth würde diesen furchtbaren Anblick immer bei sich tragen. Die wunderschönen Augen, die stets so viel Wärme und Zuversicht ausgestrahlt hatten und jetzt kalt und leblos ins Leere starrten. Die leichte Verwunderung in ihrem Gesicht, so, als habe sie im Augenblick des Angriffs nicht verstanden, warum es geschah.

Der schlimmste Moment aber stand Elizabeth noch bevor. Es war der Augenblick, in dem sie Laura das erste Mal gegenüber stehen müsste. Laura, der Leonard, selbst vom Kummer fast überwältigt, am Telefon die schlimme Nachricht beigebracht hatte. Laura – Helens ganzer Stolz. Falkirk hörte sich ihre Erzählungen an, ohne sie auch nur einmal zu unterbrechen oder Fragen zu stellen. Connie hatte auf sein Zeichen hin kurz nach Imelda Barton gesehen, die Elizabeth noch in der Nacht mit zu sich nach Hause genommen hatte und sich nun rührend um sie kümmerte.

Beschämt musste er erkennen, dass er Imelda Barton vollkommen falsch eingeschätzt hatte. Aber das war zu einem Zeitpunkt, als er sich noch auf der richtigen Spur wähnte, als er in seinem blinden Eifer Steve Pritchard hinterherjagte und keinen anderen Verdächtigen geduldet hatte. Imelda Barton hatte gleich erkannt, dass hinter dieser Tat mehr steckte als der Racheakt eines Raufbolden. Katie Ewans hatte sie unbewusst darin bestätigt, und der wahre Mörder hatte ihm schließlich den grausigen Beweis dafür geliefert – den Beweis, der Helen das Leben gekostet hatte.

»Elizabeth, wenn Ihnen noch irgendetwas einfallen sollte, irgendeine noch so unbedeutende Kleinigkeit, dann melden Sie sich bitte bei mir. Egal wann und egal wo«, war alles, was er ihr am Ende ihres Gesprächs mit auf den Weg geben konnte.

Dabei stellte er fest, dass er sie einfach mit ihrem Vornamen angesprochen hatte, ohne sie danach zu fragen. Aber Elizabeth bemerkte es gar nicht. Connie hatte nicht übertrieben, als sie sie gestern irrtümlich für eine Studentin gehalten hatte. Klein und blass saß sie vor ihm, und ihre ganze Erscheinung hatte so etwas Zerbrechliches an sich, dass er das Gefühl hatte, sie würde den Weg aus seinem Büro nicht mehr schaffen.

Elizabeth nickte zaghaft, als sie jetzt seine Worte hörte. Anscheinend hatte sie noch etwas auf dem Herzen, denn sie stand nicht sofort auf.

»Inspector, ich wollte Ihnen nur sagen, dass Sie nicht schuld sind. Helen hat Ihre Ermittlungen sehr gut verstanden, auch wenn sie anfangs nicht begeistert davon war. Aber sie will ... wollte einfach nicht wahrhaben, dass unter ihren Studenten jemand war, der ...« Elizabeth sprach erst nach einer kleinen Pause weiter. »Leonard, ich ... meine Mr. Bloomfield hat das gestern nicht gewollt. Er ist einfach nur furchtbar verzweifelt und es ... es tut ihm sehr leid, was er Ihnen vorgeworfen hat. Ich habe vorhin mit ihm gesprochen, es ist einfach alles zu viel für ihn. Er hat Helen über alles geliebt.«

Connie war leise in das Büro zurückgekommen, während Elizabeth mit Falkirk gesprochen hatte, und nickte ihm aufmunternd zu. Elizabeth war schon an der Tür angekommen, als sie sich noch einmal umdrehte.

»Haben Sie ihn, ich meine, diesen ... Steve Pritchard eigentlich noch immer in Verdacht?« Es kostete sie sichtbar Mühe, seinen Namen auszusprechen.

»Nein«, antwortete Connie schnell, als sie Falkirks Gesichtsausdruck bemerkte. »Er hat im wahrsten Sinne des Wortes ein hieb- und stichfestes Alibi. Er und Robert hatten gestern eine kleine, nun ja, Auseinandersetzung, die für Steve etwas schmerzhaft endete. Den Grund dafür können Sie sich wohl denken.«

Elizabeth blitzte Connie wütend an. »Wenn Robert tatsächlich glaubt, dass er mich mit diesen Neandertalermethoden beeindrucken kann, dann hat er sich aber gewaltig geschnitten. Er kann sich prügeln, mit wem und so oft er will, das ist mir egal«, stieß sie zornig hervor, bevor sie aus Falkirks Büro stürmte.

19. Kapitel

Nachdem Connie und Falkirk alleine im Büro zurückgeblieben waren, blickte der Chief Inspector missmutig auf die spärlichen Notizen, die er sich im Verlauf des Gesprächs mit Elizabeth gemacht hatte.

Es war schon nach acht, als sie den Bloomfields noch einen Besuch abstattete, aber niemand hatte auf ihr Klingeln geöffnet. Sie hatte mit Helen keine genaue Zeit abgemacht, aber war schließlich doch etwas ratlos vor dem Haus gestanden, als Leonard wie auf Bestellung die Einfahrt hochfuhr. Gemeinsam hatten sie dann im Wohnzimmer auf Helen gewartet. Leonard war dabei vollkommen in seine Arbeit vertieft, und auch Elizabeth hatte sich die erste Stunde noch keine großen Sorgen gemacht. Sie wollte ihr nicht das Gefühl geben, alles liegen und stehen lassen zu müssen, nur um ganz für sie da zu sein. Aber als um halb zehn von Helen immer noch nichts zu sehen war, wurde sie allmählich unruhig. Leonard, mittlerweile selbst etwas in Sorge, hatte es abwechselnd im Büro und auf dem Mobiltelefon versucht, aber niemand antwortete ihm.

Um kurz vor zehn schließlich hatte Elizabeth es nicht mehr ausgehalten und ihn förmlich dazu gedrängt, sich auf den Weg zum St. Salvator's College zu machen. Helens Auto stand noch auf dem Parkplatz – also musste sie irgendwo auf dem Gelände sein. Aber wo? Ihr Büro war bereits abgeschlossen, und der Pförtner hatte sie auch nicht aus dem Institut gehen sehen. Er wusste allerdings von Katie Ewans, die sich vor einigen Stunden bei ihm vom Bibliotheksdienst abgemeldet hatte, dass Helen seit sechs Uhr dort arbeitete und diese um acht auch abschließen wollte.

Wie Schuppen war es Elizabeth danach von den Augen gefallen. Die Bibliothek, natürlich. Warum war sie nur nicht gleich darauf gekommen? Helen arbeitete gerne dort, vor allem, wenn sie zur Ruhe kommen wollte. Leonard war nur erstaunt hinter ihr hergerannt, als sie voller Panik die Treppe nach oben jagte. Elizabeth hatte bei den Worten des Pförtners plötzlich ein dumpfes Gefühl der Angst verspürt, ein Gefühl, dass irgendetwas mit Helen nicht stimmen konnte. Jeder Schritt, den sie näher kam, ließ diese Angst größer werden. Die Tür zur Bibliothek war nicht verschlossen, auch das Licht brannte noch, und ganz hinten am anderen Ende des Raumes sah sie eine vertraute Gestalt am Boden liegen. Und Blut. Überall Blut. *Helens Blut* ... Und daneben diese grausamen Worte ... In diesem Augenblick hatte auch Leonard seine Frau entdeckt.

Den traurigen Rest kannte Falkirk. Natürlich hatte die Spurensicherung keine Fingerabdrücke auf dem Messer gefunden, und auch in der Bibliothek gab es nichts, das auf den Täter hingewiesen hätte. Helen war laut Dr. Boyers gegen acht Uhr ermordet worden – mehr als zwei Stunden hatte sie also tot auf dem Boden gelegen, bis sie endlich gefunden wurde.

»Es muss jemand gewesen sein, der erstens den Raum genau kannte und zweitens wusste, dass Helen zu diesem Zeitpunkt dort sein würde. Also kommt doch nur jemand in Frage, der an der Universität beschäftigt ist«, folgerte Connie aus Falkirks Berichterstattung. »Ich bin überzeugt, dass wir den Kreis der Verdächtigen schnell verkleinern können.«

»Nicht unbedingt«, sagte Falkirk. »Die Öffnungszeiten der Bibliothek und eine genaue Beschreibung, wo sie zu finden ist, stehen für jedermann sichtbar auf der Internetseite der Universität. Außerdem haben Sie mir vorhin selbst gesagt, dass Imelda Barton bei der Grundsteinlegung ausdrücklich darauf hingewiesen hat, dass sie in Zukunft nicht nur Studenten, sondern auch der Allgemeinheit zugänglich sein würde. Es hätte sich also jeder, ohne großartig aufzufallen, mit den Gegebenheiten vertraut machen können. Der Täter hat wahrscheinlich in aller Ruhe abgewartet, bis sich eine günstige Gelegenheit für ihn ergab und er mit einer Frau alleine im Raum war. Und die kam dann in Form von Helen.« Er seufzte. »Und was das Ganze noch schwieriger macht, ist, dass niemand sich beim Besuch der Räumlichkeiten ausweisen muss, da es sich um eine Präsenzbibliothek handelt und man eigentlich nur vor Ort die Bücher benutzen und mit ihnen arbeiten darf. Nur wer etwas über Nacht oder für Fotokopien mitnehmen will, muss einen Ausweis vorzeigen und diesen als Pfand zurücklassen.«

Connie schüttelte den Kopf. »Was sind denn das für mittelalterliche Methoden? Es gibt also keine Datei, in der man sich registrieren muss?«

»Nein, die gibt es leider nicht. Es handelt sich eben nur um eine kleine Institutsbibliothek. Im Zentralgebäude sähe das alles ganz anders aus. So haben wir momentan nur die Studenten, die als Aufsichtskräfte tätig sind und die sich vielleicht an das eine oder andere Gesicht erinnern können. Henderson ist gerade dabei, die betreffenden Leute zu befragen.«

Connie blickte missmutig aus dem Fenster. Auch heute sorgte ein wolkenverhangener Himmel für trübe Stimmung, aber nicht nur draußen auf den Straßen, sondern auch bei ihnen im warmen Büro. Sie standen vor einem wahren Labyrinth aus rätselhaften Begegnungen und grausamen Zufällen.

»Und Connie, vergessen Sie Katie Ewans nicht. Selbst wenn unser Täter von innerhalb der Universität kommt, ist die Suche nach ihm immer noch ein Fass ohne Boden. Katie hat sich laut Henderson beim Pförtner des Colleges vom Dienst abgemeldet. Die Tür zu seinem Büro steht immer offen. Jeder, der in diesem Augenblick daran vorbeikam, hätte mühelos hören können, worüber sie mit dem Mann sprach. Aber damit noch nicht genug. Anschließend traf sich Katie mit Barbara McLaughlin in der großen Cafeteria, wo zu diesem Zeitpunkt Dutzende Studenten, Tutoren und Dozenten zum Abendessen waren. Jeder, der die Mädchen gehört hätte, hätte nur eins und eins zusammenzählen müssen und gewusst, dass Helen in diesem Augenblick wahrscheinlich alleine in der Bibliothek war.«

Nun war es an Connie zu seufzen. Wie sie es auch drehten und wendeten, sie kamen in diesen Ermittlungen keinen Schritt weiter.

»Das heißt, wir suchen jemanden, der sowohl Kontakt zu Maureen Rigg als auch zu Helen Bloomfield hatte. Aber die beiden Frauen sind ... waren so unterschiedlich, wie soll man da einen gemeinsamen Nenner finden?

»Wahrscheinlich gibt es den nicht einmal. Vielleicht hat er Maureen ganz zufällig auf ihrer morgendlichen Tour entdeckt – während er selbst gerade auf dem Weg zur Arbeit oder auf dem Nachhauseweg von irgendeiner Studentenfeier war. Es ist dunkel, weit und breit ist keine Menschenseele zu sehen. Die Gelegenheit ist wie geschaffen für unseren Täter. Oder er hat das Mädchen im *Cross Keys* über ihren Nebenjob reden hören und ist dadurch erst auf die Idee gekommen, sie am Strand zu überfallen. Die Bibliothek hatte er vielleicht schon länger ins Auge gefasst, schließlich befinden sich dort auch Shakespeare-Werke und sie bedeutete schon deshalb einen besonderen Reiz für ihn. Und vielleicht ...«, fügte Falkirk noch hinzu, bevor Connie etwas erwidern konnte, »vielleicht hat er sich dort sogar zu seinem grausigen Plan inspirieren lassen.«

»Das klingt ja furchtbar«, murmelte Connie.

»Furchtbar vielleicht, aber nicht unmöglich. Wer kann schon mit Gewissheit sagen, was in einem kriminellen Gehirn vorgeht?«

Eine Weile waren sie beide in ihre Gedanken vertieft, als es plötzlich an der Tür klopfte und Constable Norton schüchtern um eine kurze Unterredung bat.

Elizabeth saß in einem der Ohrensessel, die schon viele Jahre im kleinen Erker von Imeldas Wohnzimmer standen, und blickte stumm aus dem Fenster, ohne wirklich wahrzunehmen, was sich dort draußen tatsächlich abspielte. Sie hatte die Beine angewinkelt und die Arme darum geschlungen und wirkte wie ein kleines zusammengerolltes Kätzchen, das man irgendwo achtlos ausgesetzt hatte und das jetzt einsam und frierend auf seine Katzenmutter wartete. Imelda stellte vorsichtig eine Tasse kräftigen Tees auf dem kleinen Beistelltisch ab und strich Elizabeth flüchtig über das Haar. Seit sie vom Polizeirevier zurückgekommen waren, saß sie nun in diesem Sessel. Sie wollte nichts essen, nichts trinken, nicht sprechen, und irgendwie erschien es Imelda plötzlich, als ob Elizabeth gar nicht mehr richtig anwesend war.

Nur zweimal hatte sie so etwas wie eine menschliche Reaktion gezeigt. Einmal als ihr Mobiltelefon läutete, das sie jedoch ohne sich zu melden mit einer abrupten Geste einfach abgeschaltet und danach im hintersten Winkel ihrer Tasche verstaut hatte. Und das zweite Mal, als Leonard bei Imelda anrief und ihnen mitteilte, dass Laura soeben zu Hause eingetroffen sei. Elizabeth wollte sofort zu den Bloomfields aufbrechen, aber Imelda gelang es, wenn auch mit Mühe, sie davon zu überzeugen, dass Vater und Tochter erst einmal Zeit für sich bräuchten, bevor andere dazukämen, auch wenn es sich dabei um enge Freunde von Helen handelte.

Imelda setzte sich nun ebenfalls in einen der Sessel und folgte stumm Elizabeths Blick aus dem Fenster. Die ganze Zeit schon fühlte sie sich, als hätte man ihr einen Teil ihres Körpers gewaltsam weggerissen und nur eine große, schmerzende Wunde zurückgelassen. Nie hätte sie gedacht, dass Helen vor ihr gehen müsste. Es war so wider die Natur, so eine verdammte Verschwendung. Sie hatte trotz dreier Ehemänner keine eigenen Kinder, aber so musste es sich anfühlen, wenn man eine Tochter verlor. So mussten sich die Eltern des Mädchens fühlen, das man vor zwei Tagen am Strand gefunden hatte. Vermutlich vom gleichen Täter ermordet wie Helen.

Ophelia, Julia ... wie konnte ein Mensch nur William Shakespeare für seine mörderischen Pläne benutzen? Wie krankhaft musste man veranlagt sein, um Befriedigung in diesen Taten zu finden? Wie lange würde er warten, bis er zu einem neuen Versuch startete? Wen würde er als Nächstes kopieren? Othellos Desdemona? Cleopatra? Imelda lief bei diesem Gedanken ein Schauer über den Rücken.

Das Klingeln der Türglocke ließ sie hochschrecken. Vielleicht war es ja Leonard, der mit Laura nicht lange alleine sein konnte und ihre Unterstützung brauchte. Imelda wusste, dass sie ihm damit Unrecht tat und dass er wahrscheinlich noch viel mehr um Helen trauerte als sie selbst. Leonard konnte einfach Gefühle, egal, welcher Natur sie waren, nicht offen zeigen. Immer wirkte es irgendwie hölzern und steif und unglaublich angestrengt, wenn er es doch versuchte. Deshalb hatte sie auch nie ganz verstanden, warum Helen, die stets voller Emotionen war, ausgerechnet Leonard Bloomfield gewählt hatte. Warum hatte es unbedingt der fünfzehn Jahre ältere Dozent aus den Wirtschaftswissenschaften sein müssen? Warum Leonard, der nie richtig jung und unbeschwert war, den schon immer ein Hauch von Anachronismus umgab und der immer irgendwie fehl am Platze war? In Momenten wie diesen meldete sich stets eine leise Stimme in Imelda, die sie gerade dann nicht hören wollte. Warum hatte sie Helen nicht einfach ihr Glück und ihre Ehe mit Leonard gönnen können? Warum hatte sie ihn nicht einfach so akzeptiert, wie er war? Weil sie vielleicht selbst ihr Leben lang auf der Suche nach dem *einen* vollkommenen Menschen war, den es ja doch nicht zu geben schien? Weil Helen etwas besessen hatte, das sie nicht hatte? Eine glückliche Familie?

Wie es sich jedoch herausstellte, war der Besucher nicht Leonard, sondern der Paketbote. Jemand hatte ihr ein kleines Päckchen zukommen lassen, und ein Blick auf die sauber geschriebene Adresse genügte Imelda, um zu wissen, wer der Absender war. Es war im ersten Moment, als ob sie noch am Leben wäre und sich der grausame Mord am Vorabend nie ereignet hätte. Mit zitternden Händen quittierte Imelda den Empfang. Helen hatte ihr offensichtlich vor ihrem Tod noch ein Geschenk gemacht, hatte sie, wie es ihre liebenswerte Art war, überraschen wollen.

Anstatt zu Elizabeth ins Wohnzimmer zu gehen, zog sich Imelda leise in die Küche zurück. Dort legte sie das Päckchen vorsichtig auf den Tisch und wagte im ersten Augenblick nicht, es nochmals anzufassen. Dann aber holte sie doch ein Messer aus der Schublade und begann die sorgfältig angebrachte Verpackung behutsam zu lösen. Helen hatte einen kurzen Brief beigelegt, und Imelda spürte einen tonnenschweren Kloß im Hals, als sie die vertraute Handschrift erkannte und die liebevoll verfassten Zeilen las. Es sollte ein Dankeschön sein für ihre unermüdliche Hilfe in den Monaten nach dem Autounfall und für die wunderbare Freundschaft all die Jahre hinweg. Imelda stieß unvermittelt einen leisen Aufschrei aus, als sie das kostbare kleine Buch auspackte, das unter dem Packpapier zum Vorschein kam.

Eine Shakespeare-Ausgabe aus dem 18. Jahrhundert, die ohne Zweifel ein Vermögen gekostet hatte. Behutsam öffnete sie das Buch, um einen Blick auf die Inhaltsangabe zu werfen. Und in diesem Augenblick wurde ihr bewusst, dass Helen nie mehr zurückkommen würde, dass man sie ihr für immer genommen hatte.

Helen ... Tränen begannen langsam über Imeldas Wangen zu lau-

fen. Plötzlich spürte sie eine sanfte Berührung an ihrer Schulter. Elizabeth war leise in die Küche gekommen.
»Ich gehe ein bisschen an die frische Luft. Bis später«, flüsterte sie, als sie das Buch und den Brief entdeckte. Sie wollte Imelda beim Abschiednehmen nicht stören und ihr den letzten gemeinsamen Moment mit Helen nicht nehmen.

Rose Dermod schaltete schnell das alte Küchenradio ab, als sie ein Klopfen an der Vordertür hörte. Hoffentlich war es nicht wieder einer dieser penetranten Reporter, die schon am Vormittag zweimal versucht hatten, sich in ihre Küche zu drängen, um sie mit neugierigen Fragen über Maureen zu belästigen. Aber wahrscheinlich waren sie momentan alle an die Universität geeilt, wo es gestern Abend offenbar ein zweites furchtbares Unglück gegeben hatte.
Shakespeare-Mörder, so hatte der Nachrichtensprecher ihn genannt – ihn, der mittlerweile schon zwei Menschen auf seinem Gewissen hatte. Daher kam also dieser seltsame Text, den sie und Frank nicht verstanden hatten. Und jetzt hatte er Helen Bloomfield erwischt und auch bei ihr eine dieser Botschaften hinterlassen. Ob Anne wohl schon wusste, dass es ein zweites Opfer gab und wer dieses Opfer war? Ob Anne und Gary auch von penetranten Reportern belagert wurden, die, ohne Rücksicht auf ihre Gefühle und ihre Trauer, Informationen über Maureen zu erfahren hofften?
Es klopfte ein zweites Mal, und Rose ging rasch zur Tür, damit Frank nicht noch wach wurde. Frank, dessen Rheuma seit gestern so schlimm war, dass in der Nacht schließlich der ärztliche Notdienst kommen musste, damit er ihm etwas zur Linderung der Schmerzen gab. Der Arzt, ein freundlicher junger Mann, der Rose spontan an eine dieser Krankenhausserien erinnerte, hatte allerdings keine guten Nachrichten für sie. Auch wenn er Frank für den Moment von den schlimmsten Schmerzen erlösen konnte, so würden diese doch wiederkommen. Es wäre deshalb am besten, er würde sich für einige Zeit in ein Krankenhaus begeben, damit er sich dort einer Schmerztherapie unterziehen könnte. Er hatte seine Worte dabei sehr sorgfältig ausgewählt und mit leiser und behutsamer Stimme gesprochen, aber sie hatte nur zu gut verstanden, was sie in Wirklichkeit für Frank bedeuteten. Wohin der Weg vom Krankenhaus aus führte, lag auf der Hand.
Jetzt war es also so weit, und die Situation, die sie eigentlich noch lange hatte vermeiden wollen, stand plötzlich unweigerlich im Raum. Und dieses Mal würde es kein Entrinnen und keine Ausflüchte mehr

geben. Der Umzug ins Altersheim war nur noch eine Frage der Zeit. Mit einem entschiedenen Ruck machte sie die Tür auf, eine wütende Antwort für die ungebetenen Besucher bereits auf ihren Lippen.

»Anne«, war jedoch alles, was Rose hervorbrachte, als sie sah, wer tatsächlich vor ihrer Haustür stand.

»Rose, erzähl mir von meinem Mädchen, bitte«, bat Anne Rigg atemlos. »Erzähl mir, wie ihr sie gefunden habt, erzähl mir alles, was du weißt. Bitte!«

»Komm erst einmal herein. Du bist ja ganz durchgefroren«, sagte Rose mit zittriger Stimme und legte Anne behutsam einen Arm um die Schulter.

»Ich bin zu Fuß gegangen. Gary, er … er wollte mich nicht zu euch bringen. Aber ich muss es doch wissen. Bitte Rose, lass mich jetzt nicht im Stich!«

Constable Norton fühlte sich sichtbar unwohl in seiner Haut, als er Connie und Falkirk mit verlegener Stimme um eine Unterredung bat. Er hatte sich über seinen unverhofften Einsatz bei der Mordkommission sehr gefreut, wollte aber vor dem Chief Inspector nicht als übereifrig und streberhaft gelten. Von Sergeant O'Reillys Reaktion, wenn er von dieser Aktion erfuhr, einmal ganz abgesehen. Sergeant Wraight lächelte ihm jedoch aufmunternd zu und bat ihn freundlich, Platz zu nehmen.

»Norton, was kann ich für Sie tun?«, begann Falkirk ohne Zögern.

»Sir, es ist wegen … hm … es geht um die Akten aus dem Archiv. Ich weiß, dass Sie deshalb schon mit Sergeant O'Reilly gesprochen haben …«

Darum ging es dem armen Kerl also, dachte Falkirk lächelnd. Er hatte in der Tat am Vorabend mit O'Reilly darüber gesprochen und wusste nur zu gut, wie unbefriedigend die Ergebnisse waren, die die beiden Kollegen ans Tageslicht brachten.

Die einzigen interessanten Fälle waren eine Serie von Frauenmorden in der Nähe von Swansea, bei denen stets ein Gedicht am Tatort zurückgelassen wurde, sowie fünf ermordete Prostituierte im Nordon Londons, die alle mit einem gezielten Schnitt durch die Halsschlagader getötet wurden und dem Täter den Beinamen »Jack the Ripper« verschafft hatten. Aber beide Serien wurden relativ schnell aufgeklärt und die Mörder zu lebenslanger Gefängnisstrafe mit Sicherheitsverwahrung verurteilt, und nichts deutete darauf hin, dass diese jemals auch nur in die Nähe von St. Andrews gekommen waren.

»Machen Sie sich deshalb keine Sorgen, Constable. Es war sowieso nur eine Vermutung meinerseits, und es war nicht davon auszugehen, dass wir wirklich einen Treffer landen würden«, beeilte er sich deshalb den Kollegen zu beruhigen.

»Ja, aber vielleicht gibt es doch so etwas wie eine Spur. Ich ... ich meine Sergeant O'Reilly hielt es nicht für wichtig, weil er damals niemanden ermordet hat, aber ich dachte mir, Sie würden vielleicht doch gerne seine Akte sehen.«

Mit diesen Worten legte er den Schnellhefter, den er schon die ganze Zeit in den Händen gehalten und nervös hin und her gedreht hatte, auf den Schreibtisch. Falkirks Kopf ging ruckartig in die Höhe.

»Was wollen Sie damit sagen, Constable? Sie haben tatsächlich jemanden entdeckt, der auf unser Täterprofil passen könnte?«

Schnell nahm er den Hefter an sich und begann ihn durchzublättern. Norton wurde angesichts der Tatsache, dass die Entscheidung, mit seiner Entdeckung zum Chief Inspector zu gehen, wohl doch nicht so falsch war, etwas sicherer und begann ohne weiteres Zögern seine Ausführungen.

»Der Mann heißt Edward Bryson. Er wohnt in Kilrenny, keine zehn Meilen von St. Andrews entfernt. Er wurde vor fünf Jahren wegen sexueller Belästigung eines Mädchens zu drei Jahren Haft verurteilt. Seitdem ist er zwar nie wieder auffällig geworden, allerdings hatte er zum Zeitpunkt seiner damaligen Verhaftung an der Universität von St. Andrews studiert und ...« Norton ließ den Satz unvollendet, aber Connie hörte am Klang seiner Stimme, das dies nicht alles war.

»Und?«, fragte sie deshalb gespannt.

»Und zwar englische Literaturwissenschaft«, vollendete Falkirk den Satz mit Triumph in der Stimme.

»Ganz genau«, warf Norton vorsichtig ein. »Das ist mir eben auch aufgefallen.«

»Laut seiner Akte war er damals in seinem zweiten Studienjahr und wurde nach Bekanntwerden des Vorfalls und seiner Verhaftung natürlich sofort von der Universität verwiesen. Das heißt, er kennt sich mit Literatur aus, er kennt das Gebäude, die Bibliothek, er war vielleicht sogar in einem von Helens damaligen Kursen.«

Falkirks Augen blitzten. Endlich war sein alter Kampfgeist, den Connie die letzten Stunden so schmerzlich vermisst hatte, wieder da.

»Constable, das war ausgezeichnete Arbeit von Ihnen. Den Burschen werden wir uns jetzt sofort vorknöpfen. Los, Connie, lassen Sie uns fahren.«

20. Kapitel

Elizabeth wusste nicht, wohin sie eigentlich wollte, nachdem sie Imelda mit Helens Geschenk alleine zurückgelassen hatte. Eine Zeitlang war sie deshalb planlos umhergeirrt, bis sie plötzlich feststellte, dass sie sich verlaufen hatte. Erschöpft und vollkommen durchgefroren ließ sie sich schließlich auf einer alten Parkbank nieder. Als sie zu ihrem Mobiltelefon griff, wurde ihr bewusst, dass sie spontan daran gedacht hatte, Helen anzurufen. Es war eine jener Situationen, in denen sie genau der richtige Ansprechpartner war. *Gewesen wäre ...*

Helen hätte wahrscheinlich sofort alles liegen und stehen gelassen, um sie abzuholen, selbst wenn Elizabeth sie nur darum gebeten hätte, ihr zu sagen, in welche Richtung sie gehen musste, um zurück zur Hauptstraße zu kommen.

Mit klammen Fingern schaltete sie ihr Telefon ein. Robert hatte vor ein paar Stunden angerufen, wie auch schon mehrmals am Tag zuvor nach ihrem heftigen Streit im Büro, aber sie wollte nicht mit ihm sprechen. Nicht jetzt und auch in Zukunft nicht. In diesem Augenblick blinkte eine Nachricht auf. Elizabeth löschte sie, ohne sie zu lesen. Stattdessen ging sie langsam die Liste der eingespeicherten Namen durch. Bei »Bloomfield« stockte sie kurz, beschloss dann aber doch, Imeldas Rat zu folgen und Leonard noch etwas Zeit zu geben. Sie hatte kein Recht, einfach in seine und Lauras Trauer einzubrechen, nur weil sie selbst Trost und Zuwendung brauchte.

Als sie zum Buchstaben H kam, fing ihre Hand plötzlich zu zittern an. Helens Nummer war die letzte, die sie angewählt hatte, gestern, kurz bevor sie sie schließlich in der Bibliothek gefunden hatten. Sie wusste, dass es vollkommen verrückt war, aber trotzdem ... Nur einmal ihre Stimme hören ...

»Guten Tag, Sie sprechen mit der Mobilbox von Helen Bloomfield ...«, schallte es in diesem Moment aus dem Telefon. Elizabeth hatte das Gefühl, als gösse jemand einen Kübel mit Eiswasser über ihr aus. Tränen schossen ihr in die Augen und abrupt unterbrach sie Helens gut gelaunte Ansage. Wie hatte sie nur denken können, dass ...

»Liz, was machst du denn hier draußen?«, hörte sie in diesem Augenblick eine vertraute Stimme fragen. Robert stand mit einer Sporttasche vor ihr und blickte sie mit einer Mischung aus Sorge und Verwunderung an. In seinem Gesicht waren deutlich die Spuren der Auseinandersetzung mit Steve Pritchard zu sehen. Am rechten Auge hatte sich eine bläulich schwarze Verfärbung gebildet, und seine Oberlippe war genäht worden. Zu ihrer Genugtuung stellte sie fest, dass auch ihre eigene Ohrfeige eine leichte Schwellung auf seiner Wange hinterlassen hatte.

»Ich wüsste nicht, was dich das angeht. Was willst du von mir? Verfolgst du mich jetzt auch noch?«, herrschte sie ihn an, nachdem sie sich hastig die Tränen aus dem Gesicht gewischt hatte. Er sollte ja nicht glauben, sie hätte seinetwegen geweint.

»Entschuldige bitte, aber ich *wohne* hier. Ich dachte, du wolltest vielleicht ...«

»Nein, ich wollte nicht zu dir! Ich habe mich lediglich verlaufen. Ich muss zurück in die Forrest Street, dort wartet eine Bekannte auf mich.« Sie stand auf und ging schnell an ihm vorbei die Straße hinunter, obwohl sie nach wie vor keine Ahnung hatte, wie sie jemals wieder zu Imeldas Haus zurückfinden sollte. Aber selbst das ziellose Herumlaufen in der Kälte war besser, als hier und jetzt mit Robert sprechen zu müssen.

»Liz, jetzt warte doch«, rief er ihr hinterher, nicht bereit, so schnell aufzugeben. Als sie einfach nur stur weiterging, hörte sie, wie er seine Tasche abstellte und ihr nachlief.

»Liz, verdammt noch mal, jetzt bleib doch stehen«, sagte er und hielt sie am Ärmel fest. Wütend wirbelte sie herum und riss sich mit einer abrupten Bewegung von ihm los.

»Lass mich gefälligst in Ruhe!«

»Ist ja schon gut. Ich wollte doch nur... Du läufst in die falsche Richtung, Liz«, sagte er leise. Wenn du zur Forrest Street willst, musst du hier entlang und dann die zweite Straße rechts rein. Aber es ist schon fast dunkel. Ich fahr dich hin, okay? Mein Auto steht gleich hier um die Ecke.«

»Nein, das wirst du nicht tun. Ich kann sehr gut auf mich alleine aufpassen. Vielen Dank!«, fauchte sie ihn an und begann, an ihm vorbei in die andere Richtung zu laufen.

»Du glaubst doch wohl nicht im Ernst, dass ich dich jetzt alleine durch die Dunkelheit laufen lasse. Hast du etwa vergessen, was mit den beiden Frauen passiert ist?«, rief Robert ihr aufgebracht hinterher.

Ihr Sturkopf brachte ihn fast zur Weißglut. Wie auf ein Kommando war Elizabeth jedoch plötzlich stehen geblieben und hatte sich abrupt zu ihm umgedreht. Alle Farbe war aus ihrem Gesicht gewichen, und Tränen liefen ihr unkontrolliert über die Wangen. Robert wich ob dieses Anblicks unbewusst zwei Schritte zurück.

»Wie kannst du es wagen, mich *das* zu fragen? Weißt du überhaupt, wer das zweite Opfer war? Weißt du eigentlich, dass Helen Bloomfield meine beste Freundin war? Wie könnte ich da jemals vergessen, was mit ihr passiert ist?« Ihre Stimme überschlug sich förmlich. Zitternd ließ sie sich auf die mittlerweile schon vertraute Bank nieder. Die eisige Kälte und den Wind, der an ihrer Jacke zerrte, nahm sie nicht mehr wahr. Robert hatte auf einmal das furchtbare Gefühl, bei Elizabeth alles falsch zu machen, was man nur falsch machen konnte. Langsam ging er auf sie zu.

»Oh mein Gott, Liz, das wusste ich doch nicht. Als du neulich abends von Helen gesprochen hast, damit hast du Helen Bloomfield gemeint? Oh Liz, oh nein ...«

Er hätte ihr so gerne etwas Trostspendendes gesagt, irgendetwas, das ihr zeigte, wie leid ihm alles tat, aber außer diesen banalen Worten wollte ihm nichts einfallen. Vorsichtig setzte er sich neben sie auf die Bank, und dieses Mal sprang sie nicht gleich wieder auf, um wegzulaufen. Stattdessen weinte sie einfach leise vor sich hin. Er betrachtete sie eine Weile hilflos, aber wagte es nicht, sie anzufassen, aus Angst, sie könnte sich erneut von ihm losreißen. Schließlich überwand er jedoch seine Zurückhaltung und drückte sie behutsam an sich.

»Ist ja schon gut. Ach Gott, Liz.« Er hielt sie eine ganze Weile im Arm und wiegte sie sanft hin und her. »Ich kann mir vorstellen, wie schrecklich du dich jetzt fühlst.«

Elizabeth hatte der Kummer um Helen so überwältigt, dass sie im ersten Moment ihre Wut auf Robert vergessen hatte. Erst als sie seine Worte hörte, wurde ihr wieder bewusst, mit wem sie gerade auf der Bank saß. Mit einer raschen Bewegung löste sie sich aus seiner Umarmung.

»Nein, Robert, ich weiß, du meinst es nur gut und willst mich trösten, aber das kannst du nicht. Niemand kann das«, sagte sie abwehrend, und neue Tränen traten dabei in ihre Augen.

»Doch, Liz. Glaub mir, ich weiß, wie du dich jetzt fühlst. Ich weiß ganz genau, wie es sich anfühlt, wenn man einen geliebten Menschen verliert.« Als er ihren fragenden Blick sah, fügte er hinzu: »Komm mit rein, du bist ja schon ganz durchgefroren. Und dann erzählst du mir von Helen und ich dir von ... und ich dir meine Geschichte, ja?«

Hastig schüttelte Elizabeth den Kopf und durchwühlte ihre Jackentaschen nach einem Taschentuch. Sie konnte Robert plötzlich nicht länger in die Augen sehen.

»Hör zu, Liz. Ich weiß, dass es deshalb zwischen uns noch lange nicht wieder gut ist«, sagte er leise. »Aber trotzdem können wir uns doch zusammen unterhalten. Einfach nur reden. Glaub mir, es hilft, wenn man über seine Trauer und seinen Kummer spricht. Ich hab's damals nicht getan.« Zaghaft streckte er ihr seine Hand entgegen. »Mach nicht den gleichen Fehler wie ich, Liz. Und jetzt komm mit rein. Bitte. Ich fahr dich später auch sofort nach Hause, okay?«

Elizabeth antwortete nicht gleich, sondern blieb eine Zeitlang regungslos auf der Bank sitzen, den Blick starr nach unten gerichtet. Tausend Gedanken schossen gleichzeitig durch ihren Kopf.

»Okay«, willigte sie schließlich ein und leicht resigniert fügte sie hinzu: »Ich glaube, ich hätte die Forrest Street heute sowieso nicht mehr gefunden.«

»Das hast du jetzt gesagt«, antwortete Robert lächelnd, als er ihre Hand nahm.

Wer wie Falkirk aus Glasgow kam und deshalb eine, wie er meinte, durchaus gerechtfertigte Anlaufzeit gebraucht hatte, bis er St. Andrews mit dem Begriff »Stadt« in Verbindung bringen konnte, für denjenigen war Kilrenny mit seinen wenigen Häusern, dem winzigen Gemischtwarenladen an der Hauptstraße und einem Pub, das seine besten Zeiten auch schon hinter sich hatte, nicht mehr als ein kleines unbedeutendes Dörfchen – ein winziger Punkt auf der schottischen Landkarte. Zugegeben, sehr malerisch gelegen, mit der Nordseeküste auf der einen und sanften Hügeln auf der anderen Seite, aber dennoch für den gemeinen Großstädter nichts mehr als ein Ausflugsziel für einen sommerlichen Sonntagnachmittag, aber ganz bestimmt kein Ort, um dort sesshaft zu werden.

Als Falkirk langsam die Dorfstraße entlangfuhr, versuchte er sich vorzustellen, wie man hier wohl sein Leben verbrachte. Die Einwohner ohne fahrbaren Untersatz und die Schulkinder waren auf eine einzige Buslinie angewiesen, die in unregelmäßigen Abständen nach St. Andrews fuhr, nachdem sie bereits in anderen kleinen Dörfern – ebenfalls winzige Punkte im Straßenatlas – einige wenige Fahrgäste eingesammelt hatte.

Abends traf man sich zweifellos im *Fox and Hounds*, zumindest die Dart spielenden Männer in seinem Alter und aufwärts. Ob dies auch die geeignete Vergnügungsstätte für Frauen und Jugendliche war, wagte er zu bezweifeln. Für sie blieb wohl nur der Weg nach St. Andrews, das neben Kilrenny fast schon den Mythos einer Großstadt erlangte.

Als sie seinen kritischen Blick bemerkte, ahnte Connie, was in ihm vorging. Sie hatte zu Beginn ihrer Zusammenarbeit befürchtet, dass der neue Chief Inspector aus Glasgow den Schritt in die Provinz bald bereuen und St. Andrews schnellstmöglich den Rücken kehren würde. Aber die Tatsache, dass sozusagen auf seiner Einstandsfeier schon der erste Mord auf ihn gewartet hatte, hatte der Kleinstadt einen sehr guten Ruf verschafft – zumindest in den Augen eines tüchtigen Polizisten, dem nichts mehr zuwider war, als däumchendrehend am Schreibtisch zu sitzen.

Connie wusste, dass sie aus der Provinz kam, aber sie hatte noch nie an einem anderen Ort sein wollen. St. Andrews war und blieb ihr Zuhause, der Ort, an dem sie sich wohl fühlte und an dem sie alt werden wollte. Kleine Ortschaften wie Kilrenny allerdings lösten auch bei ihr keine Begeisterung aus. Aber das lag nicht an fehlenden Einkaufsmöglichkeiten und der fast schon sonntäglichen Ruhe an so gut wie allen Tagen der Woche, sondern daran, dass man hier keinen Schritt machen und kein Wort sagen konnte, ohne dass es nicht sofort das ganze Dorf wusste.

Warum also kam ein junger Mann, nachdem er aus der Haft entlassen wurde, an einen Ort wie diesen zurück, an dem innerhalb eines Tages jeder über seine Vergangenheit und seine Tat Bescheid wissen würde? Noch dazu über eine Tat, die nicht irgendwann in Vergessenheit geraten oder von manch einem unter jungendlichem Leichtsinn abgelegt würde. Sie fragte Falkirk nach seiner Meinung.

»Darüber denke ich schon nach, seit ich das erste Mal seine Akte durchgelesen habe. Aber wenn es nur das wäre! Edward Bryson wohnt noch dazu nicht alleine, sondern zusammen mit seiner Mutter, in dem Haus, in dem er auch aufgewachsen ist. Es gibt bestimmt niemanden in Kilrenny, der ihn nicht kennt.«

Ein Umstand, der bei Falkirk äußerstes Unbehagen auslösen würde. Er war damals sehr froh gewesen, dass er und Sharon schließlich ein Haus in einer Gegend von St. Andrews gefunden hatten, wo man nicht bei jedem Schritt, den man vor die Haustür setzte, eine Bewegung hinter der Gardine des Nachbarn wahrnehmen musste.

Aber in einem Ort wie Kilrenny war es unmöglich, etwas geheim zu halten. Das zeigte sich, als sie vor dem Haus der Brysons ausstiegen, in Gestalt einer Frau mittleren Alters. Sie war zweifellos die Bewohnerin des Nachbargrundstücks und brauchte eine halbe Ewigkeit dafür, die Mülltüte in die bereits geöffnete Tonne zu werfen. Was aber auch nicht verwunderlich war, wenn man bedachte, dass sie sich fast den Hals ausrenkte, um jede Bewegung der Neuankömmlinge genauestens zu beobachten.

Das Haus der Brysons war ein kleiner, aus grob gehauenen Backsteinen bestehender Bau mit einer winzigen Garage, die Falkirk mehr an einen Geräteschuppen erinnerte und höchstens Platz für ein Motorrad bot. Der Vorgarten, durch den er und Connie gingen, bot im Sommer mit den Blumenbeeten und der Rhododendrenhecke bestimmt einen sehr farbenfrohen Anblick, jetzt allerdings wartete er nur mit einem braun-grünen Einerlei aus längst verwelkten Blüten und Blättern auf. Als Connie klingelte, geschah zunächst nichts. Falkirk war allerdings eine rasche Bewegung hinter den Vorhängen eines der Fenster im ersten Stock nicht entgangen. Energisch klopfte er mit der Faust gegen die Eingangstür.

»Mr. Bryson, wir wissen, dass Sie zu Hause sind. Machen Sie die Tür auf, hier ist die Polizei«, sagte er mit lauter Stimme, die in allen Ecken des Dorfes widerzuhallen schien. Seine Aktion verfehlte ihre Wirkung nicht. Natürlich hatten, dank der nachmittäglichen Stille, auch sämtliche Nachbarn seine Worte gehört. Falkirk hatte die Faust schon erneut erhoben, als plötzlich eilige Schritte zu hören waren und die Eingangstür schließlich von einer verhärmt aussehenden Frau in den Fünfzigern einen Spaltbreit geöffnet wurde.

»Guten Tag, ich bin Chief Inspector Patrick Falkirk und das ist Sergeant Connie Wraight. Sie sind Mrs. Bryson?«

Cynthia Bryson wich unvermittelt einen Schritt zurück, als er ihr seinen Dienstausweis entgegenstreckte.

»Ja. Was wollen Sie von mir?«, fragte sie misstrauisch.

Sie trug eine dunkelblaue Kittelschürze, und ihr mit zahlreichen grauen Strähnen durchzogenes Haar war schlampig nach hinten gebunden. Beim Sprechen zeigte sich ein verbitterter Zug um ihren Mund, und ihre eisblauen Augen starrten die beiden Beamten feindselig an. Sie machte keine Anstalten, sie ins Haus zu lassen.

»Von Ihnen eigentlich nichts, Mrs. Bryson. Wir würden uns nur gerne mit Ihrem Sohn, Mr. Edward Bryson, unterhalten. Ist er zu Hause?« Falkirks Stimme klang freundlich, aber bestimmt.

»Was wollen Sie von ihm?«, gab ihm Cynthia Bryson stattdessen mürrisch zur Antwort, nach wie vor nicht gewillt, die ungebetenen Besucher hereinzubitten.

»Das würden wir ihm gerne persönlich sagen. Würden Sie uns jetzt bitte ins Haus lassen, andernfalls sehe ich mich gezwungen, mit einem Durchsuchungsbefehl und mehreren uniformierten Kollegen wiederzukommen.«

Seine letzten Worte verfehlten die gewünschte Wirkung nicht. Ohne ein Wort zu sagen, öffnete Cynthia Bryson die Tür und führte sie durch einen kleinen Flur in ein geradezu peinlich sauberes Wohnzimmer, das Connie spontan an eine Ausstellungsfläche in einem Einrichtungshaus erinnerte und nicht an einen Raum, in dem Menschen wohnten. Nur die altmodischen Möbel, die zweifellos noch aus den Siebzigerjahren stammten, und die an einigen Stellen ziemlich schäbig aussehende Sitzgarnitur machten diesen Eindruck wieder zunichte.

»Also, Mrs. Bryson, wo ist Ihr Sohn?«, fragte Falkirk, nachdem er sich vorsichtig auf das durchgesessene Sofa niedergelassen hatte.

»Der ist ... nicht zu Hause. Arbeitet, wie jeder normale Mensch um diese Uhrzeit«, antwortete sie mürrisch.

»Und wo arbeitet Ihr Sohn?«

»Bei Adams, in der Fischfabrik.«

»Als was arbeitet Ihr Sohn dort? Und bis wann erwarten Sie ihn zurück?«

»Er arbeitet am Fließband, als Hilfsarbeiter, wenn Sie es genau wissen wollen. Was anderes lässt man den Jungen ja nicht machen.«

»Sie meinen auf Grund der Haftstrafe, zu der er vor fünf Jahren verurteilt wurde?«

Obwohl Falkirk die Antwort bereits kannte, wollte er sie von Cynthia Bryson selbst hören. Ihr Auftreten und ihre Feindseligkeit gefielen ihm mit jeder Minute weniger.

»Ja natürlich, was denken Sie denn? Mit seinen Begabungen könnte der Junge überall arbeiten, aber man lässt ihn ja nicht. Er durfte ja nicht einmal seinen Abschluss machen«, stieß sie heftig hervor, und eine Haarsträhne begann sich aus dem Gebilde, das die gute Gill McGregor wohl kaum eine Frisur genannt hätte, zu lösen.

Der Junge ...

»Mrs. Bryson, bitte entschuldigen Sie meine Direktheit, aber Ihr Sohn hat vor fünf Jahren ein neunjähriges Mädchen sexuell belästigt. Seine, wie Sie es nennen, Begabungen scheinen mir doch sehr zweifelhafter Natur zu sein.«

»Pah«, rief sie mit einem verächtlichen Unterton. »Das haben Sie wohl in Ihren schlauen Akten gelesen, was? Mein Sohn hat nichts verbrochen, das hatte sich diese dumme Gans damals doch alles nur ausgedacht.«

Hasserfüllt starrte sie Falkirk an, doch dieser hatte den Fehdehandschuh nur zu deutlich erkannt und ihn bereits aufgenommen.

»In der Tat, Mrs. Bryson, ich habe mir die Akte Ihres Sohnes durchgelesen, sehr genau durchgelesen, und darin Einzelheiten gefunden, die sich ein neunjähriges Mädchen niemals ausdenken könnte. Ich habe darin außerdem erfahren, dass Ihr Sohn zum damaligen Zeitpunkt

Literaturwissenschaft an der Universität von St. Andrews studierte, Schwerpunkt Frühneuenglische Literatur, zu der meines Wissens auch ein gewisser William Shakespeare ...«

Er ließ den Satz unvollendet, aber sie hatte auch so verstanden. Mochte Kilrenny auch nur ein Pünktchen auf der Landkarte sein, den Schreckensmeldungen im Radio und in den Zeitungen, die mittlerweile kein anderes Thema als den Frauenmörder kannten, konnte sich das kleine Dörfchen nicht entziehen. Für einen kurzen Moment war Cynthia Brysons feindselige und abwehrende Haltung verloren gegangen, doch sie hatte sich schnell wieder im Griff.

»Was wollen Sie damit sagen?«, fragte sie lauernd.

Doch Falkirk kam zu keiner Antwort mehr, denn in diesem Augenblick war ein scheppernder Geräusch im Flur zu hören und gleich darauf eilige Schritte, die sich Richtung Hintertür entfernten.

»Connie, los!«, schrie Falkirk und stürzte im selben Moment zur Wohnzimmertür. Er hätte es sich denken können, dass sie ihnen eiskalt ins Gesicht log. Frauen wie Cynthia Bryson würden alles tun, um ihren Sohn vor der Polizei zu beschützen. Als er in den Hausflur rannte, stand die Hintertür schon sperrangelweit offen, und Edward Bryson war gerade dabei, über den Gartenzaun zu klettern. Falkirk stürzte ihm hinterher.

»Laufen Sie nach vorne und sichern Sie die Garage ab!«, rief er Connie über die Schulter hinweg zu. Cynthia Bryson versuchte sich Connie in den Weg zu stellen, wurde aber von dieser unsanft zur Seite geschoben.

»Lassen Sie meinen Jungen in Ruhe!«, schrie sie hysterisch, und ihr Gesicht verzerrte sich zu einer hässlichen Grimasse. Aber Falkirk dachte gar nicht daran, sich Edward Bryson durch die Lappen gehen zu lassen. Mit wenigen Schritten hatte er den Gartenzaun erreicht. Als er gerade darüber kletterte, sah er Bryson, wie erwartet, die Hinterseite des Hauses entlang in Richtung Garagenanbau laufen. Durch die geöffnete Hintertür war immer noch laut und deutlich das Geschrei und Geschimpfe von Cynthia Bryson zu hören, die von Connie blitzschnell im Wohnzimmer eingeschlossen worden war.

Für den Bruchteil einer Sekunde war Falkirk unaufmerksam und rutschte an einer herausgetretenen Zaunlatte ab, aber er schaffte es gerade noch, das Gleichgewicht zu halten. Ein brennendes Gefühl durchzuckte seine rechte Hand, als er nach seiner Pistole griff. Er hatte sie sich bei seinem unfreiwilligen Balanceakt ordentlich aufgeschürft, aber dafür war jetzt keine Zeit. Er hastete den Kiesweg an der Rückseite des Hauses entlang und bog gerade in den schmalen, von vorne kaum sichtbaren Fußweg zwischen Wohnhaus und Garage ein, als er Connies laute drohende Stimme hörte.

»Stehen bleiben, Mr. Bryson, oder ich schieße.«

Edward Bryson hatte nur auf seinen Verfolger im Rücken geachtet und anscheinend nicht damit gerechnet, vor der Garage schon erwartet zu werden. Panisch drehte er sich um und ...

»Endstation, Bryson. Sie sind hiermit verhaftet. Sie stehen unter Verdacht, Maureen Rigg und Helen Bloomfield ermordet zu haben.«

21. Kapitel

Edward Brysons Fluchtversuch und seine anschließende Verhaftung hatten halb Kilrenny mobilisiert. Als sie ihn schließlich unter dem nicht enden wollenden Gekeife und Geschimpfe seiner Mutter in Handschellen abführten, hatte sich bereits ein kleines Häufchen Schaulustiger vor dem Haus der Brysons versammelt. Das Dorf hatte nach fünf Jahren einen neuen Skandal, und Connie konnte die neugierigen Blicke und die Gier der Bewohner nach etwas Ungewöhnlichem förmlich in ihrem Nacken spüren. Das *Fox and Hounds* würde sich an diesem Freitagabend wahrscheinlich das erste Mal seit Langem nicht über mangelnde Kundschaft beklagen dürfen.

Als sie dem Verdächtigen jetzt auf dem Revier gegenübersaßen, versuchte Falkirk die Informationen, die eine erste Befragung der Nachbarn und ein Anruf in der Fischfabrik hervorgebracht hatten, für ihre Zwecke einzusetzen. Henderson war mit einem Bild von Bryson nochmals an die Universität geschickt worden und musste jeden Augenblick zurück sein.

»Mr. Bryson, Ihre Schicht beginnt laut der Aussage von Mr. Adams bereits um halb sechs Uhr morgens und dauert gewöhnlich bis zwei Uhr nachmittags. Eine Überprüfung Ihres täglichen Anfahrtsweges hat ergeben, dass Sie etwa zur Tatzeit genau an der Stelle vorbeikommen, an der Maureen Rigg ermordet wurde. Außerdem haben Sie eine komplette Shakespeare-Sammlung bei sich zu Hause stehen und sind als ehemaliger Student mit den Gegebenheiten der literaturwissenschaftlichen Bibliothek bestens vertraut. Aber nicht nur das! Einige Textstellen in Ihren Büchern weisen eindeutige Markierungen auf. Und zwar Textstellen, Mr. Bryson, die bei beiden Leichen wiedergefunden wurden.«

Die Spurensicherung hatte in den letzten Stunden ganze Arbeit geleistet. Gerade waren sie dabei, Brysons Motorrad in seine Einzelteile zu zerlegen, und sollte auch nur eine einzige Spur daran an einen Ausflug auf den Sandstrand hinweisen, würde der Staatsanwalt endlich Anklage erheben können. So lange blieb ihnen jedoch nur der schon vertraute Berg an Indizien, aber dieses Mal würden sie ihm auch den entscheidenden Beweis liefern können.

Bryson, den leichte Geheimratsecken und eine geradezu asketische Statur älter als Mitte zwanzig wirken ließen, saß ihnen mit hasserfüllten Augen gegenüber und hörte sich Falkirks Ausführungen ohne sichtbare Reaktion an.

Er hatte von sich aus auf einen Anwalt verzichtet, da ihm, laut eigener Aussage, diese Rechtsverdreher sowieso nicht helfen wollten. Ein Blick in seine Akte sagte Connie, dass er damals einen Pflichtverteidiger zugewiesen bekommen hatte, der das Mandat schließlich wegen fehlender Einsicht und Kooperation seines Klienten resigniert niedergelegt und an einen Kollegen übergeben hatte. Sturheit und Eigensinn waren Eigenschaften, die sich in der Familie Bryson auf alle Generationen ausgedehnt hatten.

»Ich habe schließlich zwei Jahre Literaturwissenschaften studiert. Was glauben Sie eigentlich, was ich da gelesen habe, Micky Maus vielleicht? Und ich habe in dieser Zeit mit meinen Büchern *gearbeitet*, falls Sie wissen, was das heißt.«

»Auch wenn Sie es nicht glauben wollen, Mr. Bryson, ich weiß sehr genau, was Arbeit bedeutet«, erwiderte Falkirk ruhig. »Wie allerdings erklären Sie sich die Tatsache, dass es insbesondere *die* Passagen sind, in denen Shakespeares tragische Frauenfiguren zu Wort kommen, denen Sie so große Aufmerksamkeit schenken?«

»Weil ich darüber meine Abschlussarbeit schreiben wollte, bevor mich diese Penner von der Uni geschmissen haben«, stieß Bryson wütend zwischen zusammengepressten Zähnen hervor.

»Penner?«, schaltete sich Connie in diesem Moment ein. »Diese Penner, wie Sie sich auszudrücken pflegen, hatten wohl auch allen Grund dazu. Sie haben Ihre stundenweise Tätigkeit an der hiesigen Grundschule schamlos ausgenutzt, um ein neunjähriges Mädchen sexuell zu belästigen – mehrmals! Und jetzt sagen Sie nicht auch noch, die Kleine habe sich das alles nur ausgedacht. Wir haben hier Ihr psychologisches Gutachten von damals, und das, Mr. Bryson, spricht eindeutige Worte.«

Bei ihren letzten Worten hatte sie energisch mit der Hand auf die Mappe geklopft, die aufgeschlagen auf dem Tisch lag, was allerdings bei Edward Bryson nur ein gleichgültiges Schulterzucken auslöste.

»Na und, ich war ja auch in Therapie deswegen. Und wenn Sie schon so eifrig sind, dann fragen Sie doch den lieben Onkel Doktor, bei dem ich vor drei Monaten zur Untersuchung war.«

Brysons Stimme hatte plötzlich etwas Triumphierendes an sich. Er wusste ganz genau, dass sie ihn spätestens nach achtundvierzig Stunden wieder freilassen mussten, wenn sich bis dahin kein eindeutiger Beweis einfinden sollte, und das kürzlich erstellte psychiatrische Gutachten schien zusätzlich für ihn zu sprechen. Falkirk hatte es bereits anfordern lassen, war aber dennoch nicht gewillt, ihn auch nur eine einzige Minute früher in Freiheit zu entlassen.

»Das werden wir, Mr. Bryson, machen Sie sich darüber mal keine Sorgen«, erwiderte er gereizt. Das stundenlange Verhör hatte auch bei ihm erste Spuren hinterlassen. In diesem Augenblick klopfte es, und Henderson öffnete die Tür. Er gab ihnen kurz zu verstehen, dass er nebenan im Büro des Chief Inspectors warten würde. Als Falkirk dort eintrat und in Hendersons Gesicht sah, wusste er, dass sich ihre Ausdauer in diesem Fall gelohnt hatte und sie Edward Bryson bereits wesentlich näher waren, als dieser glaubte.

Als Roberts Wagen vor Imelda Bartons Haus anhielt, war Elizabeth insgeheim doch ganz froh, dass sie den Weg in der Dunkelheit nicht alleine hatte zurückgehen müssen. Und wie peinlich wäre es gewesen, Imelda anzurufen und ihr gestehen zu müssen, dass sie es tatsächlich geschafft hatte, sich in St. Andrews zu verlaufen. Ausgerechnet sie, die sie in London aufgewachsen war, wo ein einziger Stadtteil schon um einiges größer war als das kleine schottische Küstenstädtchen.

Auf der anderen Straßenseite erkannte sie den Wagen von Leonard Bloomfield, und obwohl sie am Nachmittag noch auf ein Treffen mit ihm und Laura gedrängt hatte, verspürte sie plötzlich eine innere Barriere, ins Haus zu gehen. Vielleicht waren die beiden ja auch lieber mit Imelda alleine? Vielleicht wollte Leonard nicht, dass sie ihm in diesem Zustand der Trauer und der Verzweiflung gegenüber saß, ausgerechnet ihm, der sonst immer so zurückhaltend und beherrscht wirkte. Vielleicht wollte er auch nicht unbedingt auf die Person treffen, die mit ihm zusammen Helen gefunden hatte und ihn immer an diesen furchtbaren Moment erinnern würde. Robert schien ihr Zögern zu bemerken, denn er schaltete den Motor ab, und für einen kurzen Moment war es ganz still im Wagen.

»Helens Mann ist gerade da und wahrscheinlich auch ihre Tochter«, sagte sie mit einem Blick auf den schwarzen Rover.

»Willst du warten, bis sie weg sind?«, fragte er leise, in der Hoffnung, sie würde noch nicht aussteigen.

Aber Elizabeth schüttelte energisch den Kopf. »Nein, weglaufen bringt nichts. Ich möchte nicht, dass Imelda das Gefühl bekommt, sie muss Seelentrösterin für uns alle spielen, und keiner ist für sie da. Ich hab außerdem einen ganz guten Draht zu Laura, das hilft vielleicht ein bisschen ...«

Ihre Stimme klang optimistischer, als sie sich tatsächlich fühlte, aber sie erinnerte sich unvermittelt daran, wie froh Helen immer gewesen war, dass sie und Laura sich so gut verstanden, und erst neulich scherzhaft von »ihren beiden Mädchen« gesprochen hatte. Jetzt musste eben ein Mädchen für das andere da sein.

Robert hatte nichts anderes von Elizabeth erwartet, nicht nach den letzten beiden Stunden, die sie in seiner Küche gesessen und sich gegenseitig einfach nur zugehört hatten. Es war das erste Mal, dass er offen über das sprach, das vor vier Jahren sein eigenes Leben und das seiner gesamten Familie von einem Tag auf den anderen für immer verändert hatte. Zu Hause wurde so gut wie nie über David gesprochen. Es war das Thema, das nicht erwähnt werden durfte, das jeder tunlichst vermied, aus Angst, dem anderen damit nur weh zu tun. Aber in Wirklichkeit wollte Robert nichts anderes, als einfach nur über seinen Bruder reden, und er hatte das unbestimmte Gefühl, dass es seinen Eltern nicht anders ging. Nur ein einziges Mal sagen dürfen, dass man ihn vermisste – mehr als alles andere auf der Welt.

Elizabeth hatte genau das über Helen gesagt – laut und deutlich und ohne Scheu und Angst davor, dass es wehtun könnte. Und irgendwann in diesen zwei Stunden hatte er plötzlich festgestellt, dass er tatsächlich schon eine ganze Weile von David erzählt hatte, dass der Kloß in seinem Hals zwar noch da war, aber nicht mehr so schmerzte wie früher und dass die Erinnerungen an seinen Bruder das Beste waren, das er sich nur wünschen konnte. Sie hatten in dieser Zeit kein einziges Mal über die Wette oder Steve Pritchard gesprochen, aber Robert spürte, dass es jetzt, als sie kurz davor war auszusteigen, unweigerlich in der Luft lag. Er musste irgendetwas sagen, etwas erklären, er musste ...

»Ich bin für dich da, Liz, wenn du mich brauchst, hörst du. Du kannst mich immer anrufen, Tag und Nacht.«

Dabei hätte er gerne so vieles gesagt, wollte sie trösten und ihr Mut machen und sie mit Laura und den anderen nicht alleine lassen. Aber wie immer wollten ihm die richtigen Worte nicht einfallen. Elizabeth sagte gar nichts, sondern saß einfach nur stumm neben ihm, den Blick starr auf Imeldas Haus gerichtet.

»Liz, ich weiß, dass ich dir wehgetan habe, und ich weiß auch, dass das alles noch lange nicht vergessen ist ...«

»Nein, Robert, das ist es auch noch nicht. Ich danke dir für unser Gespräch, aber für alles andere brauche ich einfach noch Zeit«, sagte Elizabeth leise, aber bestimmt.

»Bekomme ich noch eine Chance?«, fragte er vorsichtig, obwohl er ihre Antwort darauf eigentlich nicht hören wollte. Nicht nach all dem, was vorgefallen war.

»Ich weiß es nicht, Robert. Ehrlich nicht. Vielleicht, wenn ich irgendwann mal wieder etwas klarer denken kann. Mehr kann ich dir im Moment nicht versprechen.«

»Ich warte auf dich, egal, wie lange es dauert«, sagte er mit einem kleinen Lächeln.

Elizabeth drückte kurz seine Hand, ehe sie rasch ausstieg. Als sie auf dem Gehweg stand und gedankenverloren den Rücklichtern hinterherblickte, die zuerst immer kleiner wurden, bis sie irgendwann gar nicht mehr zu sehen waren, hatte sie plötzlich das ungute Gefühl, beobachtet zu werden. Sie wollte sich eben umdrehen, um sich zu vergewissern, dass ihre Nerven ihr einen Streich spielten, als sich zwei Hände von hinten um ihren Mund und ihren Hals legten und sie brutal zu würgen begannen.

Ich bin die Nächste ... Lieber Gott, nein, bitte lass mich nicht sterben ...

Sie versuchte sich verzweifelt gegen den Druck auf ihre Luftröhre zu wehren, aber dieser verstärkte sich immer mehr. Obwohl die Gestalt hinter ihr kaum größer war als sie selbst, hatte sie enorme Kräfte in ihren Händen. Elizabeth spürte ein dumpfes Summen in ihren Ohren, und eine schwarze Welle der Ohnmacht drohte sie zu überrollen.

Nicht nachgeben ... Nicht schwach werden ... Nein ...

In ihrer Panik trat und schlug sie wild um sich, und ein unterdrückter Laut ließ vermuten, dass sie die Person hinter sich am Schienbein getroffen hatte. Der Druck auf Hals und Mund wurde für den Bruchteil einer Sekunde schwächer, und diesen Moment nutzte Elizabeth und biss so kräftig es ging in die Hand ihres Angreifers.

Obwohl er schwarze Wollhandschuhe trug, schien ihm der Schmerz, den ihre Zähne verursachten, durch Mark und Bein zu gehen. Er stieß einen wütenden Schrei aus und zog seine Hand reflexartig zurück. Mit letzter Kraft holte Elizabeth tief Luft und schrie so laut sie konnte um Hilfe. Sie glaubte noch eine vertraute Stimme zu hören, als ihr plötzlich schwarz vor Augen wurde und sie das Bewusstsein verlor.

Falkirk war mit Hendersons Ergebnissen mehr als zufrieden. Insgeheim hatte er bereits beschlossen, bei Robinson um seine Versetzung in die Mordkommission zu bitten. Er und Connie brauchten auf die Dauer einen dritten Mann im Team, und die Wahl zwischen O'Reilly und Henderson war ihm nach dem, was er die letzten Stunden erlebt hatte, unerwartet leicht gefallen. Sergeant O'Reilly durfte sich auf eine gesalzene Strafpredigt gefasst machen. Falkirk mochte den jungen Sergeant, trotz dessen Unnahbarkeit und leichtem Hang zu Arroganz und hielt, anders als Connie, sehr viel von ihm. Gerade deshalb hatte es ihn fast persönlich gekränkt, dass O'Reilly diese unprofessionelle und leichtsinnige Arbeitsweise an den Tag gelegt hatte. Aber an sein Gespräch mit dem Sergeant wollte Falkirk jetzt nicht denken. Seine ganze Aufmerksamkeit galt im Moment Edward Bryson.

Katie Ewans konnte sich tatsächlich an sein Gesicht erinnern, als ihr Henderson das Bild zeigte. Die gute Katie mal wieder, dachte Falkirk lächelnd, als er den Bericht des Sergeant hörte. Sollte sie wider Erwarten nicht in Oxford angenommen werden, würde er bei ihr sofort um eine Ausbildung bei der Polizei werben. Wie die jüngste Vergangenheit gezeigt hatte, gab es nicht allzu viele helle Köpfe in diesem Haus …

»Ms. Ewans ist sich ganz sicher, ihn gesehen zu haben, auch gestern am späten Nachmittag«, berichtete Henderson. »Mr. Bryson war wohl der einzige Außenstehende, der die Bibliothek in den letzen drei Wochen regelmäßig besuchte. Deshalb ist er ihr auch so gut in Erinnerung geblieben.«

»Aber woher wusste sie, dass er nicht von der Universität kam?«, fragte Connie. »Bryson ist schließlich erst Mitte zwanzig und auch wenn er etwas älter aussieht, kann man ihn durchaus noch für einen Studenten oder Doktoranden halten.«

Falkirk musste ihr spontan zustimmen. Katie war zwar in der Tat nicht auf den Kopf gefallen, aber hellseherische Fähigkeiten hatte auch sie nicht.

»Ganz einfach«, sagte Henderson, »er hat sich wohl öfter etwas über das Wochenende ausgeliehen und dabei keinen institutsinternen Ausweis hinterlegt, sondern einen gewöhnlichen Reisepass.«

Falkirk ließ ein anerkennendes Pfeifen hören. »Katie ist wirklich gut. Wusste sie vielleicht auch noch, was er sich ausgeliehen hatte?«

Es wäre das Sahnehäubchen auf der Torte, die er Robinson jetzt dann präsentieren würde.

»Was genau es war, wusste sie nicht mehr. Aber sie ist sich ziemlich sicher, dass es nichts mit Shakespeare zu tun hatte. Tut mir leid, Sir.«

Dann eben Torte ohne Sahne, dachte Falkirk mit einem leichten Anflug von Enttäuschung. Aber alleine die Erkenntnis, dass Edward Bryson am Tag des Mordes in der Bibliothek war, war bereits viel mehr, als sie sich vor ein paar Stunden noch erhoffen konnten.

»Seine Schicht ist bereits gegen zwei Uhr beendet, er hatte also fast den ganzen Nachmittag Zeit, um sich auf dem Gelände und in der Bibliothek herumzutreiben und sich ein Opfer herauszupicken. Und dann macht es ihm Helen auch noch so verdammt einfach …«, murmelte Falkirk.

Wenn sie doch das Mädchen nur nicht weggeschickt hätte, dachte er. Wenn sie doch nur zu zweit gewesen wären, als Bryson hereinkam.

»Vielen Dank, Sergeant. Das war ausgezeichnete Arbeit«, lobte er Henderson, dessen Wangen eine leichte Röte überzog.

Als Falkirk kurze Zeit später erneut Edward Bryson gegenüber saß und ihn mit den gefundenen Indizien konfrontierte, zeigte dieser jedoch keinerlei Anzeichen von Verunsicherung, sondern begegnete den neuen Anschuldigungen nur mit gesteigerter Feindseligkeit und Aggression.

»Mr. Bryson, Sie können sich hier so wild gebärden, wie Sie wollen. Nichts, aber auch gar nichts davon täuscht über die Tatsache hinweg, dass sie am Tattag in der Bibliothek waren, und dies im Übrigen nicht zum ersten Mal. Sie konnten eindeutig identifiziert werden.«

»Na und, ist es etwa neuerdings ein Verbrechen sich in seiner Freizeit weiterzubilden? Wissen Sie eigentlich, mit welchen Dumpfbacken ich tagtäglich in dieser gottverdammten Fischfabrik zu tun habe? Glauben Sie vielleicht, dieser blödsinnige Job macht mir Spaß?«

»Mäßigen Sie gefälligst Ihren Ton, solange Sie sich mit mir unterhalten, und hören Sie jetzt endlich auf, das bemitleidenswerte Opfer zu spielen! Niemand, Bryson, niemand außer Sie selbst sind für Ihre jetzige Situation verantwortlich. Sie ganz alleine haben das Mädchen damals belästigt, *mehrmals* belästigt, und dafür sind Sie zu Recht verurteilt und auch von der Universität verwiesen worden.«

Edward Bryson war bei Falkirks Worten tiefrot angelaufen, und seine Augen quollen förmlich aus den Höhlen. Seine Gesichtszüge hatten sich zu einer fratzenhaften Maske verzogen und er starrte Falkirk und Connie hasserfüllt an.

»Ich war begabt, richtig begabt, und ich hätte meinen Abschluss damals verdient«, brüllte er. »Mehr verdient als diese ganzen desinteressierten unbegabten Faulpelze, die sich an der Universität herumtreiben. Ich weiß, was es heißt, über Shakespeare zu schreiben, ich ganz allein. Ich!«

Blitzschnell sprang er auf, um Falkirk über den Schreibtisch hinweg am Kragen zu packen.

»Ich werde jetzt zu Robinson gehen, und ihm brav Bericht erstatten. Die Verhaftung dürfte nach den letzten Vorkommnissen ganz in seinem Sinne sein«, murmelte Falkirk eine Viertelstunde später erschöpft. Zuvor war es zwei uniformierten Beamten mit vereinten Kräften gelungen, den sich wie wild gebärdenden Edward Bryson abzuführen und in Untersuchungshaft zu bringen. Connie hatte noch nie zuvor einen so hasserfüllten und unberechenbaren Menschen erlebt, und ein eiskalter Schauer lief ihr über den Rücken, wenn sie an seinen unheimlichen Anblick dachte.

Falkirk erwartete auf seine Feststellung hin keine Antwort von ihr, sondern machte sich stattdessen direkt auf den Weg zum Superintendent. Er wusste, dass Robinson gleich mehrere Drachen im Nacken saßen, und wollte das Gespräch mit ihm deshalb schnellstmöglich über die Bühne bringen.

Zum anderen spürte er den wachsenden Druck der Presse, die von ihm nach zwei Fehlschlägen endlich eine zufriedenstellende Antwort auf die Frage nach dem Shakespeare-Mörder haben wollte und die bei ausbleibenden Ergebnissen nicht unbedingt zur Beruhigung der Bevölkerung beitragen würde. Nicht zu vergessen natürlich die Universitätsleitung, für die ein Mordfall an einem ihrer Institute eine wahre Katastrophe bedeutete. Dass es ihr dabei allerdings weniger um das Opfer Helen Bloomfield persönlich, denn um ihren guten Ruf in der Öffentlichkeit ging, war Falkirk klar.

Mitten in der Besprechung mit Robinson, dem die Erleichterung über die letzten Entwicklungen in diesem Fall anzusehen war, läutete das Telefon. Zu Falkirks Verwunderung war das Gespräch für ihn, und seine Überraschung wurde noch größer, als er Connies Stimme am anderen Ende der Leitung vernahm. Sie hatte noch nie eine Besprechung zwischen ihm und Robinson gestört, wusste sie doch um dessen Empfindlichkeit in diesen Dingen. Falkirk hörte sich mit unbeweglicher Miene an, was sie ihm zu erzählen hatte, und er wusste, dass es dem Superintendent gar nicht gefallen würde. So wenig, wie es ihm selbst gefiel.

»Sir«, begann er mit belegter Stimme, als er Robinson den Hörer zurückreichte. »Es tut mir sehr leid, aber wir müssen unser Gespräch an dieser Stelle abbrechen. Es gab einen weiteren Überfall auf eine Frau …«

»Wie bitte? Patrick, sagen Sie mir bitte, dass das nicht wahr ist. Ich dachte, Sie haben ihn endlich geschnappt, und er sitzt bereits in Untersuchungshaft? Deswegen sind Sie doch hier!«

»Das dachte ich bis eben auch, Sir. Allerdings hat das Opfer dieses Mal überlebt. Ich kenne die Frau sogar, sie war sehr gut mit Helen Bloomfield befreundet. Sergeant Wraight und ich fahren sofort ins Krankenhaus. Wir … wir halten Sie auf dem Laufenden, Sir.«

Und noch ehe Robinson etwas erwidern konnte, stürmte Falkirk fluchtartig nach draußen. Er hatte zum ersten Mal, seit er Polizist geworden war, das furchtbare Gefühl, nicht mehr weiter zu wissen.

22. Kapitel

Imelda Barton war gerade dabei, für Leonard Bloomfield und seine Tochter eine Tasse Tee zu kochen, als sie von draußen einen unterdrückten Hilfeschrei zu hören glaubte. Sie hielt kurz inne, aber gerade als sie davon überzeugt war, ihre Ohren hätten ihr einen Streich gespielt, klingelte es wie wild an der Haustür. Imelda und Leonard stürzten in den Hausflur.

»Um Gottes willen, was ist denn da draußen los?«, rief sie aufgeregt und öffnete eilig die Tür.

Vor ihr stand ein sehr korpulenter Mann, um die vierzig und mit spärlichem Haarwuchs. Er trug einen dicken Anorak, was ihm noch zusätzlich eine gewisse Unförmigkeit verlieh, und Imelda brauchte einen Moment, um das Gesicht einem Namen zuzuordnen. Sie wusste, dass sie ihn schon einmal gesehen hatte, auch dass es an der Universität war, aber sie wusste beim besten Willen nicht mehr, um wen es sich bei ihrem Besucher handelte.

Bevor sie allerdings auch nur ein Wort sagen konnte, fing der Mann schon aufgeregt zu reden an.

»Schnell, rufen Sie die Polizei und einen Krankenwagen. Irgendjemand hat Elizabeth überfallen. Sie ist bewusstlos. Schnell!« Sein Gesicht war vor Aufregung gerötet, und er musste mehrmals Luft holen, während er sprach.

Seine Worte verfehlten ihre Wirkung nicht. Sowohl Imelda als auch Leonard stürzten panisch an ihm vorbei auf den Gehsteig hinaus, wo Elizabeth an den Gartenzaun von Imeldas Grundstück gelehnt auf dem Boden saß. Ihre zusammengekauerte Gestalt und die geschlossenen Augen deuteten an, dass sie nicht bei Bewusstsein war, und sie reagierte auch nicht, als ihr Leonard ein paar Mal energisch auf die bleichen Wangen klopfte und laut ihren Namen rief.

»Was um Gottes willen ist denn mit ihr passiert?«, fragte Imelda atemlos.

»Ich ... ich weiß es auch nicht. Ich habe gehört, wie eine Frau um Hilfe schrie, und als ich hier ankam, sah ich nur noch eine dunkle Gestalt weglaufen. Und Elizabeth, sie taumelte mir entgegen, und ich konnte sie gerade noch auffangen. Aber jetzt rufen Sie doch endlich einen Arzt!«

In seiner Stimme war die Panik nicht zu überhören, und Leonard wurde sich in diesem Augenblick entsetzt darüber bewusst, dass sie alle nur tatenlos herumstanden. Er eilte sofort ins Haus zurück, wo Laura verängstigt an der Eingangstür wartete.

»Geh ins Haus, Schatz, schnell. Wir brauchen einen Krankenwagen, komm«, rief ihr Leonard im Vorbeilaufen zu und versuchte sie mit sich in den Hausflur zu ziehen. Aber Laura, die Elizabeth in diesem Moment erkannt hatte, riss sich von ihrem Vater los und stürzte auf die am Boden liegende Gestalt zu.

»Liz, oh mein Gott, das ist ja Liz. Hat er sie jetzt erwischt? Zuerst Mum und jetzt Elizabeth. Oh mein Gott«, schrie sie und kniete sich neben Elizabeth auf den kalten Betonboden.

Leonard zögerte einen kurzen Augenblick, aber als er sah, dass Imelda schon dabei war, seine Tochter zu beruhigen, rannte er zum Telefon im Hausflur, um einen Krankenwagen zu alarmieren. Er konnte das verzweifelte Schluchzen seiner Tochter bis dorthin hören ...

Als Connie ihm am Telefon mitteilte, dass Imelda Barton soeben bei ihr angerufen habe, dachte Falkirk im ersten Augenblick, es handle sich um einen üblen Scherz und er habe sich verhört. Warum rief Connie *deshalb* beim Superintendent an? Imelda Barton und ihre Fürsorge für Elizabeth und den Rest der Familie Bloomfield in allen Ehren, aber das Letzte, was er jetzt gebrauchen konnte, war eine erneute Predigt darüber, wie unerhört es doch sei, Shakespeare-Figuren für einen Mord zu kopieren.

Innerhalb weniger Sekunden war ihm allerdings bewusst geworden, dass Connies Anruf durchaus berechtigt war. Falkirk fühlte sich, als hätte man ihm den Boden unter den Füßen weggezogen, und er war froh, dass er in diesem Moment schon auf einem von Robinsons Besuchersesseln saß. Es konnte nicht sein, es durfte einfach nicht sein! Helens und Maureens Mörder saß doch bereits seit Stunden auf dem Polizeirevier, warum wurde Elizabeth Scott dann überfallen? Von *wem* wurde Elizabeth Scott überfallen und fast zu Tode gewürgt?

Dass sie überhaupt überlebt hatte, war einzig und allein dem Mann zu verdanken, der ihnen jetzt auf dem Krankenhausflur gegenüber stand, nachdem er Elizabeth im Notarztwagen begleitet hatte. Matthew Trinkle, wie er sich ihnen vorstellte, ebenfalls Dozent an der Universität von St. Andrews und dazu offenbar ein Bekannter von Elizabeth und Helen.

»Als ich von dem zweiten Mordopfer gehört habe, musste ich sofort an Elizabeth denken. Ich weiß doch, dass die beiden sehr eng befreundet sind ... waren, und ich wollte mich bei ihr erkundigen, ob ich etwas tun konnte.« Während er sprach, hielt er immer wieder sekundenlang inne und schüttelte fassungslos den Kopf.

Connie genügte bereits ein kurzer Blick auf Matthew Trinkle um festzustellen, dass er bis über beide Ohren in Elizabeth verliebt war. Der arme Kerl – er war wahrlich nicht das, was man einen Frauenschwarm nennen konnte und erinnerte Connie mit seinen rundlichen Gesichtszügen und dem unförmigen Anorak eher an einen gemütlichen Teddybären. Aber trotzdem hatte er soeben eindrucksvoll bewiesen, dass er, wenn es darauf ankam, zweifellos ein sehr mutiger und tatkräftiger Mensch war. Ob Elizabeth wohl etwas von seinen Gefühlen ahnte? Und wusste er von der kleinen Romanze zwischen ihr und Robert Blake?

Connie bezweifelte es, denn die beiden kannten sich ja selbst erst seit wenigen Tagen. Auch auf die Gefahr hin, dass ihr später sowohl Falkirk als auch Elizabeth den Kopf abreißen würden, beschloss sie spontan, Robert Blake anzurufen. Er hatte schließlich ein Recht darauf zu erfahren, was mit Elizabeth passiert war. Während sie sich von der Zentrale Roberts Nummer geben ließ, lauschte sie mit halbem Ohr weiter Matthew Trinkles Schilderungen über den Ablauf des Abends.

»Ihre Nachbarin erzählte mir dann, dass sie wohl vorübergehend bei einer gewissen Imelda Barton wohne, und hat mir auch die Adresse gegeben. Ich war mir zuerst nicht ganz sicher, ob ich dort einfach so auftauchen könnte, aber meine Wohnung ist selbst nicht weit davon entfernt, und schließlich bin ich dann abends doch noch einmal los.«

Falkirk sah, dass Connie mit jemandem telefonierte, und warf einen prüfenden Blick den Korridor entlang. Wenn man sie hier mit einem Mobiltelefon erwischte! Eine der Schwestern hatte, auch ohne dass sie ihr einen ersichtlichen Grund dazu gaben, einen kritischen Blick auf die kleine Menschenansammlung im Flur geworfen. Offenbar fürchtete sie bei der Anwesenheit der Polizei um die für ein Krankenhaus angemessene Ruhe. Matthew Trinkle riss Falkirk unsanft aus seinen Überlegungen.

»Ich war noch ungefähr hundert Meter von der angegebenen Hausnummer entfernt, als ich plötzlich eine Frau um Hilfe schreien hörte. Ich habe zuerst überhaupt nicht an Elizabeth gedacht und bin einfach nur losgelaufen. Und dann habe ich sie auf einmal gesehen, sie und diese schwarz gekleidete Gestalt. Wie sie Elizabeth mit einem Arm von hinten gepackt hielt und versuchte, sie zu würgen. Ich habe laut geschrieen, dass sie sie loslassen sollte, und das hat sie dann auch sofort gemacht und ist fluchtartig weggelaufen. Ich wollte ihr hinterher, aber dann merkte ich, dass Elizabeth ohnmächtig wurde, und bin deshalb bei ihr geblieben.«

In diesem Moment gesellte Connie sich wieder zu ihnen und ignorierte dabei beharrlich Falkirks fragende Blicke.

»Mr. Trinkle, Sie haben sehr couragiert gehandelt und Ms. Scott damit höchstwahrscheinlich das Leben gerettet«, sagte sie. »Gibt es etwas, das Ihnen an dem Mann aufgefallen ist, trotz seiner Maske und der dunklen Kleidung?«

Matthew Trinkle zögerte kurz. »Äh ...«, sagte er dann. »Ich glaube, es war kein Mann.«

»Waaas?«, entfuhr es Connie und Falkirk gleichzeitig. Beide starrten sie ihn an, als wäre er soeben mit Jeans und Turnschuhen von einer Polareisexpedition zurückgekommen. Falkirk fing sich als Erster wieder.

»Mr. Trinkle, sind Sie sich da absolut sicher? Das ist jetzt wirklich sehr wichtig für uns.«

Matthew Trinkle nickte eifrig, bevor er nochmals mit Bestimmtheit sagte: »Ja, Inspector, das bin ich. Die schlanke Gestalt, der ganze Bewegungsablauf, als sie vor mir weggelaufen ist, so bewegt sich kein Mann. Es war hundertprozentig eine Frau.«

Der Shakespeare-Mörder eine Frau? Connie und Falkirk starrten sich entgeistert an, unfähig, einen klaren Gedanken zu fassen. Mit allem hatten sie gerechnet, aber nicht damit!

Doch bevor sie noch etwas dazu sagen konnten, kam der diensthabende Arzt zu ihnen und erklärte, dass Elizabeth zwar noch unter Schock stünde, aber der Angriff ansonsten keine bleibenden Schäden hinterlassen habe. Er wollte Falkirk anfangs nicht zu ihr lassen, aber gewährte ihm nach einigem Hin und Her schließlich doch fünf Minuten.

Connie, die Robert Blake soeben um die Ecke biegen sah, war froh, dass Matthew Trinkle, erleichtert und glücklich über die gute Nachricht, sich in diesem Moment von ihnen verabschiedete. Falkirk, der Connies Blick gefolgt war, schüttelte vorwurfsvoll den Kopf, aber als seine Kollegin nur vielsagend die Augenbrauen hob, verzichtete er auf jeglichen weiteren Kommentar und folgte stattdessen brav der Stationsschwester, deren gestrenger Blick nichts Gutes verhieß.

Elizabeth lag mit geschlossenen Augen und einem weißen Krankenhausnachthemd bekleidet in einem Einzelzimmer. An einem kleinen Tisch saß Constable Norton, den Falkirk als eine Art Leibwächter für die kommende Nacht herbeibeordert hatte. Vor dem Zimmer würde außerdem ein weiterer uniformierter Beamter Wache halten. Mit leiser Stimme erzählte er Norton, was er soeben von Matthew Trinkle auf dem Flur erfahren hatte, und schärfte ihm nochmals ein, niemanden zu Elizabeth zu lassen, der nicht zum Krankenhauspersonal gehörte. Norton, von der Stationsschwester bereits mit einer Liste der Beschäftigten ausgestattet, blickte Falkirk im ersten Augenblick ungläubig an, nickte dann allerdings eifrig, ehe er wieder Platz nahm, um sich seiner mitgebrachten Lektüre zu widmen – *Hamlet*, wie Falkirk feststellte.

Elizabeth sah müde und erschöpft aus, als er an ihr Bett trat, und die Haut an ihrem Hals hatte sich dort, wo ihr Angreifer sie gewürgt hatte, bereits dunkelblau verfärbt. Sie atmete jedoch regelmäßig und konnte sogar schon wieder ein bisschen lächeln.

»Na, Sie Unverwüstliche«, sagte Falkirk leise.

Er wusste, dass die Zeit drängte und die Schwester ihm keinen Aufschub gewährleisten würde. Deshalb kam er ziemlich schnell zum eigentlichen Grund seines Besuches. Als Elizabeth mit leiser Stimme und etlichen Pausen, in denen sie immer wieder von Hustenanfällen gepackt wurde, erzählte, was sich vor Imeldas Haus ereignet hatte, stellte er fest, dass Matthew Trinkle sich tatsächlich nicht geirrt hatte. Elizabeth war ebenfalls hundertprozentig davon überzeugt, dass sie von einer Frau überfallen wurde.

»Sie ... sie war nur etwas größer als ich selbst und nicht sehr kräftig«, flüsterte Elizabeth heiser. »Nur ihre Hände und ihre Arme hatten sehr viel Kraft. Es war ganz bestimmt kein Mann. Ich habe nach ihr getreten und sie in die rechte Hand gebissen. Sie hat dabei laut aufgeschrieen. Es war eine Frau, Inspector, da bin ich mir vollkommen sicher.«

Mehr konnte sie ihm jedoch nicht sagen. Falkirk war bemüht, sich seine Verwirrung nicht anmerken zu lassen.

»Vielen Dank, Elizabeth. Sie brauchen keine Angst zu haben. Wir werden Sie rund um die Uhr bewachen, so lange, bis wir Ihre Angreiferin gefunden haben, das verspreche ich Ihnen. Und wir werden unser Bestes geben, dass dies so schnell wie möglich passiert.«

Sie nickte vorsichtig, und Norton war wie zur Bestätigung seiner Worte kurz aufgestanden.

»Ihr Lebensretter lässt Sie übrigens ganz herzlich grüßen. Er wird morgen bei Ihnen vorbeischauen.«

»Der gute Matthew«, flüsterte Elizabeth, und Falkirk spürte, dass sie am Ende ihrer Kraft war. Schon an der Tür angekommen, drehte er sich trotzdem nochmals um.

»Sergeant Wraight hat übrigens jemanden angerufen, der, glaube ich, auch sehr gerne auf Sie aufpassen würde, falls Sie das möchten.«

Als Robert kurze Zeit später leise ins Zimmer kam und sich vorsichtig an Elizabeths Bett setzte, war Falkirk klar, dass der arme Matthew

Trinkle trotz seiner heldenhaften Rettungstat keine wirkliche Chance haben würde.

Im Hinausgehen hörte er Elizabeth verwundert fragen: »Was machst du denn hier? Hast du nicht gesagt, ihr habt morgen ein Auswärtsspiel?«

»Die Mannschaft und ihr neuer Captain schon, aber nicht ich.«

Connie wartete bereits unten am Auto, als Falkirk aus der Klinik kam. Ihr Gesichtsausdruck verriet keinerlei Freude über ihren gelungenen Coup. Falkirk glaubte, den Grund dafür zu kennen.

»Tja, Sergeant, dann lassen Sie uns mal zu *unseren* Lieben nach Hause fahren und ihnen sagen, dass das Wochenende leider ausfällt.«

Sie nickte nur kurz und blickte ihn dann sorgenvoll an. »Und wissen Sie auch, womit wir morgen unseren Wochenenddienst beginnen dürfen, Sir?«

Er ahnte, dass hinter ihrer Niedergeschlagenheit noch etwas anderes steckte – und tatsächlich:

»Mit einem Besuch bei Gary Rigg. Er ist vorhin bei Henderson im Revier aufgetaucht, und der Gute hatte alle Hände voll zu tun, um ihn einigermaßen zu beruhigen. Ich glaube, Maureens Vater verspürt momentan große Lust, uns beide zu erwürgen.«

Falkirk stöhnte innerlich bei dem Gedanken an das überfällige Gespräch mit den Riggs. Er hatte sie in den letzten Tagen vollkommen vergessen, vergessen wollen, wenn er ehrlich war.

»Das war abzusehen und geht auch vollkommen auf meine Kappe, Connie. Tut mir leid. Aber was verdammt noch mal soll ich ihnen denn morgen sagen? Dass ihre Tochter von einer Frau ertränkt wurde? Dass eine *Frau* mordend durch die Gegend zieht und Shakespeare-Zitate bei ihren Opfern hinterlässt?«

23. Kapitel

Für die *St. Andrews News* gab es am Samstagmorgen nur ein einziges Thema: den »Shakespeare-Mörder« und seine beiden grausamen Taten. Nicht nur das komplette Titelblatt, sondern auch weitere fünf Seiten waren den dramatischen Vorfällen der letzten Tage gewidmet. Einzig der Überfall auf Elizabeth fehlte in den Berichterstattungen, war er doch zu einer Uhrzeit passiert, als die Druckwalzen bereits auf Hochtouren liefen. Aber das brauchte den Herausgeber nicht sonderlich zu stören, ganz im Gegenteil. Der Stoff für die Montagsausgabe war somit auch schon in sicheren Tüchern.

Natürlich beherrschte die Verhaftung Edward Brysons die Berichterstattung, denn er war mit seiner kriminellen Vorgeschichte der ideale Täter. Die Einwohner Kilrennys zumindest hatten ihren Mörder schon gefunden. Auch der lokale Radiosender kannte auf ihrem morgendlichen Weg zum Revier kein Erbarmen mit Falkirk und Connie, sodass beide schließlich genervt im Büro ankamen. Edward Bryson war auf Grund der gesammelten Indizien zu den ersten beiden Opfern über Nacht in Untersuchungshaft geblieben, würde aber spätestens nach Eintreffen seines Anwalts, den Cynthia Bryson auf eigene Faust und ohne Wissen ihres Sohnes eingeschaltet hatte, in den nächsten Stunden freikommen.

Ein besseres Alibi als seine Anwesenheit auf dem Polizeirevier konnte er sich für den dritten Überfall überhaupt nicht wünschen, und da sich der entscheidende und unwiderlegbare Beweis für die beiden anderen Taten aus den mühsam zusammengetragenen Indizien ebenfalls nicht herauskristallisiert hatte, müsste Falkirk ihn zähneknirschend ziehen lassen. Die Schlagzeilen, die seine Freilassung ohne Zweifel noch auslösen würde, mochte er sich gar nicht erst vorstellen. Er hatte sich die halbe Nacht schlaflos in seinem Bett gewälzt und über die Ereignisse des Tages gegrübelt.

Wen hätte Elizabeth darstellen sollen? Welche Rolle, welche unheilvolle Botschaft hatte sich der Täter für sie ausgedacht? War es Othellos Desdemona, wie Connie vermutete? Alleine die Vorstellung ließ Übelkeit in Falkirk aufsteigen. Irgendwann, gegen zwei Uhr morgens, war auch Sharon wach geworden, und schließlich saßen sie bis fünf Uhr in der Küche und diskutierten darüber, was sich die letzten Tage in St. Andrews ereignet hatte. Aber zu einem wirklichen Ergebnis waren sie nicht gekommen.

Connie hatte, als sie Michael abends ungeduldig wartend im Wohnzimmer vorfand, in geradezu selbstmörderischer Absicht das Gespräch auf ein ganz bestimmtes Thema gelenkt, was zuerst in stundenlangen gegenseitigen Vorwürfen und schließlich in einem handfesten Krach sowie Michaels Übernachtung auf dem Sofa endete.

Entsprechend müde und schlecht gelaunt machten sich nun beide auf den Weg zu Gary Rigg, wo schon die nächste unangenehme Unterredung auf sie wartete. Nur das Wetter meinte es heute ausnahmsweise gut mit ihnen, denn statt des tristen und grauen Einerleis der letzten Tage warteten, trotz winterlicher Kälte, ein tiefblauer Himmel und strahlender Sonnenschein auf sie. Im Auto verspürte trotzdem keiner von ihnen große Lust zu sprechen, sodass die Fahrt fast schweigsam verlief. Vor dem Haus der Riggs stellten sie erleichtert fest, dass zumindest kein Schwarm neugieriger Reporter davor lauerte, bereit, sich auf jeden zu stürzen, der sich ihm näherte oder von dort kam. Wahrscheinlich hatte der ganze Tross mittlerweile vor dem Haus der Bloomfields unerbittlich Stellung bezogen, war doch Helen als Dozentin und Frau eines Universitätsprofessors für die Presse das weitaus interessantere Opfer, verglichen mit einem siebzehnjährigen Mädchen aus einer einfachen Arbeiterfamilie.

Allerdings platzten sie mitten in eine Auseinandersetzung zwischen Vater und Sohn Rigg, denn die lauten, wütenden Stimmen der beiden waren noch auf der Straße zu hören und übertönten das Läuten der Türglocke.

»Ich will jetzt auf der Stelle wissen, wo du das ganze Geld herhast, verdammt noch mal!«, schrie Gary in diesem Augenblick.

»Was fällt dir ein, in meinen Sachen zu schnüffeln? Das ist ganz alleine meine Sache und geht dich überhaupt nichts an«, brüllte Denis zurück.

»Täusch dich da mal nicht, Bürschchen. Ich bin es schließlich auch, der dich von der Wache abholen darf, wenn du wieder etwas ausgefressen hast. Also, zum letzten Mal: Woher hast du die zweihundert Pfund?«

Connie und Falkirk tauschten rasch einen fragenden Blick aus und wussten, was der jeweils andere in diesem Augenblick dachte. Denis' zweifelhafter Lebenslauf war ihnen beiden gut im Gedächtnis geblieben.

»Wenn ich herausbekomme, dass du wieder irgendein krummes Ding mit diesen Halbstarken gedreht hast, dann prügel ich dich windelweich, das garantiere ich dir«, sagte Gary in diesem Augenblick drohend.

Falkirk zuckte mit den Schultern und drückte nochmals mit Nachdruck auf den Klingelknopf. Dieses Mal schien man im Haus die morgendlichen Besucher gehört zu haben, denn Denis blieb eine weitere Antwort schuldig, und Sekunden später waren rasche Schritte im Hausflur zu hören. Wütend riss Gary Rigg die Eingangstür auf und der Anblick der im Mordfall seiner Tochter ermittelnden Beamten sorgte nicht gerade für eine Besserung seiner Stimmung. Falkirk hatte sorgfältig ein paar Worte der Entschuldigung vorbereitet, doch eher er sie formulieren konnte, hatte sich Denis unsanft an seinem Vater vorbeigedrängt und stürmte an den erstaunten Besuchern vorbei auf die Straße. Auch Gary Rigg hatte die Anwesenheit der Polizei dadurch für einen kurzen Augenblick vergessen.

»Denis, verdammt noch mal, du bleibst gefälligst zu Hause! Wir sind hier noch nicht fertig!«, brüllte er über sie hinweg seinem Sohn hinterher, was diesen jedoch nicht zum Umkehren bewegen konnte.

Falkirk nickte Connie unauffällig zu, und sie verstand sofort. Während der Chief sich dem aufgebrachten Gary Rigg zuwandte und ihn schließlich doch dazu bewegen konnte, mit ihm ins Haus zu gehen, blieb sie unter dem Vorwand, telefonieren zu müssen, im Vorgarten stehen, Denis Rigg dabei immer fest im Blickfeld.

Sie hatte, wie sich herausstellte, großes Glück, denn obwohl er mehrmals wie wild auf sein Motorrad eintrat, wollte dieses nicht anspringen. Ihm blieb schließlich nichts anderes übrig, als notgedrungen zu Fuß weiterzugehen. Mit wütenden Schritten stapfte er die Straße entlang, vorbei an den kleinen schäbigen Häusern und den ungepflegten Gärten. Connie folgte ihm in gebührendem Sicherheitsabstand und war froh, dass es hin und wieder einen dicken Baumstamm gab, hinter dem sie sich verstecken konnte.

Denis war allerdings so in Gedanken versunken, dass er seinen heimlichen Schatten ohnehin nicht bemerkt hätte. An der Hauptstraße angekommen, bog er nach rechts ab, und nach weiteren fünfhundert Metern sowie einer scharfen Kurve nach links wurde Connie klar, dass er in Richtung Universität unterwegs war. Was wollte er dort? Laut seiner Polizeiakte war er kein Student, auch nie einer gewesen, sondern vielmehr eifrig dabei, eine Lehrstelle nach der anderen in den Sand zu setzen, wenn er nicht gerade an irgendwelchen Prügeleien beteiligt war.

Aber die Richtung war eindeutig, und keine zehn Minuten später waren auch schon die ersten Gebäude des mittlerweile vertrauten Geländes zu erkennen. Connie hatte auf der breiten Anfahrtsstraße zum Campus weniger Möglichkeiten, sich zu verstecken, und musste deshalb den Abstand zu Denis größer werden lassen, um nicht Gefahr zu laufen, doch noch von ihm entdeckt zu werden. Für einen kurzen Augenblick, als er hinter dem Physikgebäude unvermittelt einen scharfen Haken nach rechts schlug, dachte sie schon, sie hätte ihn verloren, aber dann tauchten die schwarze Lederjacke und die stoppelkurz geschnittenen Haare plötzlich bei den Fahrradständern wieder auf.

Dort wartete jemand auf ihn, aber Connie konnte nur zwei behandschuhte Hände erkennen, denn einer der Balken des Fahrradständers verdeckte den restlichen Körper der Person. Vorsichtig, und im Schutze mehrerer Büsche, die allerdings wegen des fehlenden Laubs keine wirkliche Tarnung bedeuteten, schlich sie sich leise näher, bis sie erste Wortfetzen aufschnappte.

»Was soll der verdammte Scheiß? Du hast gesagt, zweihundert Pfund als Anzahlung und die restlichen zweihundert, wenn ich dir sage, mit wem er sich herumtreibt. Also Schnecke, hier fehlen noch satte hundert Pfund!«

Connie hielt gespannt den Atem an. Mit wem machte Denis hier dubiose Geschäfte? Womöglich handelte es sich um einen dieser kriminellen Halbstarken, die Gary vorhin erwähnt hatte. Vorsichtig griff sie nach ihrem Mobiltelefon und rief leise auf dem Revier um Verstärkung an. Sergeant Henderson, der ebenfalls eine Wochenendschicht einlegte, versprach, sofort zu kommen. Connie legte auf und spähte durch das Gebüsch. Wenn sie doch die andere Person nur endlich besser sehen könnte! Jetzt hörte sie eine zweite Stimme, ebenfalls laut und deutlich und nicht minder wütend. Es war die Stimme einer Frau, einer jungen Frau! Erst jetzt fiel Connie auf, dass Denis sie zuvor mit »Schnecke« angesprochen hatte, eine Bezeichnung, die er wohl kaum in Gesellschaft eines stadtbekannten Schlägers gewählt hätte.

»Sei froh, dass du überhaupt etwas bekommst«, herrschte die Unbekannte Denis an. »Ich hab momentan nicht mehr flüssig. Du kriegst den Rest, wenn mein Alter wieder etwas rüberwachsen lässt.«

»Ob du flüssig bist oder nicht, Schnecke, ist mir vollkommen egal. Dann bekomme ich eben so lange ein Pfand von dir. Wie wär's denn mit deiner netten kleinen Armbanduhr«, antwortete Denis mit schneidender Stimme und ehe die Frau reagieren konnte, hatte er sie auch schon am rechten Handgelenk gepackt.

Sie stieß einen schmerzhaften Schrei aus. Connie zückte ihre Waffe und wollte gerade einschreiten, als sie plötzlich wie angewurzelt stehen blieb. Die Frau hatte unvermittelt einen Schritt nach vorne getan, und Connie konnte ihr Gesicht dadurch klar und deutlich erkennen. Es war dieselbe Person, die vor zwei Tagen an ihrem Tisch in der Cafeteria vorbeigegangen und vor Robert Blake stehen geblieben war – die Frau in den Designerklamotten und der Modellaufmachung. Was wollte dieses Modepüppchen von einem Typen wie Denis Rigg? Und wofür hatte sie ihm vierhundert Pfund versprochen? Vierhundert Pfund, von denen er bisher erst dreihundert hatte?

Mit einer energischen Armbewegung entriss sie ihm ihren Arm und massierte sich mit schmerzverzogenem Gesicht die rechte Hand.

»Wage es nicht noch einmal, mich anzufassen«, herrschte sie ihn an, ehe sie sich an ihrer Armbanduhr zu schaffen machte. Durch die dicken Handschuhe behindert, war sie gezwungen, diese abzunehmen, und in diesem Augenblick ...

Connie konnte gerade noch verhindern, vor Überraschung laut aufzuschreien. Die rechte Hand der Frau hatte ein Pflaster geziert, ein Pflaster, das sich nun mit dem Abstreifen des Handschuhs löste und eine großflächige Wunde zum Vorschein brachte. Connie starrte wie gebannt auf die elegant gekleidete junge Frau. Konnte es tatsächlich sein, dass sie nur ein paar Meter von jener Person entfernt stand, die momentan ganz St. Andrews in Atem hielt? War das Mädchen, das Denis Rigg soeben ihre Armbanduhr überreichte, der von ihnen so verzweifelt gesuchte Shakespeare-Mörder, der zwei Frauen auf dem Gewissen hatte? Es schien vollkommen unmöglich und doch ...

Nachdem die erste Schrecksekunde bei Connie vorbei war, ging plötzlich alles blitzschnell. Mit gezückter Waffe sprang sie aus ihrem Versteck und rannte in Richtung Fahrradständer. Denis Rigg starrte sie mit vor Schreck geweiteten Augen an, bevor er hastig nach der Armbanduhr griff und fluchtartig das Weite suchte.

Weit kam er jedoch nicht, denn noch auf den Parkplätzen lief er direkt Sergeant Henderson in die Arme, der ihn dank ihres letzten Zusammentreffens vor Steve Pritchards Haus noch gut in Erinnerung hatte. Connie machte erst gar keinen Versuch, Denis hinterherzulaufen, denn ihr Hauptaugenmerk galt der jungen Frau, die im ersten Moment wie zur Salzsäule erstarrt stehen blieb, bevor sie hysterisch zu schreien anfing.

»Oh, mein Gott, ich bin ja so froh, dass Sie gekommen sind. Oh mein Gott, oh mein Gott, haben Sie das gesehen? Ausgeraubt hat er mich! Oh mein Gott!«

Connie schaltete blitzschnell. »Ja, ein Glück, dass ich zufällig vorbeigekommen bin. Geht es Ihnen gut, Ms. ...?« Während sie sprach, wich ihr Blick nicht von der Verletzung an der Hand der jungen Frau. Sie war jetzt, da sie ihr direkt gegenüber stand, noch besser zu erkennen und jeder Zweifel damit ausgeschlossen. Die Hand zierte groß und deutlich ein menschlicher Zahnabdruck ... Vermutlich Elizabeth Scotts Zähne, wenn sie sich nicht vollkommen irrte.

»Clark, Angela Clark«, schluchzte die junge Frau laut.

»Ms. Clark«, sagte Connie und ihr Tonfall wurde plötzlich schärfer, »ich habe so einiges gesehen, und nichts, aber auch gar nichts davon hat mir den Eindruck verschafft, dass Sie von Denis Rigg überfallen wurden. Ganz im Gegenteil. Ich nehme Sie hiermit fest, Ms. Clark. Sie stehen unter dem dringenden Tatverdacht, Elizabeth Scott überfallen zu haben.«

Und Maureen Rigg und Helen Bloomfield, schoss es Connie durch den Kopf, als sie der laut kreischenden und schimpfenden Angela Clark die Handschellen anlegte. Aber irgendwie wollten ihr diese Worte einfach nicht über die Lippen.

Falkirk war gerade in ein äußerst unangenehmes Gespräch mit Gary Rigg verwickelt, als sein Mobiltelefon läutete. Er hatte versucht, Maureens Vater zu erklären, warum er ihm nicht sofort von dem furchtbaren Verdacht erzählt hatte – was umso schwieriger war, weil es eigentlich keinen Grund für sein Versäumnis gab – und warum es zu der mittlerweile beträchtlichen Anzahl an Verhaftungen und Freilassungen gekommen war.

Jetzt teilte ihm Connie mit, dass sie soeben die Angreiferin von Elizabeth Scott verhaften hatte können. Eine gewisse Angela Clark und offenbar die Exfreundin von Robert Blake, aber war damit auch der Shakespeare-Mörder gefasst? War damit auch endgültig die Person gefasst, die Gary Riggs Tochter auf dem Gewissen hatte?

Und was war mit Edward Bryson? Wie und wo passte der in das ganze Bild hinein? Was sollte er Maureens Vater denn jetzt schon wieder sagen? Sie wurden doch selbst von den Ereignissen geradezu überrollt! Also hatte er mal wieder geschwiegen, hatte Gary lediglich gesagt, dass Denis als Zeuge auf dem Revier sitzen würde, was bereits ausreichte, um seinen Vater in höchste Alarmbereitschaft zu versetzen, und ihn nur mit Mühe davon abhielt, sofort nach seinem Sohn zu sehen.

Als Falkirk jetzt jedoch Angela Clark gegenübersaß, war er froh, dass er Gary Rigg gegenüber nichts erwähnt hatte, denn so sicher, wie er sich war, dass sie Elizabeth überfallen hatte, so sicher war er sich vom ersten Augenblick an auch, dass sie nichts mit den beiden Mordfällen zu tun hatte.

Eine Trittbrettfahrerin ... Sharon hatte diese Idee irgendwann in der letzten Nacht plötzlich ausgesprochen, als sie bereits endlos lang in der

Küche diskutiert hatten und zu keinem logischen Schluss gekommen waren. Ein persönlicher Racheakt gegen Elizabeth Scott, ausgeführt zu einem Zeitpunkt, an dem jeder sofort an einen erneuten Übergriff des Shakespeare-Mörders denken würde. Er hatte selbst daran gedacht, war diesen Gedanken schon nicht mehr ganz losgeworden, seit er mit Matthew Trinkle im Krankenhaus gesprochen hatte. Weil es einfach zu unglaublich war, dass eine Frau diese Taten begangen hatte, weil sie doch den wahren Täter schon gefasst hatten.

Aber dann kamen auf einmal die nagenden Zweifel, die ihn davor warnten, Edward Bryson vorschnell abzuurteilen. Warum eigentlich keine Frau?, fragte er sich. Maureen Rigg war klein und zierlich gewesen und hatte sich, bewusstlos geschlagen, nicht mehr wehren können, als sie ins Wasser geschleppt wurde. Das hätte notfalls auch eine Frau geschafft. Und Helen? Man brauchte keine Bärenkräfte, um mit einem Küchenmesser aus dem Hinterhalt auf einen überraschten Menschen einzustechen. Warum also keine Frau? Gewiss, sie hatten Indizien gegen Bryson, eine schier endlose Anzahl an Indizien sogar, aber keinen endgültigen Beweis. Sein Anwalt, der sich für den späten Vormittag angekündigt hatte, dürfte sich trotzdem zu früh gefreut haben. Denn mit der Verhaftung von Angela Clark spielte Brysons Alibi für den dritten Überfall plötzlich keine Rolle mehr, die Tatsache, dass er für die beiden Morde nach wie vor keines hatte, aber durchaus.

Falkirk wandte sich der jungen Frau ihm gegenüber zu. Angela Clark hatte sich die bisherigen Taten des Shakespeare-Mörders geschickt für ihre eigenen Zwecke zu Nutze gemacht, und sie wären auch beinahe darauf hereingefallen. Aber eben nur beinahe …

»So, Ms. Clark, jetzt hören Sie mal das Märchenerzählen auf. Von wegen Sie wurden von Denis Rigg überfallen. Soll ich Ihnen sagen, wer hier wen überfallen hat und was das dort auf Ihrer Hand ist? Das ist eine Bisswunde. Eine Bisswunde, die Ihnen Elizabeth Scott gestern Abend beigebracht hat, als sie sich verzweifelt gegen Ihren Würgeangriff zu wehren versuchte.«

Angela Clark hatte sich vom ersten Schreck ihrer Verhaftung einigermaßen erholt und war nicht gewillt, es ihm leicht zu machen. Mit trotziger Miene, die Unterlippe schmollend nach vorne geschoben, als hätte man einem kleinen Kind sein Lieblingsspielzeug weggenommen, beharrte sie darauf, zuerst von Denis Rigg um Geld erpresst und, als sie ihm die geforderte Summe nicht geben konnte, auch noch überfallen worden zu sein.

»Womit, Ms. Clark, soll er Sie denn erpresst haben? Mit dem Kokain etwa, das wir bei Ihnen und Denis gefunden haben?« Als Falkirk

Angela Clarks hochmütige Miene sah, erhob er die Stimme. »Zugegeben, kein schlechter Versuch, und für diese Drogendealerei werden Sie beide auch noch eine eigene Anzeige bekommen, das verspreche ich Ihnen. Allerdings behauptet Denis Rigg steif und fest, er habe die dreihundert Pfund nicht für seine Drogengeschäfte, sondern für Spitzeldienste von Ihnen erhalten, für Spitzeldienste an einem gewissen Robert Blake, Ihrem Exfreund.«

Denis Rigg mochte noch so sehr in dubiosen Kreisen verkehren und zwielichtigen Geschäften nachgehen, Falkirk wusste, dass er dieses Mal ausnahmsweise die Wahrheit sagte. Wie sonst hätte er Zeuge jenes verhängnisvollen Gesprächs zwischen Steve Pritchard und Robert Blake werden können? Alle hatten sie damals geglaubt, dass er hinter Pritchard her gewesen war, um seine Schwester zu rächen. Aber keiner, Falkirk eingeschlossen, war auch nur annähernd auf die Idee gekommen, dass Denis Steve bis zu jener Nacht überhaupt nicht gekannt und auch nichts von seiner vorübergehenden Verhaftung gewusst hatte. Und dass es in Wirklichkeit Robert Blake gewesen war, hinter dem er schon die ganze Zeit herspionierte – und zwar im Auftrag von Angela Clark, die vor Eifersucht und Rachegefühlen fast platzte.

Im Nebenzimmer war Connie gerade dabei, Maureens Bruder zu verhören, und hatte dabei weitaus mehr Erfolg als Falkirk. Wohl vor allem aus Angst, selbst des Überfalls auf Elizabeth bezichtigt zu werden, hatte Denis sofort ausgepackt und sowohl die Drogengeschäfte als auch seine kleine Extraaufgabe bereitwillig zugegeben.

Angela Clark dagegen zeigte immer noch keine sichtbare Reaktion, sondern zog nur hochmütig eine Augenbraue nach oben, so, als ob das ganze Gespräch sie furchtbar langweilte. Falkirk musste sich sehr zusammenreißen, damit ihm nicht der Kragen platzte. Sie erinnerte ihn mit ihrem Benehmen auf ungute Art und Weise an Steve Pritchard, der ähnlich lässig und von oben herab auf seine Fragen geantwortet hatte.

»Wissen Sie was, Ms. Clark«, sagte er betont ruhig, »wir machen das jetzt ganz einfach. Unser Pathologe braucht etwa zehn Minuten, um herauszufinden, dass diese wunderschöne Bisswunde an Ihrer Hand von Elizabeth Scotts Zähnen stammt, und meine Kollegen aus der Spurensicherung werden Ihr ganzes Zimmer im College so lange auf den Kopf stellen, bis wir die Kleidungsstücke finden, die Sie gestern Abend getragen haben und an denen irgendwo eine Spur Ihres gestrigen Kampfes zu sehen sein wird. Und darüber hinaus, Ms. Clark, sollten Sie froh sein, dass Sie nicht auch noch wegen zweifachen Mordes angeklagt werden.«

Seine letzten Worte hatten ihre Wirkung nicht verfehlt. Angelas sorgfältig zurechtgemachtes Gesicht wurde bleich, entsetzt starrte sie ihn an.

»Was wollen Sie damit sagen? Doch nicht etwa, dass ich die beiden Frauen ermordet habe? Ich? Sind Sie denn wahnsinnig? Ich hab die doch überhaupt nicht gekannt«, schrie sie und dieses Mal war ihre Hysterie nicht vorgetäuscht. Sie spürte plötzlich, dass die Luft dünn wurde, sehr dünn ...

Falkirk sah sie mit unschuldigen Augen an und zuckte gleichgültig mit den Schultern.

»Die Ehefrau eines Ihrer Dozenten und die Schwester Ihres, nennen wir ihn mal, ›Geschäftspartners‹. Unter ›überhaupt nicht kennen‹ verstehe ich etwas anderes, Ms. Clark.«

»Aber das können Sie nicht machen! Das dürfen Sie nicht, ich habe damit nichts zu tun! Ich habe niemanden umgebracht!« Angelas Stimme überschlug sich fast. Und als Falkirk schwieg, fügte sie hinzu: »Ja, mein Gott, na schön, ich habe diesem Flittchen, dieser Scott, eine verpasst, und wissen Sie was, ich würde es jederzeit wieder tun. Aber die anderen beiden Frauen habe ich nicht angefasst. Diese Schlampe musste ihn sich ja unbedingt krallen. Diese dumme Zicke!«

Ihr Geschrei war bis auf den Korridor zu hören, wo in diesem Augenblick Robert Blake nach Falkirks Büro suchte. Der Chief Inspector sah ihn erst, als er die Tür öffnete, um Angela Clark von einer Beamtin abführen zu lassen, aber da war es schon zu spät. In zwei Schritten war Robert bei ihr und packte sie unsanft an den Schultern.

»Wenn ich dich noch einmal in Elizabeths Nähe erwische, dann bring ich dich um, das garantiere ich dir! Ich werde dich eigenhändig erwürgen, und wenn es das Letzte ist, das ich mache, du gottverdammtes Luder!«, brüllte Robert sie an, und für einen kurzen Augenblick sah es so aus, als wolle er seine Drohung noch an Ort und Stelle in die Tat umsetzen.

Falkirk ging blitzschnell dazwischen, packte Robert mit geübtem Griff an beiden Armen und zog ihn zur Seite. Angela, kalkweiß im Gesicht und mittlerweile einem Nervenzusammenbruch nahe, wurde rasch von der Beamtin abgeführt. Erst als er sie in sicherer Entfernung wusste, ließ Falkirk Robert wieder los.

»Reißen Sie sich gefälligst zusammen«, herrschte Falkirk ihn an. »Oder ich sperre Sie wegen Körperverletzung gleich mit ein. Was machen Sie denn überhaupt hier?«,

»Entschuldigen Sie, Inspector«, murmelte Robert betreten. »Ich wusste ja nicht ... Ich wollte nur nachfragen, ob Sie über Elizabeths Angreifer schon etwas herausgefunden haben.«

»Das haben wir, wie Sie soeben unschwer erkennen konnten«, antwortete Falkirk immer noch ungehalten.

»Angela ... Ich kann es einfach nicht glauben, dass *sie* ... Unsere Trennung hatte doch überhaupt nichts mit Elizabeth zu tun.«

»Tja, mein Lieber, wenn Frauen hassen«, murmelte Falkirk nur leise.

24. Kapitel

Connie fuhr nach den turbulenten Szenen auf dem Revier zu Elizabeth ins Krankenhaus, um ihr die frohe Kunde von Angelas Verhaftung selbst zu überbringen und die Kollegen aus dem Wachdienst in das wohlverdiente Wochenende zu entlassen. Es reichte schließlich schon, dass Falkirk und sie auf ihre freien Tage verzichten mussten.

Als sie aus dem Auto stieg, erhielt sie eine Nachricht auf ihrem Mobiltelefon. Sie war von Michael, dem der gestrige Streit nach eigener Aussage furchtbar leid tat und der sie nach Dienstschluss abholen wollte. Connie hatte plötzlich das unbestimmte Gefühl, dass sich an ihrer Situation nichts geändert hatte und Michael nach wie vor die Tragweite ihres Problems nicht erfasste. Es war nicht einfach nur ein dummer Streit gewesen, der in jeder Beziehung einmal vorkam. Es war die Unvereinbarkeit ihrer beider Leben, die sie gestern zu diesem Gespräch veranlasst hatte, die *er* allerdings überhaupt nicht zu sehen schien.

Weil ich mich sowieso nach ihm zu richten haben werde, wenn es darauf ankommt, dachte Connie, und deshalb gibt es für ihn auch keinen Grund, schwarzzusehen. Sie überlegte eine Weile, ob sie vielleicht gar nicht antworten sollte, aber empfand dieses Sich-vor-der-Verantwortung-drücken auch nicht als Allheilmittel. Es würde wieder spät werden und er solle sich keine Sorgen machen, tippte sie schließlich in das Telefon ein. Ob sie damit nicht nur eine endgültige Entscheidung unnötig hinausschob?

Noch ganz in Gedanken versunken wäre sie beinahe mit Matthew Trinkle zusammengestoßen, der in diesem Augenblick aus dem Krankenhaus kam. Auch er machte einen etwas geistesabwesenden Eindruck, denn es dauerte ein paar Sekunden, ehe er Connie erkannte.

»Oh, hallo Sergeant. Ich ... ich komme gerade von Elizabeth«, murmelte er zerstreut.

»Hallo, Mr. Trinkle. Das dachte ich mir. Wie geht es ihr denn heute?« Connie war nicht entgangen, dass Matthew Trinkle niedergeschlagen war. Er hatte wieder seinen dicken unförmigen Anorak an und ähnelte mehr denn je einem großen Teddybären.

»Äh ... ganz gut, denke ich. Sie sieht schon wieder ganz ... ganz gut aus.«

»Das ist doch eine schöne Nachricht. Sie wird Ihnen bestimmt auf immer dankbar sein, dass Sie sie so mutig vor ihrer Angreiferin gerettet haben. Wir haben sie übrigens schon verhaften können!«

Doch Matthew Trinkle schien ihre Antwort überhaupt nicht gehört zu haben. Er blickte geistesabwesend über Connies Schulter hinweg, als ob es hinter ihr einen bestimmten Punkt zu fixieren galt, von dem er sich nicht abwenden durfte.

»Dankbar ... Ja, dankbar«, murmelte er schließlich mehr zu sich selbst, ehe er sich rasch von ihr verabschiedete.

Oh je, dachte Connie, sie hat es ihm bestimmt gesagt. Der Arme. Aber zumindest wusste er jetzt Bescheid und würde sich keine unnötigen Hoffnungen mehr machen. Das Ganze war für Elizabeth bestimmt nicht leicht gewesen. Schließlich hatte er ihr gestern das Leben gerettet. Connie wurde bei diesem Gedanken auf ungute Weise an ihre eigene noch bevorstehende Aufgabe erinnert.

Elizabeth Scott war froh, dass die Ablöse von Constable Norton während Matthews Besuch auf dem Korridor wartete. Sie wollte ihn nicht vor einem Fremden bloßstellen, als er mit einem großen Blumenstrauß bewaffnet vor ihr stand. Zehn Minuten früher und alle Erklärungsversuche wären sowieso hinfällig gewesen, denn Robert war die ganze Nacht an ihrem Bett gesessen und hatte sich erst beim morgendlichen Schichtwechsel der Polizisten verabschiedet. Elizabeth hatte es sehr genossen, so umsorgt und beschützt zu werden und dank eines Beruhigungsmittels der Schwester die Nacht auch ohne Alträume und Schreckensvisionen durchgeschlafen.

Aber sie spürte ganz deutlich, dass sie jetzt Zeit für sich brauchte, zu viel war einfach passiert. Robert hatte dies zum Glück auch ohne viele Worte verstanden. Für den Nachmittag hatten sich Imelda und die Bloomfields angesagt, und gerade für Laura und Leonard wollte sie einen fitten und gesunden Eindruck hinterlassen. Die letzten Tage und Stunden mussten auch für die beiden ein nicht enden wollender Albtraum gewesen sein. Der Gedanke an Helen versetzte ihr erneut einen schmerzhaften Stich, und sie fühlte, wie ihre Augen zu brennen begannen.

Genau in diesem Augenblick war Matthew Trinkle zur Tür hereingekommen, besser gesagt gestolpert, da er einen riesengroßen Blumenstrauß vor sich hertrug, der ihm die Sicht auf den Boden versperrte. Elizabeth musste unvermittelt lächeln, wie immer eigentlich, sobald sie ihn sah. Gleichzeitig stellte sie fest, dass er ein wesentlich besseres Bild abgab, wenn er einmal nicht von einer dichten Qualmwolke umgeben war. Wie gut, dass im Krankenhaus Rauchverbot herrschte. Nachdem der Polizist den Raum verlassen hatte, wusste zuerst keiner von ihnen so recht, was er sagen sollte. Nachdem ihn eine Schwester endlich von der Blumenpracht erlöst hatte, bemühte sich Matthew, ganz ungezwungen zu klingen, aber es gelang ihm nicht.

»Matthew«, sagte sie schließlich mit leiser Stimme. »Kommen Sie und setzen Sie sich mal zu mir.« Dabei rückte sie etwas zur Seite, damit er auf dem Bett Platz nehmen konnte.

Trotz der Tatsache, dass im Zimmer die Heizung auf Hochtouren lief, hatte er immer noch seinen Anorak an und machte auch jetzt keine Anstalten, ihn abzulegen. Vorsichtig setzte er sich neben sie, und obwohl sie es nicht wollte, obwohl sie wusste, dass das eine eigentlich nichts mit dem anderen zu tun hatte, musste sie ihn doch in diesem Augenblick mit Robert vergleichen, der keine Viertelstunde zuvor an genau derselben Stelle gesessen hatte. Es war Matthew Trinkle gegenüber nicht fair, aber wenn sie tatsächlich noch einen Beweis für ihre Gefühle gebraucht hätte, dann bekam sie ihn in genau diesem Moment. So fest und herzlich sie ihn jetzt gerne gedrückt hätte, so klar wurde ihr auch, dass er niemals diese Gefühle würde auslösen können, die sie hatte, wenn Robert sie ansah. Und ganz gleich, wie es mit ihnen beiden in Zukunft weitergehen mochte, für Matthew Trinkle würde nie mehr als Freundschaft übrigbleiben.

»Ich werde nie vergessen, Matthew, was Sie für mich getan haben, und Ihnen auch immer dankbar dafür sein. Aber mehr als eine ehrliche Freundschaft kann ich Ihnen nicht anbieten«, sagte sie schließlich mit leiser, aber fester Stimme, nachdem er schon eine ganze Weile schweigend ihren Erklärungsversuchen zugehört hatte.

Er nickte langsam und bemühte sich sogar um ein Lächeln, aber es fiel sehr gequält aus. Elizabeth blickte ihm traurig hinterher, als er aus dem Zimmer ging. Wenn man es sich im Leben aussuchen könnte, in wen man sich verliebte, dann hätte sie ganz bestimmt Matthew Trinkle gewählt. Aber sie vermied es, ihm das zu sagen, wusste sie doch, dass in Augenblicken wie diesen nichts wirklich trösten konnte.

Was hatte man im Mittelalter eigentlich mit den Überbringern guter Nachrichten gemacht?, fragte sich Connie unvermittelt, als sie Elizabeth von der Verhaftung ihrer nächtlichen Angreiferin erzählte, was bei dieser Tränen der Freude und Erleichterung auslöste.

»Ent ... entschuldigen Sie bitte, aber meine Nerven sind momentan nicht die Besten«, stammelte sie verlegen, als Connie ihr ein Papiertaschentuch reichte.

»Machen Sie sich deshalb mal keine Sorgen. Sie haben schließlich genug durchgemacht. Ich habe übrigens gerade Matthew Trinkle auf dem Parkplatz getroffen ...«

Elizabeth sah Connie an und wusste, worauf sie hinauswollte.

»Ich hoffe, er findet bald jemanden, der wirklich zu ihm passt. Auch wenn er momentan noch fest davon überzeugt ist, dass ich das bin«, murmelte sie.

Connie lächelte sie aufmunternd an. Derjenige, der offenbar besser zu Elizabeth passte, war ihr heute Morgen schon auf dem Revier über den Weg gelaufen, und die gute Angela Clark konnte von Glück sagen, dass Falkirk ihn noch rechtzeitig zurückgehalten hatte.

»Ich glaube, den werden Sie so schnell nicht mehr los«, sagte Connie mit einem Augenzwinkern, nachdem sie der perplex dreinschauenden Elizabeth die Vorkommnisse erzählt hatte.

»Ich glaube, das will ich auch gar nicht mehr«, sagte sie und eine leichte Röte überzog dabei ihre Wangen. »Sie müssen mich für ziemlich naiv halten, nach dem, was ich alles von ihm und diesem Steve Pritchard erfahren musste. Dazu kommt noch ... ich bin Dozentin, er Student. Was Aussichtsloseres könnte es gar nicht geben. Ich bin schon eine richtig dumme Kuh, nicht wahr?« Energisch wischte sie sich letzte Tränenspuren aus dem Gesicht.

»Nein, Elizabeth, ganz bestimmt nicht«, widersprach Connie heftig. »Sie beide hatten einfach einen etwas holprigen Start, aber das muss gar nichts heißen. Der Rest wird sich zeigen.«

»Danke, dass Sie das sagen. Helen ... sie hätte es wohl ähnlich formuliert.« Elizabeth blickte rasch auf die andere Seite, und für ein paar Sekunden war es ganz still im Raum. »Ich vermisse sie so sehr«, flüsterte sie. »Diese Angela hat doch nichts mit Helens Tod zu tun? Sie wollte doch nur ... nur mich, oder?«

»Ja, sie wollte ›nur‹ Sie. Aber wir tun unser Bestes, dass wir auch den Shakesp... den anderen Täter erwischen. Wir haben schon einen sehr konkreten Verdacht, Elizabeth, aber ich kann Ihnen im Moment einfach nicht mehr sagen.«

»Erwischen Sie ihn einfach, das reicht mir schon. Erwischen Sie ihn und lassen Sie dieses Monster nie wieder frei«, stieß Elizabeth plötzlich hervor und wurde gleich darauf von einem heftigen Hustenanfall gepackt. Sie war bei Weitem noch nicht in so guter Verfassung, wie sie sich selbst und anderen weismachen wollte. Connie reichte ihr rasch ein Glas Wasser vom Nachttisch und wartete, bis sie sich wieder einigermaßen erholt hatte.

»Das musste ich gestern auch schon Imelda Barton versprechen und ich habe meine Versprechen bisher noch nie gebrochen.«

»Ach, Imelda, sie ist wirklich ein Schatz«, lächelte Elizabeth. »Ich muss zugeben, dass ich mich immer ein bisschen vor ihr gefürchtet habe, und Helen auch nie ganz verstanden hatte, wenn sie von ihr als guter Freundin sprach. Aber das ist sie in der Tat. Wenn auch manchmal ein etwas eigenwilliger Freund«, fügte sie mit Nachdruck hinzu.
Connie war sich sicher, dass Falkirk dem nicht widersprechen würde.
»Ich habe ihr deshalb auch noch nichts von Robert erzählt und ihn erst mal nach Hause geschickt«, fuhr Elizabeth fort. »Ich möchte nicht, dass sie es einfach so nebenbei erfährt, wenn sie mich besuchen kommt. Ich will es ihr in aller Ruhe sagen, weil sie vielleicht nicht ganz einverstanden ist.«
»Mrs. Barton ist wohl noch eine vom alten Schlag, oder?«, fragte Connie schmunzelnd.
»Ja, ganz genau. Sie hätte während ihrer Tätigkeit an der Universität niemals so etwas gemacht. Ich meine, ein Student, von welcher Fakultät auch immer, wäre für sie privat absolut tabu gewesen. Sie hätte das nie zugelassen, und ich bin mir auch noch nicht sicher, wie sie darauf reagieren wird, wenn ich ihr die Geschichte mit Robert erzähle.«
»Beichten« wäre wohl ein besserer Ausdruck, dachte Connie, als sie Elizabeths sorgenvolles Gesicht sah.
»Helen dagegen sah das Ganze wohl nicht so eng, oder?«, fragte sie stattdessen und bemühte sich, betont munter zu klingen. Das Thema »Helen« war, wie die letzten Minuten gezeigt hatten, in Elizabeths Gegenwart immer noch heikel.
»Nein, sie hatte zwar auch ihre Prinzipien, aber was diese Sache anbelangte, war sie sehr verständnisvoll.«
Connie war ein leichtes Zögern bei Elizabeth nicht entgangen, und sie hatte plötzlich eine gewisse Vorahnung. Vorsichtig fragte sie deshalb: »Verständnisvoll, weil sie selbst sehr genau wusste, dass so etwas passieren könnte?«
Elizabeth schien kurz mit sich zu ringen, entschloss sich dann aber, doch etwas zu sagen.
»Ja«, begann sie zögernd. »Sie war einmal in fast der gleichen Situation wie ich jetzt. Aber bitte behalten Sie das für sich. Es ist schon vier Jahre her und längst aus und vorbei. Leonard hat es nie erfahren, auch Laura nicht. Ich bin die Einzige, die es weiß, und ich möchte nicht, dass er jetzt nach ihrem Tod … Er soll sie in guter Erinnerung behalten.«
Als Connie kurze Zeit später auf dem Weg zum Parkplatz war, meldete sich erneut ihr Mobiltelefon. Wahrscheinlich war es Michael, der sich mit ihrer kurzen Nachricht nicht abfinden wollte. Unwillig nahm

sie es aus ihrer Jackentasche und erkannte erleichtert die Nummer des Reviers.

»Connie.« Falkirks Stimme alleine sagte ihr eigentlich schon alles. »Es gibt eine neue Hiobsbotschaft.«

»Oh nein, Sir, bitte kein drittes Opfer!«, rief sie so laut, dass zwei Passanten sich erstaunt nach ihr umdrehten.

»Nein, das nicht. Aber stellen Sie sich vor ... Edward Bryson hat sich vor einer Stunde in seiner Zelle erhängt.«

Die Worte trafen Connie wie Peitschenhiebe. Sie war eben dabei gewesen, in ihr Auto einzusteigen, und erstarrte.

»Was?«, flüsterte sie. »Aber, wie konnte das ...?«

»Er hat sich mit seinem Gürtel am Fenstergriff aufgehängt. Ein Vollzugsbeamter hat ihn gefunden, als er ihn für das Gespräch mit seinem Anwalt abholen wollte. Es war nichts mehr zu machen.« Falkirks Stimme klang tonlos.

»Denken Sie, es ist ein ... ein Schuldeingeständnis, der letzte Ausweg, den er sah, um einer erneuten Verurteilung zu entgehen?« Connie konnte es immer noch nicht glauben und fragte einfach das, was ihr als Erstes durch den Kopf ging.

»Ich weiß es nicht, Connie. Aber es könnte durchaus sein. Er hat eine Art Abschiedsbrief hinterlassen.«

»Eine *Art* Abschiedsbrief? Was wollen Sie damit sagen?«

»Dreimal dürfen Sie raten.«

»Doch nicht etwa ein Shakespeare-Zitat?«, flüsterte sie.

»Ganz genau. Und zwar Othellos letzte Worte, wie wir festgestellt haben, bevor er sich ...«

»Bevor er sich umbrachte. Aber Sir, wenn das kein Schuldeingeständnis ist, was dann? Othello hatte zuvor seine Frau getötet!« Connies Stimme überschlug sich fast vor Aufregung.

»Sein Anwalt, dieser Mr. Stone, ist da natürlich ganz anderer Meinung. Er hält es für die Verzweiflungstat eines Unschuldigen. Er war es auch, der es Mrs. Bryson gesagt hat. Aber ich konnte ihn doch nicht freilassen, Connie, nicht bei den Indizien!« Falkirks Stimme klang plötzlich sehr aufgebracht und voller Selbstzweifel.

»Natürlich nicht, Sir. Dieser Selbstmord muss doch nicht bedeuten, dass er unschuldig und *die Polizei* für diese Verzweiflungstat verantwortlich ist! Das wird niemand, der einigermaßen vernünftig denkt, behaupten!«

»Cynthia Bryson und dieser Stone schon. Ich muss deshalb zu Robinson. Er will sofort einen genauen Bericht der letzten Vorkommnisse.«

»Na, da sind Sie ja genau an der richtigen Stelle. Er hat doch am lautesten von allen nach einer Verhaftung geschrieen. Ist er denn heute im Büro?«, fragte Connie verwundert.

»Nein, natürlich nicht, wo denken Sie hin? Er erwartet mich bei sich zu Hause. Könnten Sie deshalb für mich zu Imelda Barton fahren? Sie hat mich heute Morgen um ein Gespräch bei sich zu Hause gebeten, und ich werde den Termin nicht schaffen.«

»Kein Problem, Sir, ich kümmere mich darum«, sagte Connie bestimmt.

»Ich weiß ehrlich gesagt nicht, was sie von mir will, aber wahrscheinlich hat es sich jetzt sowieso erledigt. Sie können ihr im Übrigen ruhig sagen, was mit Bryson passiert ist. Bevor sie es am Montag aus der Zeitung erfahren muss.«

25. Kapitel

Elizabeth stand wieder vor Imeldas Haus und obwohl sie wusste, dass sie hineingehen musste, damit ihr nichts passierte, blieb sie wie angewurzelt stehen. Das unheimliche Gefühl, beobachtet zu werden, kroch langsam ihren Rücken hinauf. Und dann spürte sie auch schon die schwarz gekleideten Hände, die sich um ihren Mund und ihren Hals legten, und mit ihnen auch das beklemmende und furchtbare Gefühl, langsam und qualvoll ersticken zu müssen. Als sie wild um sich schlug, um sich aus diesem Würgegriff zu befreien, fing die Gestalt auf einmal laut zu lachen an, ein grausames, unmenschliches Lachen …

So lacht keine Frau, schoss es ihr durch den Kopf. Aber die Polizistin hatte ihr doch gesagt, dass es eine Frau war. Die Polizistin musste es doch wissen! Zu Elizabeths Entsetzen stellte sie plötzlich fest, dass dieses Lachen gar nicht von ihrer Angreiferin kam, sondern von der Person, die vor ihr stand und amüsiert dabei zusah, wie sie um ihr Überleben kämpfte. Die Person, die doch eigentlich eingreifen und ihr Leben retten sollte. Aber Matthew Trinkle stand nur eiskalt lächelnd vor ihr und beobachtete seelenruhig, wie sie immer weniger Luft bekam.

»Matthew, bitte helfen Sie mir doch«, keuchte sie, und der Druck auf ihre Kehle verstärkte sich bei ihren Worten noch mehr.

»Warum sollte ich Ihnen denn helfen, Elizabeth? Sie lieben mich doch nicht. Warum sollte ich es also tun?«, fragte er und seine Augen blickten sie dabei hasserfüllt an.

»Bitte, Matthew«, ihre Stimme war nur noch ein Röcheln, und ihre Kräfte schwanden im Sekundentakt.

»Damit Sie mir dankbar sein können, Elizabeth? *Dankbar*! Aber Liz, Sie sollten doch wissen, dass das nicht reicht. Arme, kleine *Liz*.«

»Nein, Matthew, bitte nicht. Helfen Sie mir doch. Bitte!«

»Liz.«

»Nein! Nein!« Mit einem lauten Schrei und schweißgebadet wachte Elizabeth auf. Sie stand nicht auf der Straße vor Imeldas Haus, sondern lag in ihrem Bett im Krankenhaus. Ihr ganzer Körper zitterte, und sie hatte immer noch das Gefühl, keine Luft zu bekommen. Plötzlich merkte sie, dass sie nicht alleine im Raum war. Eine Stimme war ganz nahe …

»Liz.« Er war hier, um sie zu holen. Es war gar kein Traum, sondern furchtbare Wirklichkeit. Er wollte sich hier und jetzt an ihr rächen.

»Nein!«, schrie sie außer sich und schlug wie wild nach der Person, die neben ihrem Bett stand.

»Liz, ganz ruhig. Ganz ruhig, ich bin es doch nur. Es ist alles in Ordnung«, hörte sie plötzlich eine vertraute Stimme. Eine Stimme, vor der sie keine Angst haben musste. Es dauerte etliche Sekunden, bis sie Robert endlich erkannte. Das Zittern in ihrem Körper ließ allmählich nach, und sie holte ein paar Mal tief Luft, um das furchtbare Gefühl des Erstickens loszuwerden. Mit sorgenvollem Gesicht setzte Robert sich auf die Bettkante und lockerte erst dann seinen Griff um ihre Arme.

»Ganz ruhig, Liz. Es ist alles in Ordnung, du hast nur schlecht geträumt«, versuchte er sie zu beruhigen.

»Es war so furchtbar, sie hat es wieder versucht. Ihre Hände ...« Elizabeth griff sich reflexartig an den Hals.

»Ich weiß, Liz, ich weiß. Es tut mir so leid. Ich hatte doch keine Ahnung, dass sie zu so etwas fähig sein könnte. Ich hätte dich gestern nicht alleine vor dem Haus stehen lassen dürfen.«

»Das konnte doch niemand wissen. Es geht mir auch schon wieder viel besser«, versicherte Elizabeth ihm. »Was machst du eigentlich hier? Ich dachte, dein Vater wartet auf dich.« Sie beschloss in diesem Augenblick, ihm nichts über das furchtbare Bild aus ihrem Traum zu erzählen und es stattdessen ganz schnell zu vergessen.

»Er weiß Bescheid, dass es ein bisschen später wird. Ich hab mir einfach Sorgen um dich gemacht und wollte bei dir sein«, sagte Robert leise.

Die beiden waren so miteinander beschäftigt, dass sie die Gestalt nicht bemerkten, die vorsichtig die Tür geöffnet hatte und wie angewurzelt stehen blieb, als sie Elizabeth und Robert in inniger Umarmung erblickte. Ohne ein Wort zu sagen und auf Zehenspitzen schleichend zog sich der unbekannte Besucher wieder aus dem Zimmer zurück, das Gesicht vor Hass zu einer unheimlichen Maske erstarrt ...

Als Connie bei Imelda Barton ankam, wurde ihr überraschend von einer jungen Frau die Tür geöffnet. Wie es sich herausstellte, handelte es sich um Laura Bloomfield, die von Leonard kurzfristig bei Imelda einquartiert worden war, da sich, wie befürchtet, eine ganze Meute von sensationsgierigen Reportern vor dem Haus der Bloomfields versammelt hatte. Dass Laura Helens Tochter war, konnte man auf den ersten Blick erkennen. Die widerspenstigen braunen Locken, die feinen Gesichtszüge und die wunderschönen rehbraunen Augen erinnerten

Connie sofort an die Frau, die sie nur einmal in ihrem Leben gesehen hatte, aber die sie trotzdem wohl nie vergessen würde.

Laura führte sie in ein gemütlich eingerichtetes Wohnzimmer, dessen Wände ganz dem Lebenswerk eines einzigen Mannes gewidmet waren. Zahlreiche Bilder von Bühnenaufführungen, eingerahmte Plakate und Poster zu internationalen Festivitäten zu seinen Ehren, dazu ein Bücherregal, dessen Bestand jeder Bibliothek Konkurrenz gemacht hätte – William Shakespeare war allgegenwärtig und seine Anwesenheit in jedem Winkel des Raumes zu spüren. Erst als Imelda Barton sich mit einem kleinen Räuspern aus dem Hintergrund meldete, bemerkte Connie, dass sie sekundenlang mit offenem Mund dagestanden und begeistert die Wände dieses kleinen Schmuckkästchens angestarrt hatte. Imelda saß in einem überdimensionalen Ohrensessel und hatte eine aufgeschlagene Zeitung auf dem Schoß.

»Ent ...entschuldigen Sie bitte meine Unhöflichkeit, Mrs. Barton. Ich wollte nicht aufdringlich sein«, murmelte Connie verlegen.

»Es gibt keinen Grund, sich zu entschuldigen, Ms. Wraight. Es freut mich vielmehr, dass Ihnen meine kleine Sammlung gefällt.« Imelda lächelte und deutete ihr mit einer kurzen Handbewegung an sich zu setzen. *Kleine Sammlung ...*

»Laura, Liebes, machst du uns allen bitte eine Tasse Tee?«, rief sie in diesem Moment Helens Tochter zu, die hinter Connie ins Wohnzimmer gekommen war.

»Machen Sie sich meinetwegen bitte keine Umstände, Mrs. Barton«, beeilte sich Connie zu sagen, aber Laura war schon in Richtung Küche verschwunden.

»Eine Tasse Tee ist wirklich kein Umstand, außerdem tut es der Kleinen ganz gut, wenn sie ein bisschen beschäftigt ist.« Bei ihren letzten Worten musste Imelda plötzlich schlucken, und Connie sah, dass es in ihren Augen verdächtig zu glitzern begann. Vollkommen verloren sah sie aus in diesem riesengroßen Sessel, und in Connie drängte sich bei ihrem Anblick unvermittelt das Bild eines kleinen Vögelchens auf, das aus seinem Nest gefallen war. Die letzten Tage und Stunden hatten sie sehr mitgenommen, und obwohl sie jetzt tapfer lächelte, spürte Connie, dass ihr die Lebensfreude abhanden gekommen war. Sie räusperte sich kurz, ehe sie zu sprechen begann.

»Mrs. Barton, Chief Inspector Falkirk lässt sich vielmals entschuldigen, aber er wurde durch eine äußerst dringende Sache aufgehalten. Er sagte mir am Telefon, dass Sie ihn sprechen wollten?«

Imelda faltete langsam die Zeitung zusammen, und Connie sah, dass sie gerade dabei gewesen war, den Artikel über Edward Bryson zu lesen. Falkirks Worte am Ende des Telefonats fielen ihr wieder ein.

»Wie ich sehe, haben Sie sich schon über den neuesten Stand der Dinge informiert«, sagte sie deshalb, bevor Imelda ihre Frage beantworten konnte.

Imelda seufzte nur leise und winkte mit einem Blick auf die Zeitung ab.

»Ach, wissen Sie, normalerweise hasse ich diese Art der Berichterstattung. Als ob die Presse förmlich auf eine Mordserie wie diese gewartet hätte. Aber ich möchte notfalls wissen, was Laura über den Mörder ihrer Mutter in der Zeitung lesen muss.« Imelda hatten ihre letzten Worte sichtbar Überwindung gekostet. »Edward Bryson ...«, fügte sie mit leiser Stimme hinzu.

»Ja, wir haben ihn gestern verhaftet, und er ist auch der Grund, warum Mr. Falkirk nicht persönlich kommen konnte. Mrs. Barton, ich sage es Ihnen jetzt, bevor Sie es am Montag aus der Zeitung erfahren müssen ... Edward Bryson hat sich heute Vormittag das Leben genommen.«

»Oh mein Gott, das ist ja furchtbar. Warum ...?«

»Warum er es getan hat, Mrs. Barton, wissen wir leider noch nicht. Die Indizien sprachen alle gegen ihn, und ich denke, er wollte einer lebenslangen Gefängnisstrafe entgehen. Außerdem«, Connie zögerte kurz, ehe sie fortfuhr, »außerdem hat er ein sehr eindeutiges Zitat aus *Othello* hinterlassen, und wir gehen deshalb davon aus, dass es eine Art Schuldeingeständnis war.«

»*Othello*«, murmelte Imelda geistesabwesend. »Das würde in der Tat passen.«

In diesem Augenblick kam Laura mit einem Tablett in das Wohnzimmer zurück und stellte es auf das kleine Tischchen zwischen Connie und Imelda. Mit wenigen Handgriffen hatte sie für beide Tee und Milch eingeschenkt, für sich selbst allerdings nichts vorbereitet.

»Imelda, hast du was dagegen, wenn ich oben ein bisschen Musik höre?«, fragte sie leise.

»Natürlich nicht, Liebes. Mach, wozu du Lust hast, wir kommen schon zurecht.« Als die junge Frau das Zimmer verlassen hatte, seufzte Imelda. »Sie leidet furchtbar, und ich weiß nicht wirklich, wie ich ihr helfen soll.«

»Ich glaube, alleine die Tatsache, dass sie jetzt bei Ihnen sein kann, hilft ihr schon sehr«, versuchte Connie die alte Dame zu trösten.

Elizabeth hatte recht gehabt, als sie von Imelda als gutem Freund und Helfer in der Not sprach. Sie und ihr Haus waren so etwas wie der Zufluchtsort für verzweifelte Seelen geworden, und egal, ob nun Elizabeth oder Laura, Imelda nahm sie alle bei sich auf. Gleichzeitig verspürte Connie plötzlich Wut auf Leonard Bloomfield, der seine Tochter einfach abschob, wo doch jeder Blinde sehen konnte, dass es Imelda selbst nicht besonders gut ging und sie es eigentlich hätte sein müssen, um die man sich zu sorgen hatte. Gewiss, die Presseleute vor der Haustüre zu wissen, war bestimmt kein angenehmes Gefühl, aber trotzdem schien er sich seit ihrer Ankunft überhaupt nicht um Laura und ihre Trauer zu kümmern.

Dann allerdings meldete sich plötzlich Connies Gewissen, das ihr sagte, dass der arme Mann selbst vollkommen am Boden zerstört und wahrscheinlich einfach nur dankbar dafür war, dass sich ein weibliches Wesen um Laura kümmerte. Seine ungerechtfertigten Worte Falkirk gegenüber waren ihr einfach zu gut in Erinnerung geblieben, sodass sie noch keine wirkliche Sympathie für ihn empfinden konnte.

»Ja«, unterbrach Imelda in diesem Moment ihre Gedanken. »Das hoffe ich sehr. Irgendjemand muss sich ja schließlich um das Mädchen kümmern, und Leonard ist einfach im Moment mit der ganzen Situation vollkommen überfordert.«

Connie glaubte einen gewissen Unterton aus ihrer Stimme zu hören, verkniff sich jedoch einen weiteren Kommentar. Sie litten schließlich alle unter Helens Tod, jeder auf seine ganz persönliche Weise. Wahrscheinlich fühlte sich Leonard beim Anblick seiner Tochter ununterbrochen an seine verstorbene Frau erinnert. »Mrs. Barton, was wollten Sie eigentlich mit dem Chief Inspector besprechen?« Connie war eingefallen, dass Imelda immer noch nicht auf ihre anfängliche Frage geantwortet hatte.

»Ach das, das war eigentlich nur so ein Gefühl von mir. Und jetzt spielt es auch gar keine Rolle mehr. Es war einfach … diese ganzen Shakespeare-Zitate bei den Opfern und die Figuren, die sie darstellen sollten.« Imelda schüttelte den Kopf und sprach nicht weiter.

Connie musste unvermittelt an Falkirk und seine erste Begegnung mit Imelda Barton denken. Wie hatte er noch so treffend formuliert, als er ihr von diesem Gespräch erzählt hatte. »Als ob wir den ehrenwerten Herrn höchstpersönlich verhaftet hätten und er dringend einen Pflichtverteidiger braucht!« Es tat ihr in der Seele weh, dass jemand den großen Dichter für seine mörderischen Pläne missbrauchte.

»Ich kann mir vorstellen, wie es für Sie aussehen mag«, sagte Connie. »Aber glauben Sie mir, auch wir waren schockiert, als wir die Methode dahinter entdeckten.«

Imelda blickte sie erstaunt an. »Ja, das … das ist in der Tat ganz furchtbar. Aber ich hatte noch ein anderes Gefühl. Diese Zitate und die Opfer, alles war so ... so seltsam«, murmelte sie.

Hätte Connie die beiden Morde jemals beschreiben müssen, wäre »seltsam« wohl kein Wort gewesen, das sie dafür gewählt hätte. Das Ganze war in ihren Augen einfach nur grauenhaft.

»Seltsam?«, entfuhr es ihr deshalb.

Imelda bemerkte ihre Verwunderung, denn sie zuckte nur ratlos mit den Schultern.

»Ich weiß auch nicht recht, wie ich es sagen soll. Dieses junge Mädchen, niedergeschlagen und ertränkt, als Ophelia. Und dann Helen. Helen als Julia ... Aber mit Othello hat Edward Bryson wohl seine letzte Antwort darauf gegeben. Ein Shakespeare-Mörder ...«, philosophierte Imelda gedankenverloren vor sich hin, und Connie war froh, dass Laura in diesem Moment wieder ins Wohnzimmer kam.

»Dad müsste jeden Moment da sein«, sagte sie mit einem zögernden Blick auf Connie. »Wir wollten doch noch zu Elizabeth ins Krankenhaus fahren.«

»Kein Problem, Laura, wir sind schon fertig. Ich bin mir sicher, Elizabeth freut sich sehr, Sie zu sehen«, sagte Connie betont fröhlich, während sie versuchte, aus dem Ungetüm von Stuhl aufzustehen. Laura räumte schnell das Teegeschirr ab, und auch Imelda war plötzlich viel besserer Laune.

»Ich bin ja so froh, dass es wenigstens Elizabeth wieder gut geht und dieses brutale Frauenzimmer festgenommen werden konnte. *Ihnen* haben wir das zu verdanken, nicht wahr? Elizabeth hat mir vorhin alles am Telefon erzählt. Das haben Sie sehr gut gemacht, Ms. Wraight.«

Connie errötete leicht.

»Oh, vielen Dank, Mrs. Barton, aber ich habe nur meinen Job getan. Sie wissen also mittlerweile, wer diese Angela Clark ist und warum sie ...?«

»Natürlich. Ich war schließlich selbst dreimal verheiratet. Elizabeth wollte am Anfang nicht so recht mit der Sprache heraus, aber ich habe schon am Mittwochabend gemerkt, dass da etwas im Busch war.«

Connie war froh, dass Imelda es anscheinend mit mehr Verständnis aufnahm, als zuvor von Elizabeth befürchtet.

»Ja, Elizabeth hat dem Captain von St. Andrews ganz schön den Kopf verdreht. Wenigstens eine gute Nachricht in dieser furchtbaren Zeit«, sagte Connie zum Abschluss lächelnd.

Als sie auf den Flur hinaustrat, wäre sie beinahe mit Leonard Bloomfield zusammengestoßen, und ihr schlechtes Gewissen begann bei seinem Anblick sofort wieder an ihr zu nagen. Sie hatte dem Mann wirklich unrecht getan. Mit grauem, eingefallenem Gesicht stand er da, regelrecht orientierungslos. Unter seinen Augen zeichneten sich dunkle Schatten ab und seine Haare wirkten zerzaust und ungepflegt. Connie überlegte, ob sie ihm die Nachricht von Edward Brysons Selbstmord hier und jetzt überbringen sollte, und entschloss sich dann, es zu tun.

Das Bild des aufgebrachten Gary Rigg, der über die Zeitung vom Ritualmord an seiner Tochter erfahren musste, war ihr noch zu lebendig vor Augen. Leonard Bloomfield schien jedoch gar nicht zu begreifen, was sie ihm soeben sagte. Er nickte nur kurz und murmelte etwas Unverständliches, ehe er sich seiner Tochter zuwandte, die mit Mantel und Mütze bekleidet die Treppe herunterkam. Nichts würde ihm Helen mehr zurückbringen, das verstand Connie in diesem Moment. Hastig verabschiedete sie sich und blieb noch ein paar Minuten an der frischen Luft stehen, bevor sie in ihr Auto steig. Als Imelda und die beiden Bloomfields zu Leonards Wagen gingen, gab es offenbar eine kleine Auseinandersetzung zwischen Vater und Tochter.

»Aber du hast versprochen, dass du zu Elizabeth mitkommst. Was gibt es denn jetzt so Dringendes zu erledigen?«, hörte sie Lauras aufgebrachte Stimme.

»Schatz, bitte, was soll ich denn machen?«, antwortete Leonard. »Ich kann nichts dafür, dass der Dekan eine Unterredung mit mir wünscht. Die Universität will eben wegen Mums Tod ... Ich möchte es einfach nur schnell hinter mich bringen, das verstehst du doch.«

Dem Armen blieb aber auch nichts im Moment erspart.

Connie hörte jedoch nicht mehr, was Laura darauf erwiderte, denn in diesem Augenblick meldete sich ihr Telefon. Es war Michael ...

26. Kapitel

Elizabeth wollte das Beruhigungsmittel, das ihr die Schwester angeboten hatte, nicht nehmen, denn sie hatte Angst, dass ein neuer Albtraum auf sie wartete, sobald sie eingeschlafen war. Die letzten Horrorvisionen des nächtlichen Überfalls steckten ihr dafür noch zu sehr in den Knochen. Außerdem wollte sie wach sein, wenn ihr Besuch endlich kam. Sie konnte es kaum erwarten, Laura zu sehen und fürchtete sich nicht mehr vor der Begegnung mit Helens Tochter.

Sie stand langsam auf und ging mit etwas wackligen Beinen zur Fensterbank, wo sie sich vorsichtig setzte. Es war ein kalter, aber ausnahmsweise sehr schöner Wintertag, mit tiefblauem Himmel und Sonnenschein. Noch ungefähr eine Stunde und die Dämmerung würde allmählich anbrechen. Gedankenverloren verfolgte sie einen Schwarm Vögel, der sich soeben von den Ästen eines Baumes erhob und in einer pfeilähnlichen Formationsreihe das Dach des gegenüberliegenden Gebäudes ansteuerte.

Sie spürte plötzlich, dass sie Angst hatte, Angst davor, die Augen zu schließen und die schrecklichen Bilder noch einmal durchleben zu müssen. Dabei waren es nicht so sehr die Hände, die sich um ihren Hals schlangen und ihr die Luft abzudrücken drohten, es war vor allem das geradezu unheimliche Bild Matthew Trinkles, das ihr immer wieder durch den Kopf geisterte.

Warum hatte sie so etwas von ihm geträumt? Er war doch nie ausfallend oder wütend ihr gegenüber gewesen. Immer freundlich bemüht und zuvorkommend, wenn auch auf seine etwas tollpatschige Art und Weise. Aber vielleicht hatte sie ihn mit ihrer Abfuhr so gekränkt und vor den Kopf gestoßen, dass er plötzlich eine furchtbare Wut auf sie hatte, vielleicht war sie auch nicht die Erste, von der er abgewiesen wurde.

Wahrscheinlich hatte er es satt, immer nur der gute Freund einer Frau zu sein, aber niemals mehr. Oder noch schlimmer, er hatte ihre und Helens kleine Spötteleien irgendwann einmal mitbekommen ... Matthew Trinkle, der Tollpatsch, über den sich die Frauen nur lustig machten. Matthew Trinkle, der auch einmal zeigen wollte, wozu er in der Lage sein konnte.

Lieber Gott, nein ... Elizabeth schüttelte hastig den Kopf, so, als ob sie dadurch den furchtbaren Gedanken loswerden konnte, der sie plötzlich nicht mehr loslassen wollte, der wie eine eiskalte Hand ihr Herz berührte.

Tock, tock, tock klopfte es in diesem Moment an ihre Zimmertür und Elizabeth erschrak so sehr, dass sie unvermittelt einen leisen Schrei ausstieß. Wie gebannt starrte sie auf den Türgriff, der wie in Zeitlupentempo heruntergedrückt wurde, unfähig, sich zu bewegen oder einen Laut von sich zu geben. Ihr Blick fiel auf den Knopf, der die Schwester alarmieren sollte, aber er war so weit weg, viel zu weit weg! Die Tür wurde leise aufgemacht und gleichzeitig waren schleichende Schritte zu hören. Elizabeth stockte der Atem ...

»Liz«, sagte eine leise Stimme.

Mit angstgeweiteten Augen blickte sie auf die Gestalt, die in diesem Augenblick das Zimmer betrat. Dieses Mal war es kein Traum, dieses Mal war es grausame Wirklichkeit.

»Liz? Wo steckst du denn?«, fragte eine aufgeweckte Stimme, und Sekunden später stand Laura Bloomfield im Raum, dicht gefolgt von Imelda Barton.

»Hier«, flüsterte Elizabeth. »Ich bin hier am Fenster. Laura, oh Laura.« Sie wollte aufstehen, um auf die beiden zuzugehen, aber in diesem Augenblick versagten ihr die Beine den Dienst und es wurde schwarz vor ihren Augen.

Steve Pritchard ging leise vor sich hin pfeifend zu seinem Auto, das er am Vortag vor der großen Sporthalle geparkt hatte. Mit einem zufriedenen Grinsen im Gesicht betrachtete er seinen rechten Oberarm, um den eine schwarze Binde mit einem großen strahlend weißen »C« darauf gebunden war. Obwohl das Spiel längst vorbei war und er, wie alle anderen auch, sein verschwitztes Trikot gegen einen sauberen Trainingsanzug getauscht hatte, hatte er es sich doch nicht nehmen lassen, die Binde noch einmal überzustreifen.

Sie sollten ruhig alle sehen, dass er ihr neuer Captain war. Und zwar nicht wie bisher für ein oder zwei Spiele, nicht als Roberts kleiner Lückenbüßer, wenn der für das Team wieder mal keine Zeit hatte, weil es angeblich Wichtigeres zu tun gab, nein, ab sofort war er der alleinige Boss, der sagte, wo es in Zukunft lang ging. Vorsichtig griff er sich an seine Unterlippe, die nach der Schlägerei mit Robert hatte genäht werden müssen und die heute während des Spiels nach einem Ellbogenschlag seines Gegners wieder aufgeplatzt war. »Verdammter Scheißkerl«, murmelte er und wusste in diesem Augenblick selbst nicht, wen oder was genau er damit eigentlich meinte: die linke Attacke seines Gegners, fernab von den gestrengen Augen des Schiedsrichters, oder den gezielten Faustschlag seines ehemals besten Freundes, der ihn vor den Augen der versammelten Mannschaft im *Cross Keys* zu Boden geschickt hatte. Steve entschied sich für Letzteren, und seine gute Laune war plötzlich dahin. Wie aus heiterem Himmel war Robert wutentbrannt neben ihm an der Theke aufgetaucht, hatte irgendetwas von dieser Elizabeth Scott gebrüllt, und noch ehe er, Steve, hatte reagieren können, spürte er auch schon den ersten Faustschlag im Gesicht. Natürlich hatte er sich das nicht gefallen lassen und selbst ordentlich ausgeteilt, aber irgendwann nur noch eine schwarze Wand vor sich gesehen. Als er wieder einigermaßen zu sich gekommen war und sich blutend neben Robert vor dem Pub auf der Straße sitzend wiedergefunden hatte, schmiss ihm dieser plötzlich die Binde entgegen.

»Hier, das ist doch, was du immer wolltest. Ich bin raus – raus aus der Mannschaft und vor allem raus aus deiner Scheißwette«, war das Einzige was er noch dazu sagte, bevor eine Polizeistreife sie auflas und ins Krankenhaus brachte. In der Tat, sie war das, was er immer haben wollte, und jetzt hatte er sie und würde sie auch so schnell nicht mehr hergeben. Und dass er der neue Captain von St. Andrews war, sollten ruhig alle sehen.

Zu seinem Unwillen stellte er in diesem Augenblick fest, dass der Rest des Teams schon Richtung *Cross Keys* aufgebrochen war und er als Einziger noch auf dem Parkplatz stand. Wahrscheinlich hatten sie alle bloß Angst vor dem Wirt, der ihm nach der Prügelei mit Robert doch tatsächlich Lokalverbot geben wollte. Ausgerechnet ihm! Aber auch das war Steve heute relativ egal. Mit einer schwungvollen Bewegung schmiss er seine Sporttasche in den Kofferraum, als er plötzlich eilige Schritte hinter sich hörte. Er war gerade dabei sich umzudrehen, als er einen schmerzhaften Schlag auf dem Hinterkopf spürte, der ihn gegen den Kofferraum taumeln ließ. Die Arme reflexartig nach oben gestreckt, versuchte er sich vor dem Angreifer zu schützen, aber in diesem Augenblick traf ihn schon mit voller Wucht ein zweiter Schlag. Seine Beine sackten unter ihm weg und der graue Betonboden kam immer näher ...

Elizabeth war erleichtert, als sie sah, dass Leonard Bloomfield nicht mitgekommen war, denn ihr waren der kleine Zusammenbruch und die Aufregung, die sie damit bei Laura und Imelda ausgelöst hatte, furchtbar peinlich. Nachdem sie von beiden zurück ins Bett verfrachtet worden war und die eilig herbeigerufene Schwester ihr etwas zur Stabilisierung des Kreislaufs verabreicht hatte, fühlte sie allmählich die alten Kräfte zurückkommen. Sie beschloss, Laura und Imelda nichts von ihren Albträumen zu erzählen und schob die Gedanken an den Überfall ganz weit von sich.

Stattdessen bemühte sie sich, gerade im Gespräch mit Laura, um ein ungezwungenes Lächeln. Das war allerdings nicht so einfach, denn Laura wollte vor allem über Helen sprechen, und es kostete Elizabeth große Anstrengung, sich nicht einfach gehen zu lassen und an Ort und Stelle laut loszuweinen. Imelda tat es dagegen ganz gut, dass Laura vorübergehend einen anderen Ansprechpartner gefunden hatte, und verabschiedete sich bereits nach einer Stunde von ihnen. Obwohl sie mittlerweile sehr erschöpft war, war Elizabeth froh, dass Laura noch etwas bei ihr blieb, denn bei dem Gedanken, alleine im Zimmer sein zu müssen, war ihr plötzlich wieder sehr mulmig zumute. Nachdem auch Laura sich schließlich schweren Herzens von ihr verabschiedet hatte, spürte Elizabeth die Ereignisse der letzten Tage an jedem Zentimeter ihres Körpers. Ihre Glieder fühlten sich an wie aus Blei, und obwohl sie Angst davor hatte, die Augen zu schließen und einzuschlafen, konnte sie sich gegen die aufkommende Müdigkeit nicht wehren.

Imelda war froh, dass Laura und Elizabeth sich so gut verstanden und sie die beiden guten Gewissens alleine lassen konnte. Auch wenn sie Helens Tochter über alles liebte, so merkte sie doch, dass die letzten Tage viel Kraft gekostet hatten und sie dringend ein bisschen Ruhe benötigte. Nachdem sie ein Taxi zu Hause abgesetzt hatte, kochte sie sich zuerst einen starken Tee. Während sie in der Küche stand und auf das Pfeifen des Wasserkessels wartete, wanderten ihre Gedanken plötzlich zu Leonard, der gerade beim Dekan sitzen und dessen Fragen zu Helens Trauerfeier über sich ergehen lassen musste. Als ob er momentan keine anderen Sorgen hätte.

Imelda wusste, dass der Universität dieser Mordfall in erster Linie unangenehm war und kein wirkliches Interesse an Helen und ihren Angehörigen bestand. Es wäre natürlich etwas ganz anderes gewesen, wenn sie an einer schlimmen Krankheit oder durch einen Unfall gestorben wäre, aber sich sozusagen an einem der Institute ermorden zu lassen, war in den Augen des stets um den guten Ruf von St. Andrews besorgten Dekans untragbar. Hoffentlich besaß er wenigstens den Anstand, Leonard nicht auch noch mit Helens Nachfolge zu konfrontieren.

Imelda hatte schon längst für sich beschlossen, auf keinen Fall für den Rest des Jahres die nun verwaisten Seminare und Arbeitsgruppen zu übernehmen, sollte die Universität tatsächlich auf die Idee kommen, sie zu fragen. Und sie wusste, dass es Elizabeth genauso ging. Mit einem leisen Seufzer nahm sie ihre nachmittägliche Zeitungslektüre wieder auf. Auch wenn ihr innerlich ziemlich davor graute, so musste sie doch wissen, was über diesen Edward Bryson geschrieben wurde.

Edward Bryson ... Leonard Bloomfield hatte auf die Nachricht von seinem Selbstmord gleichgültig reagiert, dann jedoch hatte sich mehr und mehr innere Zufriedenheit in ihm breitgemacht, das war nur allzu deutlich zu sehen gewesen. Für ihn war er schuldig, aber auch wenn Imelda sich nichts mehr wünschte, als dass Helens Mörder seine gerechte Strafe bekommen sollte, so hatte sie doch die ganze Zeit das Gefühl, dass etwas nicht stimmte. Sie hatte zuvor schon versucht, der jungen Polizistin ihre Zweifel beizubringen, aber wie sollte man einer anderen Person etwas klarmachen, wenn man selbst nicht genau wusste, wo genau der Fehler saß.

Othello, er hatte sich als Othello verabschiedet. Othello, der Desdemona zuvor im Eifersuchtswahn erstickt hatte. War er deshalb automatisch schuld an Helens Tod und am Tod des jungen Mädchens? Keine der beiden war erstickt worden. Aber bei beiden stimmte so vieles einfach nicht, so vieles, das sie zwar ganz genau spürte, aber einfach nicht in Worte fassen konnte ...

Missmutig blätterte sie durch die *St. Andrews News* und das Weiterlesen widerstrebte ihr jede Minute mehr. Außer einer sensationslüsternen Aufmachung war hinter der Berichterstattung zum Shakespeare-Mörder nicht viel zu entdecken. Shakespeare-Mörder, wie sehr sie dieses Wort mittlerweile verabscheute. Auf Seite vier war sogar der genaue Wortlaut der Zitate, die man bei den Opfern gefunden hatte, in großen dicken Lettern abgedruckt. Imelda wusste nicht mehr, wie oft sie mit Studenten über genau diese beiden Frauenfiguren gesprochen hatte, wie oft sie gemeinsam versucht hatten, die Sprache Shakespeares zu analysieren und zu interpretieren.

Ich will nicht zaudern. O willkommener Dolch. Die Scheide sei mein Herz, du roste hier!

Imelda stockte, als sie das Julia-Zitat vor sich sah, und las es vorsichtshalber ein zweites Mal. Aber es bestand kein Zweifel. Sie kannte die Stelle in- und auswendig, kannte die ganze Rolle, seit sie sie das erste Mal als Fünfzehnjährige während einer Schulaufführung hatte spielen dürfen. Ihre Kehle fühlte sich auf einmal staubtrocken an, und die Buchstaben drohten vor ihren Augen zu verschwimmen. Dies war *nicht* ...

Hastig stand sie auf und ging dann zu dem kleinen Sekretär am anderen Ende des Wohnzimmers, wo sie die oberste Schublade aufzog.

Mit zitternden Händen nahm sie ein kleines Büchlein heraus und schlug es auf. In ihrer Aufregung überblätterte sie Julias Selbstmordszene zweimal, ehe sie endlich die richtige Seite fand. Bruder Lorenzo, Julia, Bruder Lorenzo, Julia hier ... hier sprach Julia zum letzten Mal. Es bestand nicht der geringste Zweifel. Für das nicht geschulte Auge kaum zu erkennen, aber das galt nicht für sie, nicht nach all den Jahren ...

Wie ferngesteuert nahm sie anschließend zwei Shakespeare-Ausgaben aus ihrem eigenen Bücherregal, nur um ganz sicher zu gehen, obwohl ihr Verstand bereits sagte, dass sie nicht irrte. Mit angehaltenem Atem blätterte sie die Oxfordausgabe von *Romeo und Julia* durch, und gleich darauf die *Arden Shakespeare*. Wie vom Blitz getroffen hielt sie in ihren Bewegungen inne und es dauerte ein paar Sekunden bis sie sich von ihrem Schock erholte. Als sie sich ein Taxi rufen wollte, zitterten ihre Hände so stark, dass sie sich beim ersten Mal verwählte. Obwohl es draußen mittlerweile eisig kalt war, warf sie sich nur hastig ihren Mantel über, nahm schnell die Zeitung und die drei Bücher an sich und verließ ohne Schal und Handschuhe das Haus. Als der Taxifahrer ankam, wartete sie schon ungeduldig, und ehe er aussteigen konnte, saß sie auch schon auf dem Beifahrersitz.

»Zum Polizeirevier, so schnell Sie können!«

27. Kapitel

Die Nachricht, dass Steve Pritchard von einem Unbekannten auf dem Parkplatz der Sporthalle niedergeschlagen und lebensgefährlich verletzt worden war, erreichte Connie und Falkirk mitten in der Arbeit an ihrem Abschlussbericht zum Fall Edward Bryson. Robinson hatte nicht den geringsten Zweifel an der Schuld des Verdächtigen und wollte den Fall deshalb schnellstens an den Staatsanwalt weitergeben, damit dieser ihn zum Abschluss bringen konnte. Der Shakespeare-Mörder, der St. Andrews tagelang in Atem gehalten hatte, hatte sich letztendlich selbst gerichtet und konnte damit zu den Akten gelegt werden. Falkirk glaubte seinen Ohren nicht zu trauen, als er von der Zentrale die Nachricht vom Überfall gemeldet bekam. Steve Pritchard hatte schwerste Kopfverletzungen erlitten und wurde laut den Beamten am Tatort momentan im County Hospital notoperiert.

»Er war wohl gerade mit der Mannschaft von einem Auswärtsspiel zurückgekommen, als ihm ein Unbekannter bei seinem Auto auflauerte«, berichtete Falkirk Connie. »Der Beamte vor Ort geht davon aus, dass der Angreifer mit einem dicken Ast zugeschlagen hat, den man neben dem Opfer fand.«

»Ich verstehe das nicht?«, sagte Connie kopfschüttelnd. »Wer hätte denn einen Grund, Steve Pritchard so schwer zu verletzen?«

Falkirk sah sie verwundert an. »Na, ich wüsste da schon einen, und zwar einen, der gleich mehrere Gründe hätte«, sagte er mit ironischem Unterton. Und als er Connies fragenden Blick sah, fügte er hinzu: »Wie wäre es denn zur Abwechslung mal mit Robert Blake? Dass der auf Steve momentan nicht gut zu sprechen ist, kann man sich ja wohl denken. Erst bringt ihn diese unsägliche Wette bei Elizabeth in Teufelsküche, und dann überlässt er ihm auch noch die von allen so heißgeliebte Kapitänsbinde.«

»Wie bitte?«, entfuhr es Connie. »Robert ist nicht mehr Captain von St. Andrews? Woher wollen Sie das wissen?«

»Ich hab ihn selbst gehört, als er es zu Elizabeth sagte. Er wollte ihr gegenüber wohl klare Verhältnisse schaffen, aber ich glaube nicht, dass es ihm so leicht gefallen ist, wie er jedem gerne weismachen will.«

Entschlossen griff Connie zum Telefon und wählte die Nummer des Krankenhauses, um sich mit Elizabeths Zimmer verbinden zu lassen.

»Das haben wir gleich …«, murmelte sie leise vor sich hin, und zwei Minuten später legte sie den Hörer mit zufriedenem Gesicht wieder auf.

»Robert Blakes Vater ist momentan in St. Andrews und sitzt mit seinem Sohn gerade im *Garden Restaurant* im *Rufflets Hotel*. Wenn Robert also nicht die seltene Gabe besitzt, an zwei Orten gleichzeitig zu sein, dann, Sir, glaube ich, müssen wir uns nach einem anderen Verdächtigen umsehen«, sagte sie mit dem gleichen ironischen Unterton, den Falkirk zuvor angeschlagen hatte.

»Connie«, begann dieser mit einem Stirnrunzeln. »Ich weiß, dass Ihnen unser Liebespaar ziemlich ans Herz gewachsen ist. Trotzdem – Robert kann Elizabeth viel erzählen. Überprüfen Sie bitte dieses Restaurant. Bevor ich nicht sicher weiß, dass er auch wirklich dort sitzt, werde ich keine Ruhe geben.«

Er hatte von den Blakes, Pritchards und Parkers und ihren zweifelhaften Ambitionen mittlerweile die Nase gestrichen voll. Connie spürte, dass sie dem Chief momentan wohl besser nicht widersprach, und fügte sich ohne Murren seiner Anweisung.

Mit zerknirschter Stimme musste sie ihm fünf Minuten später berichten, dass Robert und sein Vater zwar tatsächlich im *Garden Restaurant* gesehen wurden, allerdings war es, laut Angabe des dortigen Oberkellners, nach nicht einmal einer halben Stunde zu einem lautstarken Krach zwischen den beiden gekommen, im Laufe dessen Robert Hals über Kopf das Restaurant verlassen hatte.

»Wahrscheinlich, will er einfach beides«, meinte Falkirk ohne einen Hauch Genugtuung in der Stimme, »Elizabeth und sein Team. Vergessen Sie bitte nicht, dass er Steve vor zwei Tagen schon einmal ordentlich verprügelt hat. Und erinnern Sie sich, wie wütend er auf Angela Clark losgegangen ist? Es steckt wahrscheinlich mehr unter der Oberfläche des pflichtbewussten Musterstudenten, als wir ahnen konnten. Lassen Sie uns zu seiner Wohnung fahren. Ich will von ihm selbst hören, was er dazu zu sagen hat.«

Falkirk wollte gerade aufstehen, als draußen auf dem Korridor plötzlich lautes Stimmengewirr zu hören war. Eine weibliche Stimme verlangte energisch Zutritt zu Falkirks Büro, doch die Person, zu der sie gehörte, wurde offenbar von einem nicht minder energischen Beamten daran gehindert. In wenigen Schritten war Falkirk an der Tür und riss diese mit Schwung auf.

»Was ist denn hier los?«, hörte Connie ihn wütend in den Flur rufen und zwei Sekunden später ein verwundertes: »Mrs. Barton, was machen Sie denn hier um diese Zeit? Wollen Sie etwa zu mir?«

»Ja, Inspector, ich muss ganz dringend mit Ihnen sprechen«, war in diesem Moment Imeldas aufgeregte Stimme zu hören.

Connie spitzte erstaunt die Ohren. Konnte es sein, dass sie ihr am

Nachmittag nicht alles erzählt hatte und es gewisse Dinge gab, die sie nur Falkirk persönlich mitteilen wollte? Dieser Gedanke behagte ihr ganz und gar nicht, hatte sie ihm doch vor nicht allzu langer Zeit noch bestätigt, dass der nachmittägliche Besuch sich nicht wirklich gelohnt hätte.

»Ich habe soeben eine unglaubliche Entdeckung gemacht«, sagte Imelda und drängte sich auch schon an Falkirk vorbei in sein Büro.

Dieser war von dem abendlichen Überfall auf sein Allerheiligstes nicht begeistert. Missmutig blickte er auf die aufgeregte ältere Dame, die auf dem von Connie angebotenen Stuhl Platz nahm.

»Das kann durchaus sein, Mrs. Barton«, sagte er mit gezwungener Höflichkeit, wobei seine Stimme jedoch deutlich zum Ausdruck brachte, dass er nicht dieser Meinung war. »Aber wenn Sie uns jetzt bitte entschuldigen würden. Sergeant Wraight und ich haben etwas wirklich sehr *Dringendes* zu erledigen.«

Doch der Chief Inspector hatte wohl vergessen, mit wem er es gerade zu tun hatte. Imelda war blitzschnell aufgesprungen, und noch ehe Falkirk etwas hinzufügen konnte, hatte sie drei Bücher und die aktuelle Ausgabe der *St. Andrews News* auf seinen Schreibtisch geknallt.

»Ich weiß ganz genau, Inspector, dass Sie mich für eine verschrobene alte Schreckschraube halten, die sich in alles einmischen und immer recht haben muss«, sagte sie drohend, und ihre blauen Augen blitzten dabei gefährlich auf. »Aber ich verlange jetzt von Ihnen, dass Sie mir fünf Minuten zuhören, mehr brauche ich nicht.«

Noch ehe Falkirk überhaupt zum Luftholen kam, hatte Imelda schon weitergesprochen.

»Edward Bryson ist nicht der, den Sie suchen. Es ist der Eigentümer dieses Buches, um den es geht. Bitte, Inspector, nur fünf Minuten, und Sie werden verstehen.«

Ihre Stimme klang nun nicht mehr ungehalten und wütend, sondern eindringlich bittend. Bei ihren letzten Worten hatte sie eines der drei Bücher in die Hand genommen und es Falkirk entgegengehalten.

»Also gut, Mrs. Barton. Fünf Minuten und keine Sekunde länger«, willigte er schließlich seufzend ein. Und zu Connie gewandt sagte er leise: »Schicken Sie bitte Henderson zu Robert Blakes Wohnung. Er soll ihn *sofort* hierher bringen.«

Nachdem Connie eilig im Nebenzimmer verschwunden war, wandte er sich wieder Imelda zu. »Was also hat es mit diesem Buch auf sich, Mrs. Barton?«, fragte er ungeduldig.

»Es, das heißt, sein Besitzer führt Sie direkt zum Mörder, Inspector«, sagte sie mit fester Stimme.

»Aha. Und wem gehört dieses Buch?«

Connie war leise in das Büro zurückgekommen und wartete gespannt.

»Mir, Mr. Falkirk. Aber erst seit zwei Tagen. Davor gehörte es Helen Bloomfield, die es mir am Tage ihres Todes als Geschenk zugeschickt hatte.«

»Helen? Was wollen Sie damit sagen?«, fragte Falkirk vorsichtig.

»Ganz einfach, Mr. Falkirk. Wenn Sie sich dieses Buch genauer ansehen, werden Sie feststellen, dass es eine alte und sehr wertvolle Shakespeare-Ausgabe aus dem 18. Jahrhundert ist. Es enthält nur einige wenige Dramen von ihm, unter anderem *Hamlet* und *Romeo und Julia*.«

Falkirk wusste immer noch nicht, worauf sie hinauswollte. Bisher hatte er nichts bahnbrechend Neues erfahren, und allmählich wurde es ihm wirklich zu bunt, Imelda Barton hin oder her.

»Bei *Hamlets* Ophelia merkt man es nicht«, fuhr sie schließlich fort, »denn die neueren Textausgaben haben genau den gleichen Wortlaut wie dieses Buch. Bei *Romeo und Julia* allerdings gibt es einige Stellen, die vom damaligen Herausgeber etwas abgeändert wiedergegeben wurden, unter anderem die letzten Worte Julias. Sehen Sie selbst ...«

Aufgeregt schlug sie das Büchlein an einer bestimmten Stelle auf und dazu die beiden anderen Bücher.

»Sehen Sie den Unterschied im Wortlaut? In der Zeitung von heute ist die Botschaft zu lesen, die der Mörder bei Helen hinterlassen hat: *O willkommener Dolch. Die Scheide sei mein Herz, du roste hier!* Es ist zweifelsfrei genau der Wortlaut aus dieser alten Shakespeare-Ausgabe und nicht der neueren Ausgaben hier, die es überall zu kaufen gibt. *Glücklicher Dolch. In dieser Scheide roste, und so sterbe ich.* Für den Nichtlaien ein kaum zu erkennender Unterschied, aber ich bin sofort darüber gestolpert.«

Falkirk hatte plötzlich eine dunkle Vorahnung und von seiner anfänglichen Ungeduld war nichts mehr übrig. Wie gebannt starrte er auf das kleine Buch in Imeldas Hand, und es war ihm anzusehen, dass sämtliche Gehirnwindungen gerade dabei waren, das soeben Gehörte zu verarbeiten.

»Das heißt also, der Mörder muss diese Ausgabe gekannt haben? Kann es nicht sein, dass Edward Bryson ...? Immerhin hat er Literatur studiert?«, fragte Connie, die eine Brücke zu dem bisher Geschehenen zu schlagen versuchte.

»Ms. Wraight, können Sie sich vorstellen, wie viel dieses Buch wert ist und wie viele Exemplare es weltweit davon überhaupt gibt?« Imeldas Gegenfrage war Antwort genug.

»Wie lange, denken Sie, besaß Helen dieses Buch schon? Woher bekommt man so etwas überhaupt? Wer sind die Besitzer solcher Bücher?« Falkirk wollte plötzlich alles auf einmal wissen.

»Gutbetuchte Sammler, Geschäftsleute, ab und zu entdecken Erben Bücher wie dieses bei der Auflösung eines Nachlasses. Ich denke, sie hat es bei *Sotheby's* ersteigert. Sie war vor etwa vier Wochen in London und sprach seit der Zeit ununterbrochen von einer Überraschung, die sie unserem Literaturzirkel präsentieren wollte.«

»Wenn wir mal davon ausgehen, dass der Vorbesitzer dieses Buches nichts mit St. Andrews zu tun hat, dann heißt das doch ...«, sagte Falkirk langsam, »dass der Mörder aus dem direkten Umfeld von Helen Bloomfield kommen muss.«

»Ganz genau, Mr. Falkirk, und das sind nicht sehr viele Leute. Dazu gehören ich, Elizabeth, Laura, wenn sie mal zu Hause ist, und ...« Imelda hob vielsagend eine Augenbraue.

»... und ihr eigener Mann, *Leonard Bloomfield*«, vollendete Falkirk den Satz für sie, und in diesem Augenblick hatte er endgültig verstanden.

Elizabeth war bald nach Connies Anruf wieder eingeschlafen, als es plötzlich leise an ihre Türe klopfte und zu ihrer großen Überraschung Leonard Bloomfield das Krankenzimmer betrat.

»Leonard! Was machen Sie denn um diese Zeit noch hier?«, murmelte sie.

»Ich wollte sehen, ob mit Ihnen alles in Ordnung ist«, sagte er zögernd. »Und da ich heute Nachmittag keine Zeit hatte, dachte ich, ich komme jetzt noch kurz bei Ihnen vorbei.«

»Das ist aber nett von Ihnen.« Elizabeth hoffte sehr, dass er ihr nicht anmerkte, wie müde sie war, und wie gerne sie im Moment ein bisschen Ruhe gehabt hätte. Aber sie durfte mit ihrer Fürsorge nicht nur an Laura denken, auch Leonard hatte in dieser furchtbaren Situation Anrecht auf ihren Trost und ihre Unterstützung. Mit einem etwas mühsamen Lächeln richtete sie sich deshalb auf und bat ihn, Platz zu nehmen.

Langsam setzte er sich auf den Stuhl neben ihrem Krankenbett. Es war das erste Mal, dass Elizabeth ihm so nahe war. Er war zwar während ihrer Freundschaft zu Helen immer auch da gewesen, hatte aber in seiner unauffälligen und manchmal sogar desinteressiert wirkenden Art nie ihre volle Aufmerksamkeit erlangt. Wie müde und abgekämpft er doch aussah. Erst jetzt bemerkte Elizabeth, dass er immer noch seinen Mantel und seine Handschuhe anhatte.

»Wollen Sie denn nicht ablegen, Leonard?«, fragte sie.

»Nein, Elizabeth, das wird nicht mehr nötig sein«, antwortete er mit einem kleinen Lächeln auf den Lippen. Und in diesem Moment war dieses ganz bestimmte Gefühl wieder da. Die eiskalte Hand, die sich um ihr Herz legte ...

»Nötig? Wie ... wie meinen Sie das?« Ihre Stimme zitterte leicht bei ihren Worten.

»Ach, Elizabeth, warum müssen Sie denn immer so viel fragen? Aber vielleicht ist es wirklich besser, wenn ich Ihnen jetzt erkläre, dass Sie bald sterben werden.«

Er lächelte immer noch und seine Worte klangen, als wollte er einem kleinen Mädchen, das nicht einschlafen konnte, eine Gute-Nacht-Geschichte erzählen. Elizabeths Herz fing wie wild zu rasen an.

Nein, nicht Leonard, doch nicht Leonard ...

Ihr Blick fiel auf das Telefon, das keinen Meter von ihr entfernt auf dem kleinen Nachttisch stand. Aber er schien ihre Gedanken zu erraten, denn mit einer raschen Bewegung zog er das Kabel aus der Steckdose.

»Denken Sie nicht einmal daran, Elizabeth. Es bringt übrigens auch nichts, wenn Sie um Hilfe schreien. Ich werde nämlich schneller sein als Sie. Viel schneller ...« Seine behandschuhte Rechte fasste in seine Manteltasche und holte langsam ein langes Küchenmesser hervor.

»Was? Nein!«, schluchzte sie.

»Es tut mir leid, Elizabeth, so war es eigentlich nicht vorgesehen. Wir hätten beide sehr sehr glücklich miteinander werden können, aber Sie mussten sich ja unbedingt einem anderen an den Hals werfen. Ja, ich weiß davon, Elizabeth. Ich habe Sie beide heute Nachmittag gesehen. Sie konnten es nicht lange vor mir verbergen, genauso wenig, wie *sie* es damals vor mir verbergen konnte. Helen, kluge, schöne, dumme Helen ...« Seine Stimme war plötzlich schneidend vor Wut.

»Helen?«, stieß Elizabeth mit letzter Kraft hervor.

»Ja, meine Frau. Ich kann Ihnen gar nicht sagen, wie sehr ich sie die letzten Jahre gehasst habe«, stieß er zwischen zusammengepressten Zähnen hervor. »Die strahlende Blume, die von allen so bewundert und angebetet wurde, der ich doch dankbar zu sein hatte, dass sie sich überhaupt mit einem wie mir eingelassen hat. Glauben Sie, ich habe die Blicke der Menschen nicht gespürt? Alle hatten sie immer nur Augen für die großartige Helen, für die einer wie ich nicht gut genug war. Aber dafür einer ihrer kleinen mickrigen Studenten. Mit Ihnen jedoch, Elizabeth, mit Ihnen an meiner Seite wäre alles ganz anders geworden, wenn Sie es nur zu gelassen hätten. Aber so ... Sie haben alles kaputtgemacht, Elizabeth. Alles! Sie und dieser andere Kerl!«

Robert ... Er wollte doch auf sie aufpassen, sie beschützen. Leonard Bloomfield schien erneut ihre Gedanken zu erahnen, denn er schüttelte langsam den Kopf, ehe er mit ruhiger Stimme sagte: »Nein, er wird nicht mehr kommen, um Ihnen zu helfen. Ich habe dafür gesorgt, dass er niemals wieder in Ihr Leben treten wird.«

»Was?«, schluchzte sie. »Was haben Sie mit Robert gemacht?«

»Und wieder so viele Fragen. Das ist doch jetzt alles nicht mehr wichtig, Elizabeth. Nichts spielt jetzt mehr irgendeine Rolle.«

»Robert, Helen, dieses Mädchen ... Sie haben alle ...? Warum?«

»Helen – ich musste sie doch irgendwie loswerden. Warum also nicht als Serienmörder, als *Shakespeare-Mörder*? Die Polizei ist auf meine kleine Inszenierung ja auch prompt hereingefallen. Sie sehen, alles hätte so perfekt gepasst. Warum mussten Sie es nur zerstören, Elizabeth?«

»Ich? Wie kommen sie darauf, dass Sie und ich, dass wir beide ...?«, stammelte sie. Sie musste Zeit gewinnen. Irgendwann musste doch jemand nach ihr schauen, sie war schließlich in einem Krankenhaus. Irgendwann musste Hilfe kommen. Wenn sie ihn doch nur zum Reden bringen konnte, wenn sie ihn nur von diesem furchtbaren Messer ablenken konnte ...

In Falkirks Büro war es für ein paar Sekunden vollkommen still, bevor ein regelrechter Tumult losbrach.

»Mrs. Barton, wo finden wir Leonard Bloomfield?«, schrie Falkirk. »Und wo ist Laura? Wo ist seine Tochter?«

»Ich weiß es nicht. Er hatte einen Termin bei Helens Dekan und ich war mit Laura bei Elizabeth im Krankenhaus und bin dann etwas früher weg. Sie ist entweder noch dort oder bei mir zu Hause oder ...« Sie sah die Beamten fassungslos an. »Aber er wird doch seiner eigenen Tochter nichts antun.«

»Das weiß ich nicht, Mrs. Barton. Ich weiß nicht, was Leonard Bloomfield will!« Falkirks Stimme überschlug sich fast.

»Connie, rufen Sie bei Elizabeth im Krankenhaus und bei Mrs. Barton zu Hause an. Laura soll sich nicht von der Stelle bewegen, bis ein Streifenwagen kommt.«

Aber es war nicht Laura, das spürte er ganz genau, es war nicht Laura ...

»Mrs. Barton, bitte versuchen Sie sich zu erinnern, ob er noch irgendetwas gesagt hat. Gab es irgendeinen Hinweis darauf, wo er nach dem Termin hinwollte?«

Imelda schüttelte jedoch nur den Kopf. Falkirk versuchte es selbst unter dem Anschluss der Bloomfields, erfolglos, wie zu erwarten war. Als Connie ins Büro zurückkam, war er gerade dabei, eine Großfahndung nach Leonard Bloomfield herauszugeben.

»Laura geht es gut, Sir, sie ist bei Mrs. Barton zu Hause, aber ...« Ihr Blick sagte ihm, dass trotzdem etwas nicht stimmte.

»Aber? Was ist mit ihr?«

»Nicht Laura, Sir. Elizabeth, sie meldet sich nicht am Telefon. Aber sie *müsste* es hören, selbst wenn sie schläft. Es steht direkt neben ihrem Bett.«

»Oh mein Gott«, flüsterte Imelda. *Elizabeth* ...

Das war es – das Gefühl, das die ganze Zeit da war und das sie nicht hatte beschreiben können.

Während Falkirk ungeduldig darauf wartete, dass sich endlich jemand auf der betreffenden Station im Krankenhaus meldete, begann im Nebenzimmer ein Telefon zu läuten. Connie rannte nach nebenan.

»Verdammt noch mal!«, schimpfte Falkirk, nachdem sich auch nach dem zwanzigsten Klingeln niemand gemeldet hatte. Er stieß innerlich mehrere Flüche und Verwünschungen gegen das marode schottische Gesundheitswesen aus. Er hatte es ja am Abend zuvor selbst gesehen. Die Nachtschwester war für zwei oder noch mehr Stationen zuständig und wahrscheinlich gerade irgendwo mit einem Patienten beschäftigt, nur nicht da, wo er sie im Moment gebraucht hätte – neben ihrem Telefon.

»Connie!«, brüllte er.

Mit einem Schaudern erinnerte er sich daran, dass Elizabeths Zimmer das Allerletzte auf dem Flur war. Niemand würde sie dort hören ...

»Sir, das war Henderson«, rief Connie aus dem Nebenzimmer. »Robert Blake ist nicht da, aber er hat stattdessen seinen Vater vor dem Haus getroffen. Mr. Blake wollte wissen, was sein Sohn mit der Polizei zu tun habe. Er müsste jeden Moment hier eintreffen.«

»Auch das noch. Den kann ich jetzt überhaupt nicht gebrauchen«, stöhnte Falkirk. »Los, Connie, wir müssen sofort in die Klinik.«

Er stürmte auf den Flur hinaus. Connie rannte ihm hinterher, drehte sich allerdings an der Tür nochmals kurz um. Niemand hatte in den letzten Minuten mehr an Imelda Barton gedacht, die immer noch auf Falkirks Besuchersessel saß, stocksteif und kalkweiß im Gesicht.

»Nicht auch noch Elizabeth«, flüsterte sie tonlos.

»Mrs. Barton, bleiben Sie bitte hier«, sagte Connie schnell, als sie ihre angsterfüllten Augen sah. »Es wird alles gut, hören Sie, es wird alles gut.«

28. Kapitel

Robert wusste irgendwann nicht mehr, wie lange er einfach ziellos durch die Gegend gefahren war. Nachdem er Hals über Kopf das Restaurant verlassen hatte, wollte er nur noch eines: alleine sein und seine Ruhe haben – aber vor allem nicht mit seinem Vater sprechen. Deshalb hatte er auch beharrlich das Läuten seines Mobiltelefons ignoriert. Er hätte es wissen müssen, hätte sich seine Reaktion, nach allem, was bisher geschehen war, ganz genau denken können. Aber er hatte es trotzdem versucht. Hatte versucht, ihm zu erklären, dass er zwar auch Jurist werden wollte, dass er sich nichts Besseres für sich und sein Leben vorstellen konnte, aber dass er trotzdem nicht die Kanzlei übernehmen wollte. Er hatte gehofft, sein Vater würde ihm wenigstens zuhören und vielleicht irgendwann einmal seine Argumente sogar verstehen können. Aber so weit war es gar nicht erst gekommen, denn sie waren zwangsläufig bei dem Thema angekommen, über das niemand im Hause Blake sprechen durfte. Als er Davids Namen sagte, traf es seinen Vater wie einen Peitschenhieb. Dabei wollte er ihm nicht wehtun, wollte ihm nur sagen, dass er nicht David sei, dass er nicht einfach in dessen Rolle schlüpfen könnte, als hätte es ihn, Robert, nie gegeben. Die Ohrfeige, die er für seine Worte bekam, hatte wehgetan, aber nicht so sehr wie die Tatsache, dass sein Vater ihn nie verstehen würde, dass er für ihn mit Davids Tod ebenfalls zu leben aufgehört hatte.

Der einzige Mensch, den er jetzt sehen wollte, war Elizabeth. Bei ihr brauchte es nicht vieler erklärender Worte, sie verstand auch so. Robert fiel plötzlich ein, dass sie der einzige Mensch war, der diesen unerträglichen Satz »Das tut mir leid« nicht gesagt hatte, als er Davids Tod erwähnte. Dafür ließ sie ihn einfach nur erzählen und sich selbst sein.

Als er am Krankenhaus ankam, war der Haupteingang noch nicht verschlossen. Leise ging er die Treppe in den zweiten Stock hinauf. Irgendwo schrillte ein Telefon, aber weit und breit war niemand zu sehen. Während er am Büro der Nachtschwester vorbeikam, bemerkte er, dass es ihr Apparat war, der so hartnäckig klingelte. Aber er hatte ein zweites Mal Glück an diesem Abend, denn sie war nicht an ihrem Platz. Wahrscheinlich wäre sie von einem Besuch um diese Uhrzeit nicht sehr angetan gewesen. Sie hatte ihm schon die Nacht zuvor nur sehr widerwillig erlaubt, bei Elizabeth zu bleiben.

Er überlegte, ob er die Blumen aus der Vase in ihrem Büro klauen

sollte, als er am anderen Ende des Korridors plötzlich einen Hilfeschrei hörte. Es war der Schrei einer Frau, und Robert hätte diese Stimme unter Tausenden wiedererkannt. *Elizabeth ...*
Er begann zu rennen. Der Flur erschien ihm geradezu endlos und ihr Zimmer unerreichbar. 239, 238, 237, 236 ... Robert überlegte keine Sekunde, sondern riss die Tür mit einem gewaltigen Ruck auf. Das Erste, was er sah, war das Messer, in dessen langer Klinge sich das Licht der Nachttischlampe spiegelte.

Connie und Falkirk rannten gerade die Treppe hinunter, als ihnen Sergeant Henderson entgegenkam und dicht hinter ihm ein ihnen unbekannter Mann – vermutlich Robert Blakes Vater. Falkirk schüttelte bei Hendersons fragendem Blick den Kopf.
»Tut mir leid, Sergeant, jetzt nicht. Wir haben einen Notfall. Warten Sie beide bitte in meinem Büro!« Und schon war er an den verduzten Männern vorbeigestürmt.
»Connie, was ...?«, begann Henderson verwirrt.
»Tut mir leid, Andy, der Inspector hat recht. Wir müssen in die Klinik, Elizabeth Scott ist in großer Gefahr«, versuchte Connie ihm im Vorbeilaufen zu erklären.
»Elizabeth Scott?«, fragte Mr. Blake in diesem Moment. »Mein Sohn wollte heute noch zu ihr. Er ist nicht zu Hause ...«
»Wie bitte?« Falkirk war schon unten am Treppenabsatz angekommen und hielt abrupt an, als er Roberts Vater hörte.
»Ja, er hat mir heute Abend von ihr erzählt. Was hat das alles zu bedeuten? Warum ist sie in Gefahr? Und was hat Robert damit zu tun?« Er klang verwirrt und besorgt zugleich.
»Das erkläre ich Ihnen im Wagen. Los, Mr. Blake, kommen Sie mit uns. Wir dürfen keine Zeit mehr verlieren«, rief Falkirk und hastete weiter.
Connie wusste, dass sie diese Autofahrt nie vergessen würde. Während Falkirk, gefolgt von mehreren Einsatzfahrzeugen, den Wagen mit eingeschaltetem Blaulicht durch das nächtliche St. Andrews heizte und Darren Blake so gut es ging die Geschehnisse der letzten Tage erzählte, versuchte sie im Minutentakt die Nachtschwester und Elizabeths Zimmer zu erreichen – vergeblich. Roberts Vater wählte immer wieder die Nummer seines Sohnes, aber auch er hatte kein Glück. Falkirk dagegen hatte nur noch einen einzigen Namen im Gedächtnis. Wie Schuppen war es ihm plötzlich von den Augen gefallen, als Imelda auf das Buch gezeigt hatte. Das Buch, Helens Buch ... *Helen ...*

Sie war es, die von Anfang an sterben sollte. Es hatte niemals einen Shakespeare-Mörder gegeben. Die ganze Geschichte war von Anfang an nichts anderes als der Mord an einer Ehefrau, begangen von ihrem eigenen Ehemann. An alles und jeden hatten sie bei den beiden Opfern gedacht, nur nicht an die engsten Familienangehörigen.

Südwales – hatte er nicht von Helen selbst erst neulich erfahren, dass sie und Leonard dort im letzten Sommer ihren Urlaub verbracht hatten? Und was hatte ihm O'Reilly kurze Zeit später erzählt? Der einzige interessante Fall, den er im Archiv gefunden hatte, war neben der Londongeschichte eine Serie von Frauenmorden in Südwales, bei denen stets ein Gedicht am Tatort zurückgelassen worden war. Wahrscheinlich beherrschte die walisischen Zeitungen damals nur ein einziges Thema: der Mörder und seine so sorgfältig hinterlassenen Botschaften. Die perfekte Vorlage für Leonard Bloomfield.

Und seine eigene Ehefrau lieferte ihm auch gleich noch das passende Ritual, nach dem der Serienmörder in St. Andrews vorgehen würde – Shakespeares tragische Frauenfiguren. Er musste nur kurz Helens Unterlagen durchsehen, um herauszufinden, wer diese Frauen genau waren und welche davon man am besten kopieren konnte. Und bei seiner Suchaktion nach den geeigneten Zitaten, die er an den Tatorten hinterlegen wollte, war ihm unter Helens Sachen das kleine Buch in die Hände gefallen, aus dem er eilig die betreffenden Textzeilen abschrieb. Er wusste ganz genau, dass bei einer ermordeten Ehefrau auch die Familienangehörigen und insbesondere der Ehemann in Verdacht geraten würden, das war ungeschriebenes Polizeigesetz. Nicht allerdings, wenn diese Ehefrau offensichtlich einem Serienkiller in die Hände gefallen war.

Maureen ... Groß und breit stand der Name der Bloomfields auf der Kundenliste, die ihnen der Zeitungshändler nach ihrem Tod überlassen hatte. Leonard wusste also, dass sie frühmorgens alleine unterwegs war und auch, dass sie auf ihrer Tour an den East Sands vorbeikommen würde. Er musste Helen am Vorabend nur ein leichtes Beruhigungsmittel verabreichen, um sicher zugehen, dass sie ihn nicht hörte, wenn er im Morgengrauen das Haus verließ. Der Shakespeare-Mörder hatte sein erstes Opfer gefunden, der Köder für die Polizei war ausgelegt.

Der Mord an Helen war noch einfacher auszuführen. Er musste nicht am Pförtnerbüro vorbeigehen oder Katie in der Cafeteria belauschen, um herauszufinden, wo Helen an jenem Donnerstagabend war. Leonard Bloomfield hatte seine Frau einfach von seinem Büro aus auf ihrem Mobiltelefon angerufen, und war, als er die günstige Gelegenheit erkannt hatte, danach seelenruhig in die Bibliothek spaziert, um sie hinterrücks zu erdolchen. Falkirk selbst hatte weder der Überprüfung von Helens Telefon noch Elizabeths Aussage, dass Leonard erst *nach* acht vor dem Haus der Bloomfields angekommen war, die notwendige Aufmerksamkeit geschenkt.

Er bremste abrupt ab, als sie auf dem Krankenhausparkplatz ankamen. Nur in wenigen Zimmern brannte noch Licht. Während er die Kollegen auf das gesamte Gelände verteilte und genaue Instruktionen gab, war auch Darren Blake ausgestiegen.

»Robert ist hier. Das ist sein Auto«, rief er aufgebracht und zeigte auf einen Wagen nicht weit von ihnen entfernt.

»Mr. Blake, bitte bleiben Sie hier. Haben Sie das verstanden? Gehen Sie auf keinen Fall in das Gebäude, bevor ich nicht Entwarnung gebe!«, ermahnte ihn Falkirk. Darren Blake nickte, doch als Falkirk und Connie sich in Richtung Haupteingang aufmachen wollten, hielt er den Chief plötzlich am Ärmel fest.

»Bitte, holen Sie meinen Jungen da raus, Inspector! Ich habe doch schon ein Kind verloren. Bitte, holen Sie ihn da raus!«

Elizabeth hatte Leonards Erzählungen die ganze Zeit fassungslos zugehört. Immer wieder hatte sie irgendwelche Fragen gestellt, hatte nicht aufgehört, mit ihm zu sprechen, und er hatte allmählich regelrecht Gefallen daran gefunden, sie mit seinem so sorgfältig ausgearbeiteten Plan und seiner Kaltblütigkeit in Angst und Schrecken versetzen zu können. Trotzdem hatte er seine rechte Hand nicht vom Griff des Messers genommen, war keinen Millimeter von ihrer Bettkante gewichen.

»Und dann, Elizabeth«, erzählte er in diesem Augenblick, »dann musste ich plötzlich gar nicht mehr viel unternehmen. Edward Bryson konnte mir mit seinem Selbstmord gar keinen größeren Gefallen tun.« Ein unheimliches Lächeln breitete sich auf seinem Gesicht aus, und für den Bruchteil einer Sekunde war er nicht mehr ganz so aufmerksam.

Genau diesen Moment nutzte sie. Blitzschnell ergriff Elizabeth die Thermoskanne, die auf ihrem Nachttisch stand, und schlug sie ihm mit voller Wucht auf den Kopf. Leonard, von ihrem Angriff vollkommen überrumpelt, taumelte, und sein Stuhl fing gefährlich an, nach hinten wegzukippen. Langsam und wie im Zeitlupentempo ließ er das Messer aus seiner Hand gleiten. Das war ihre Chance …

Ihr Kopfkissen gleichsam als Schutzschild vor ihrem Körper haltend sprang sie auf der anderen Seite aus dem Bett und schrie so laut sie konnte um Hilfe. Leonard hatte sich jedoch von ihrer Attacke schnell erholt und griff schon wieder nach dem Messer. Mit schnellen Schritten durchquerte er damit das Zimmer, bereit, jede Sekunde zuzustechen. Er würde sie hier und jetzt töten, dass wusste sie ganz genau. In diesem Augenblick wurde die Zimmertür aufgerissen.

Er lebt, er hat ihn nicht umgebracht. An etwas anderes konnte sie nicht denken. »Robert!«

Leonard Bloomfield wirbelte herum, als er in diesem Augenblick auch schon unsanft von Robert gepackt und gegen die Wand geschleudert wurde. Doch dieses Mal hielt er das Messer fest umklammert. Er rappelte sich auf und hob den rechten Arm, aber Roberts Faustschlag traf ihn mitten ins Gesicht. Das Messer entglitt seiner Hand, und ehe Leonard nach ihm greifen konnte, hatte Robert es mit einem Fußtritt außer Reichweite geschleudert.

»Schnell, Liz! Lauf weg, lauf!«, schrie er, aber sie war starr vor Angst.

Robert packte den angeschlagenen Leonard am Kragen und wollte ihn hochziehen, als dieser plötzlich seine Beine umklammerte und ihn zu Fall zu bringen versuchte. Robert verlor das Gleichgewicht und schlug hart mit dem Gesicht auf dem Fußboden auf. Für einen kurzen Moment drohte ihm schwarz vor Augen zu werden, und er schmeckte Blut. Leonard, der spürte, dass sein Gegner nachließ, griff nach Roberts Hals, um ihn zu würgen. Aber irgendwie gelang es Robert, sein rechtes Bein freizubekommen, und mit einem gezielten Fußtritt schlug er ihm gegen den Brustkorb. Leonard stieß einen Schmerzensschrei aus und ließ endgültig von seinem Gegner ab. Mühsam rappelte er sich auf und rannte zu Elizabeths Verwunderung durch die offene Tür auf den Flur hinaus. Wollte er tatsächlich fliehen? In der Ferne waren eilige Schritte und die aufgeregten Stimmen mehrerer Menschen zu hören. Endlich kam Hilfe. Endlich waren sie nicht mehr allein.

Aber sie kam erst gar nicht dazu aufzuatmen und Erleichterung zu verspüren, denn in diesem Augenblick wusste sie, dass Leonard nicht einfach davonlaufen würde. Ohne Eile, geradezu im Zeitlupentempo, zog er plötzlich eine Pistole aus seiner linken Manteltasche und drehte sich langsam zu Robert und Elizabeth um.

»Nein«, war alles, was Elizabeth noch sagen konnte, als sie direkt in die Mündung der Waffe blickte. Aus den Augenwinkeln nahm sie plötzlich eine Bewegung war. Es war Robert, der sich blitzschnell aufrappelte und sich schützend vor sie stellte, als Leonard Bloomfield den Arm hob und ...

»Nein!« Ihr Schrei hallte laut in den verlassenen Gängen und Korridoren wider. Der Schuss, der ihm Sekunden später folgte, war im ganzen Gebäude zu hören.

29. Kapitel

Überall im Haus gingen nach und nach die Lichter an, die Flure waren voll von aufgeregten und eingeschüchterten Patienten. Das ohnehin zahlenmäßig sehr spärlich vorhandene Pflegepersonal hatte Mühe, die aufgebrachte Menschenmenge zu beruhigen und zu ihrer Rückkehr in die Zimmer zu bewegen. Elizabeths Zimmernachbarn mussten vorübergehend ausquartiert werden, denn der gesamte Bereich um Zimmer 236 wurde großzügig abgesperrt. Falkirk hatte sich schnell ein Laken gegriffen, um die Leiche damit abzudecken, aber dennoch nicht schnell genug. Die Kunde, dass es eine Schießerei mit einem Todesopfer gegeben hatte, verbreitete sich wie ein Lauffeuer im ganzen Krankenhaus.

Falkirk, der Darren Blake durch einen Beamten verständigt hatte, hoffte, dass Dr. Boyers und die Spurensicherung nicht mehr lange auf sich warten ließen. Connie war seit ihrer Ankunft mit Elizabeth beschäftigt, die kurzzeitig ohnmächtig zusammengebrochen war und jetzt zusammengekauert auf dem Boden des Krankenzimmers saß, nicht bereit, sich ein Beruhigungsmittel geben zu lassen oder aufzustehen. In diesem Augenblick sah Falkirk auch schon Darren Blake um die Ecke biegen. Er gab den beiden uniformierten Beamten, die sich ihm energisch in den Weg stellen wollten, ein Zeichen, ihn durchzulassen.

»Inspector, mein Sohn, was ist mit meinem Sohn?«, rief er aufgeregt.

Der Schuss aus Leonard Bloomfields Waffe war bis auf den Parkplatz des Krankenhauses zu hören gewesen.

»Mr. Blake, bitte beruhigen Sie sich«, begann Falkirk, als er die angsterfüllten Augen des Rechtsanwalts sah, der in diesem Augenblick die abgedeckte Gestalt auf dem Boden entdeckt hatte.

»Robert! Was ist mit meinem Jungen?«, schrie er.

»Dad, ich bin hier. Aua, es ist ... au ... alles in Ordnung«, rief in diesem Augenblick eine schmerzverzerrte Stimme durch die geöffnete Zimmertür.

»Nicht sprechen habe ich gesagt und still halten!«, wies ihn gleich darauf eine andere streng zurecht.

»Robert!« Darren Blake schob Falkirk energisch zur Seite und stürzte in das Zimmer.

Sein Sohn saß auf Elizabeths Bett und wurde gerade von einem Arzt an der Lippe genäht, die durch die Prügelei mit Leonard Bloomfield wieder aufgeplatzt war und stark blutete.

»So, und die nächsten drei Wochen, wenn möglich, bitte keine weiteren Schlägereien«, sagte der Arzt, bevor er sich mit einem kurzen Kopfnicken verabschiedete.

»Robert, Junge. Wie siehst du denn aus?«, entfuhr es seinem Vater.

»Nur die Lippe. Ist nicht schlimm. Dad, unser Streit vorhin, es ... es tut mir so leid. Ich wollte nicht ...«

Darren Blake schüttelte den Kopf, bevor er seinem Sohn vorsichtig die Hand auf die Schulter legte und ihn kurz an sich drückte.

»Ist schon in Ordnung, Robert. Vergiss diesen dummen Streit einfach. Ich ... wir finden schon eine Lösung«, sagte er leise. »Ich kann mit jeder Entscheidung, die du triffst, leben. Mit jeder! Hauptsache, es ist dir nichts passiert.«

Robert versuchte sich an einem kleinen Lächeln, wurde dabei allerdings schmerzhaft an die fünf Stiche des Arztes erinnert.

»Dad, ich ... danke!« Mehr fiel ihm im Augenblick nicht ein.

Darren Blake tätschelte ihm kurz die Wange und nickte ihm aufmunternd zu. »So, und jetzt wird es Zeit, dass ich deine Mutter anrufe.«

Robert blickte seinem Vater ein paar Sekunden schweigend hinterher, als dieser aus dem Zimmer ging, bevor er sich der Anwesenheit von Elizabeth und Connie bewusst wurde. Vorsichtig kniete er sich neben Elizabeth, die, das Kopfkissen immer noch fest an sich gedrückt, mit blassem Gesicht an der Wand lehnte.

»Ich habe gedacht, es ist vorbei. Der Moment, als er sich umdrehte ... Ich dachte, wir müssen beide sterben«, flüsterte sie immer wieder.

»Ich weiß, Liz. Ich hab doch genau das Gleiche gedacht. Aber jetzt ist es vorbei.«

Vorsichtig legte Elizabeth eine Hand auf seine Wange. »Robert, es war so furchtbar. Er hat gesagt, dass er dich auch umgebracht hat. Ich dachte, du bist tot.«

»Wie kommt er denn auf so etwas?«

Roberts Frage war nicht an Connie gerichtet, aber sie hatte trotzdem das Gefühl, ihm eine Erklärung schuldig zu sein.

»Steve Pritchard wurde heute Abend auf dem Parkplatz vor der Sporthalle niedergeschlagen. Leonard, er ... er hat Sie beide wohl verwechselt.«

Robert sah sie ungläubig an. »Was? Steve ist auch ... ?«

»Nein, beruhigen Sie sich«, beeilte sich Connie zu sagen. »Steve ist nicht tot. Aber er hat sehr schwere Kopfverletzungen erlitten. Er liegt hier in der Klinik, auf der Intensivstation. Die Ärzte können momentan noch nichts sagen.«

Robert schüttelte angesichts dieser Nachricht fassungslos den Kopf. »Oh mein Gott. Und das alles meinetwegen«, flüsterte er.

»Nein, Robert«, sagte Connie. »Ganz bestimmt nicht Ihretwegen. Es ist einzig und allein Leonard Bloomfields Schuld und niemandes sonst. Und jetzt bringen Sie Elizabeth bitte nach Hause oder wo auch immer sie hin will, okay?«

»Wohin ist mir vollkommen egal, ich will nur weg von hier. Weg aus diesem furchtbaren Zimmer und weg aus diesem ganzen Haus«, murmelte Elizabeth, als Robert ihr vorsichtig auf die Beine half.

Zügig führte er sie an dem zugedeckten Körper vorbei hinaus in den Flur. Trotzdem drehte sich Elizabeth noch einmal um und starrte sekundenlang auf das weiße Laken.

»Wie soll Laura das jemals begreifen können? Der eigene Vater«, flüsterte sie, ehe Robert sie sanft, aber energisch wegzog.

Connie blickte den beiden nachdenklich hinterher, als im Flur plötzlich eine vertraute Stimme zu hören war. Dr. Boyers war angekommen und deckte in diesem Augenblick Leonard Bloomfields Leichnam auf. Falkirk stand neben ihm.

»Es ging alles so furchtbar schnell. Er wusste, dass es vorbei war und wir ihm bereits dicht auf den Fersen waren. Plötzlich zog er die Pistole. Im ersten Moment sah es noch so aus, als wolle er die beiden erschießen, aber dann hat er im letzten Augenblick die Waffe gegen sich selbst gerichtet.«

Das Feuer im Kaminzimmer knisterte munter vor sich hin und sorgte im ganzen Raum für behagliche Wärme. Der Kellner stellte leise ein Tablett mit mehreren Tee- und Kaffeetassen sowie einer Flasche Brandy ab, ehe er sich rasch zurückzog. Die Gesichter der Anwesenden hatten sehr ernst ausgesehen, und die Tatsache, dass eben auch noch zwei Polizeibeamte angekommen waren, bestätigte ihn in seiner Vermutung, dass es wohl um die Ereignisse im Krankenhaus gehen musste, über die seit den Morgennachrichten in ganz St. Andrews gesprochen wurde.

Darren Blake hatte Robert und Elizabeth kurzerhand in das Hotel einquartiert, in dem er selbst für das Wochenende abgestiegen war. Elizabeth war alles recht, solange sie nicht mehr im Krankenhaus bleiben musste. Jetzt saß sie zwar immer noch sehr blass und mitgenommen, aber schon in etwas besserer Verfassung als am Vorabend auf einem der bequemen Sofas direkt vor dem Kamin, Robert dicht neben ihr, den Arm um ihre Schulter gelegt.

Imelda Barton hatte den jungen Mann bei ihrem Eintreffen einige Minuten kritisch beäugt, war dann aber zu dem Schluss gekommen, dass es so etwas zu *ihrer* Zeit zwar nicht gegeben hätte, Elizabeth bei ihrer Wahl aber durchaus Geschmack bewiesen hatte. Hässlich war der Junge ja nun wirklich nicht ...

Darren Blake, dem die resolute, ältere Dame von Falkirk als Schlüsselfigur bei der Lösung dieses Falls vorgestellt wurde, schenkte ihr tief beeindruckt und sehr aufmerksam eine Tasse Tee und einen Brandy ein, was ihm, und damit auch seinem Sohn, zweifellos Pluspunkte bei Imelda einbrachte. Die Runde wurde von Falkirk und Connie abgeschlossen, die sich ebenfalls auf einem der Sofas niedergelassen hatten.

Auch Connie hatte die Nacht zuvor als Hotelgast verbracht und den erstaunten Falkirk nach Abschluss des Falls um einige Tage Urlaub gebeten. Kein Strandurlaub unter Palmen, wie geplant, sondern Wohnungssuche war nun angesagt. Trotzdem hatte sie die letzte Nacht so gut geschlafen wie schon lange nicht mehr, und sie wusste sehr wohl, dass es nicht nur an der überraschend guten Matratze des Hotelbetts gelegen hatte. Nur Laura fehlte an diesem Sonntagnachmittag – Laura, die von Imelda die furchtbare Wahrheit über ihren Vater hatte erfahren müssen und sich nun in der fürsorglichen Obhut von Reverend Gordon befand, den Imelda noch in der Nacht um Hilfe gerufen hatte.

»Mr. Falkirk, wissen Sie etwas von Steve?«, fragte Robert. »Ich wollte heute morgen zu ihm, aber sein Vater hat jeglichen Besuch verboten.«

Falkirk, der angesichts der nächtlichen Vorkommnisse eine lange Unterredung mit der Klinikleitung gehabt hatte, nickte.

»Ja, der behandelnde Arzt hat durchblicken lassen, dass Steve zwar vor einer sehr langen und beschwerlichen Rehabilitation steht, aber durchaus gute Chancen bestehen, dass er eines Tages wieder ganz gesund wird. Mr. Pritchard will ihn, sobald er transportfähig ist, in eine Privatklinik fliegen lassen. Lassen Sie ihm ein paar Tage Zeit, Robert. Er wird es sich mit Ihrem Besuch bestimmt noch einmal überlegen.«

»Wie konnte Leonard ihn nur mit Robert verwechseln«, sagte Elizabeth kopfschüttelnd. »Als er mir davon erzählte, sagte er, er habe uns beide am Nachmittag gesehen. Warum schlägt er er denn dann Steve nieder?«

»Daran bin ich wahrscheinlich nicht ganz unschuldig«, sagte Connie. »Leonard stand direkt vor der Wohnzimmertür, als ich mit Mrs. Barton über Robert gesprochen habe. Ich kann mich erinnern, dass ich irgendetwas vom Teamcaptain von St. Andrews gesagt habe. Erst abends habe ich dann durch Zufall erfahren, dass Steve diesen Posten übernommen hatte.«

»Wie bitte?«, entfuhr es Mr. Blake. »Du bist nicht mehr Teamcaptain, Robert? Warum das denn? Davon hast du mir ja gar nichts erzählt!«

»Äh ...«, begann Robert verlegen, denn er spürte, dass plötzlich alle Augenpaare auf ihn gerichtet waren. »Ich habe mit Steve um ... um etwas ziemlich ... äh ... Dummes gewettet und die Wette dann auch noch verloren. Und deshalb hat er die Binde bekommen ...« Robert wagte es dabei nicht, Elizabeth anzusehen. Warum musste sein Vater ausgerechnet jetzt davon anfangen?

»Gewettet? Um so ein Amt wettet man doch nicht. Das ist ein Ehrenamt«, polterte dieser auch prompt los. »Ich will gar nicht wissen, was das Dummes gewesen ist. Geschieht dir ganz recht so.«

Robert fühlte, wie sich eine unangenehme Hitze in seinem Gesicht ausbreitete, und er wäre am liebsten vor Scham im Erdboden versunken. Elizabeth war die ganze Zeit nur ganz ruhig neben ihm gesessen, vermied es jedoch tunlichst, ihn anzusehen oder etwas zu seiner Verteidigung zu sagen.

»Na ja«, fuhr Darren Blake in diesem Moment etwas besänftigter fort. »Ich sehe schon, David und du, ihr seid euch wirklich sehr ähnlich. Der ... der Junge hatte auch nichts als Unsinn im Kopf.« Seine Stimme zitterte leicht, als er sprach.

Elizabeth spürte, wie Robert bei den Worten seines Vaters zusammenzuckte und sein Griff an ihrer Schulter plötzlich fester wurde. Falls diese unsägliche Wette noch irgendeine Bedeutung für sie gehabt hatte, so wusste sie, dass es in diesem Augenblick endgültig ausgestanden war und mitunter auch die negativsten Dinge im Leben ihre guten Seiten hatten.

»Sergeant Wraight hat sicherlich recht«, sagte jetzt Falkirk, »trotzdem habe auch ich lange überlegt, wie es zu dieser Verwechslung kommen konnte. Aber dann, Robert, dann fiel mir ein, welche Kleidung Sie gestern trugen, als Sie bei mir im Präsidium waren. Erinnern Sie sich? Es war das Sweatshirt und die Baseballkappe der Universitätsmannschaft. Wahrscheinlich hat Leonard Sie nur von hinten gesehen, als er in Elizabeths Zimmer kam. Sie haben in etwa die gleiche Statur wie Steve Pritchard, und da Leonard nicht wusste, dass die Mannschaft zu diesem Zeitpunkt auf einem Auswärtsspiel war, musste er, zusammen mit dem, was er zuvor zufällig von Sergeant Wraight gehört hatte, davon ausgehen, dass Sie derjenige sind. Ich habe mir den Plan

der Universität nochmals angesehen. Das Dekanat befindet sich direkt gegenüber der Sporthalle. Leonard kam wahrscheinlich gerade aus dem Gebäude, als Steve ahnungslos an ihm vorbei zu seinem Auto spazierte – die Binde für jedermann gut sichtbar an seinem Oberarm.«
»Was muss dieser Idiot sie auch noch *nach* dem Spiel tragen? Das ist so typisch Steve«, sagte Robert kopfschüttelnd. »Ich hatte in der Klinik sogar noch das Gefühl, dass die Tür einmal aufging, aber als mich umdrehte, war niemand zu sehen, und ich habe nicht weiter daran gedacht.«
»Aber ich verstehe nicht, wie er überhaupt auf die Idee kommen konnte, dass er und *ich* ...«, sagte Elizabeth leise, und an ihrer Stimme war zu hören, dass die Ereignisse des Vortages noch längst nicht überstanden waren. »Ich habe ihm niemals auch nur das leiseste Anzeichen dafür gegeben. Er war für mich *immer* nur Helens Mann, aber doch nicht ...«
»Sie sagen es, Elizabeth«, sagte Falkirk. »Er war eben für alle immer *nur* Helens Mann. Das langweilige, uninteressante Anhängsel einer sehr faszinierenden Frau. Egal, was Helen anfasste, sie sorgte immer und überall für restlose Begeisterung. Bei ihren Studenten, im Kollegium, bei Freunden und Bekannten – sie kam überall an. Helen war schön, erfolgreich, selbstbewusst, all das, was Leonard trotz seiner beruflichen Karriere und seines eigenen Erfolges nie war.«
Elizabeth war plötzlich ganz weiß im Gesicht geworden, und Connie befürchtete schon, sie würde ohnmächtig werden. Aber sie fing sich wieder.
»Er ... er hat mir gesagt, dass ich mir gar nicht vorstellen könnte, wie sehr er sie in den letzten Jahren gehasst habe«, sagte sie mit rauer Stimme. »Er nannte sie eine strahlende Blume, die von allen bewundert und angebetet wurde.«
Falkirk nickte. »Sehen Sie, genau das wollte ich damit sagen. Er suchte endlich eine Bestätigung für sein eigenes Leben. Sie, Elizabeth, sind jung und im Vergleich zu Helen unerfahren und noch am Anfang Ihrer Karriere, genau der Mensch, der zu einem Universitätsprofessor wie Leonard Bloomfield aufblicken würde. Ich denke nicht, dass es ihm um Sie persönlich ging. Ich glaube, wenn er eine geeignete Studentin oder Kollegin getroffen hätte, dann wäre seine Wahl wahrscheinlich auf diese gefallen. Aber Sie waren durch ihre Freundschaft zu Helen und durch Ihre häufige Anwesenheit im Hause Bloomfield für ihn viel einfacher zu entdecken.«
Elizabeth war nicht überzeugt davon und sich plötzlich nicht sicher, ob er sie mit seinen Worten nicht doch nur trösten wollte.

Connie meinte ihre Gedanken zu erraten. »Elizabeth, Sie sind nicht schuld an alledem«, sagte sie sanft. »Der Einzige, der für diese Morde verantwortlich ist, ist Leonard Bloomfield. Er wollte Helen mit allen Mitteln loswerden, denn eines dürfen Sie auch nicht vergessen. Er war letztendlich nichts weiter als ein betrogener Ehemann, der es nicht verkraften konnte, dass seine Frau sich in einen anderen Mann verliebt hatte.«

»Wie bitte?«, schaltete sich Imelda Barton, die bis dahin das Gespräch nur als aufmerksame Zuhörerin verfolgt hatte, in diesem Moment ein. »Helen hatte eine Affäre? Wann? Und mit wem?«

Falkirk, der Elizabeths beunruhigten Blick sah, bemühte sich, das Ganze nicht unnötig aufzubauschen. Helen mochte ihre Gründe gehabt haben, Imelda nicht einzuweihen, und er wollte diese auch nach ihrem Tod respektieren.

»Die Einzelheiten sind mir nicht bekannt, Mrs. Barton«, beeilte er sich deshalb schnell zu sagen. »Nur eines steht fest: Sie hat sich damals für ihre Ehe mit Leonard entschieden.«

Als ob Darren Blake die Tragweite der Situation erfasst hätte, wandte er sich in diesem Augenblick direkt an Imelda.

»Aber wie sind *Sie* ihm denn auf die Schliche gekommen?«, fragte er voller Bewunderung.

Jetzt war Imelda ganz in ihrem Element, und sowohl Connie als auch Falkirk atmeten innerlich erleichtert auf, als sie von ihrer unglaublichen Entdeckung zu erzählen begann und Helen und ihre Affäre dadurch etwas in den Hintergrund gerieten.

»Und wissen Sie, plötzlich hat alles andere für mich auch einen Sinn ergeben«, erzählte Imelda aufgeregt. »Die ganze Zeit schon hatte ich das Gefühl, dass hier jemand am Werke war, der sich nie richtig mit Shakespeare befasst hat. *Hamlets* Ophelia ist ertrunken und wurde von niemandem davor niedergeschlagen, und dann Helen – Helen, eine erwachsene Frau als Kopie der Julia! Julia, ein vierzehnjähriges Mädchen, das sich *selbst* erdolcht. Verstehen Sie mich jetzt nicht falsch, aber ein Ritualmörder, jemand, der wirklich Shakespeare-Figuren imitieren wollte, hätte nicht so gehandelt. Und dann schreibt Leonard auch noch einfach die nächstbeste Textpassage ab, die ihm in die Hände fällt.«

Elizabeth räusperte sich verlegen. »Mir hätte das doch auch schon auffallen müssen, neulich abends in der Bibliothek. Aber ich habe nur irgendwas von Dolch gelesen und Helen gesehen, wie sie dalag, und sofort an Julia denken müssen. Wenn ich doch nur aufmerksamer gelesen hätte!«

»Ach, Elizabeth«, sagte Imelda. »Mach dir darüber mal keine Sorgen. Wer denkt bei einem so furchtbaren Anblick schon an den genauen Wortlaut eines Shakespeare-Zitats. Außerdem, ich habe schließlich über vierzig Jahre Vorsprung, in denen ich nichts anderes getan habe, als mich mit den Werken dieses Mannes auseinanderzusetzen. Wenn du erst mal so alt bist wie ich ...« Imelda lächelte vielsagend.

Elizabeth nickte ihr dankbar zu, hatte allerdings noch etwas anderes auf dem Herzen.

»Glauben Sie, Mr. Falkirk, Leonard, hätte noch mehr Frauen getötet? Glauben Sie, es hätte auch noch eine Desdemona, eine Cleopatra und all die anderen gegeben?«, fragte sie nach einigem Zögern.

»Ich weiß es nicht, Elizabeth, ehrlich nicht. Hätte Edward Bryson sich nicht das Leben genommen, dann wäre vielleicht noch ein weiterer Mord passiert. Aber Leonard konnte sich nichts Besseres wünschen, als dass so schnell ein Sündenbock für die Taten gefunden wurde. Denn mit jedem Mord stieg auch für ihn das Risiko, eine Spur zu hinterlassen und doch noch entlarvt zu werden.«

Falkirk ging dieser Selbstmord immer noch nahe. Obwohl er wusste, dass er als Polizist richtig gehandelt hatte, konnte er als Mensch nicht einfach darüber hinwegsehen. Wieder war es an Darren Blake, die unangenehme Stille zu unterbrechen.

»Auf die Idee, einen Ritualmörder zu kopieren, muss man aber auch erst einmal kommen!«

»Ich hatte ihn gestern sogar kurzfristig in Verdacht, Helen vor dem Autounfall vielleicht etwas verabreicht zu haben«, sagte Falkirk, »aber die Ermittlungen vor Ort haben eindeutig ergeben, dass sie eine ganz gewöhnliche Kreislaufschwäche erlitten hatte. Insgeheim hatte er sich, als die Polizei ihn benachrichtigte, wahrscheinlich einen anderen Unfallausgang gewünscht, aber das Herbeiwünschen eines Todesfalls ist nicht strafbar.«

Elizabeth war bei Falkirks Worten sichtbar zusammengezuckt, und ihre Hand krampfte sich um die Lehne des Sofas. All die Wochen und Monate, in denen sie Leonard bei Helen zu Hause begegnet war, zogen an ihr vorbei. Die ganze Zeit trug er diese furchtbaren Mordpläne mit sich herum, und keiner von ihnen hatte auch nur die leiseste Ahnung, wie es hinter der Fassade des ruhigen und verschlossenen Universitätsprofessors tatsächlich aussah.

»Allerdings«, fuhr Falkirk fort, »hatte es damals einige Tage gedauert, bis alle Untersuchungen abgeschlossen waren, und die walisische Polizei ließ keinen Zweifel daran aufkommen, dass er, als Ehemann, bis zum endgültigen Gegenbeweis durchaus verdächtig war. Ihm ist dadurch klar geworden, dass er es äußerst raffiniert würde anstellen müssen, um nicht ins Visier der Ermittlungen zu geraten. Und was bot sich da besser an, als einen Ritualmörder zu kopieren? Für keinen von uns war einer der Familienangehörigen verdächtig. Und ...«, Falkirk zögerte kurz, ehe er fortfuhr, »und als dann Edward Brysons Selbstmord dazukam, schien sein Plan in der Tat perfekt aufzugehen.«

»Aber dann, Mrs. Barton, dann kamen Sie«, rief Darren Blake voller Hochachtung. »Und der richtige Mörder konnte endlich überführt werden.«

Epilog

Elizabeth ging langsam den schmalen Kiesweg des Friedhofs entlang, als sie plötzlich Falkirk und Connie am Eingangstor stehen sah.

»Hallo Mr. Falkirk, Ms. Wraight«, begrüßte sie die beiden mit einem freundlichen Lächeln. »Danke, dass Sie zur Trauerfeier gekommen sind.«

Es war fünf Tage nach jenem denkwürdigen Zusammentreffen im Kaminzimmer des Hotels, und Helen Bloomfield war vor einer Stunde unter großer Anteilnahme auf dem Friedhof von St. Andrews beigesetzt worden.

»Wie geht es Laura?«, fragte Connie leise.

Von Imelda hatten sie gerade erfahren, dass niemand, auch nicht seine Tochter, an Leonards Urnenbeisetzung teilnehmen würde, die in einigen Tagen in aller Stille und fernab von St. Andrews in seinem Heimatort stattfand. Elizabeth drehte sich um und blickte auf das in einiger Entfernung frisch aufgeschüttete Grab, das einem Meer aus Blumen und Kränzen glich. Eine junge Frau, den Kopf gesenkt, stand alleine davor, und nur ein gelegentliches Zucken ihrer Schultern verriet, dass sie bitterlich weinte.

»Sie ist sehr tapfer, aber ich glaube, die wirklich schwere Zeit wird erst noch kommen. Momentan ist einfach alles zu unfassbar für sie – für uns alle«, sagte sie leise. Sie wandte sich wieder den beiden Beamten zu und versuchte sich nach wie vor an einem kleinen Lächeln.

»Mrs. Barton hat uns gerade von Ihren Plänen erzählt«, begann Falkirk in der Hoffnung, sie etwas abzulenken. »Sie wollen tatsächlich kündigen und mit Laura nach Edinburgh ziehen?«

»Ja, sie will nicht in den USA weiterstudieren, und Edinburgh hat ihr, angesichts der tragischen Umstände, ab September auch schon einen Studienplatz für das nächste akademische Jahr angeboten. Bis dahin hat sie sich hoffentlich etwas erholt.« Sie schwieg eine Weile. »Aber es ist nicht nur wegen Laura«, sagte sie dann. »Ich spiele schon seit Längerem mit dem Gedanken, nicht als Dozentin weiterzuarbeiten. Und nachdem ich von einem Verlagshaus ein sehr gutes Angebot bekommen habe, musste ich diese Chance einfach ergreifen.«

»Was sagt Robert dazu?«, fragte Connie vorsichtig.

Er war ebenfalls auf der Beerdigung gewesen und hatte, für jeden weithin sichtbar, Elizabeth die ganze Zeit fest an der Hand gehalten.

»Das ist ein weiterer Grund, für mich zu gehen. Sie haben vorhin wahrscheinlich die Blicke des Dekans und der Universitätsleitung gesehen. Ich gehe lieber selbst, bevor sie es mir nahe legen, und wenn Robert und ich wirklich zusammenpassen, dann klappt es auch, wenn wir uns nicht jeden Tag sehen. Außerdem ist diese Beziehung auf Distanz ja nicht auf Dauer. Es ist nur noch ein gutes Jahr bis zu seinem Abschluss. Er, und auch Imelda, sie können mich beide gut verstehen.« Ihre Stimme klang plötzlich wieder sehr traurig, und Connie ahnte, was sie beschäftigte.

»Elizabeth«, sagte sie nachdrücklich. »Sie haben das Recht, eines Tages wieder glücklich zu sein. Es ist nicht Ihre Schuld, dass Maureen und Helen sterben mussten. Glauben Sie mir, ein Leben voller Selbstvorwürfe und Trauer wäre das Letzte, das Helen gewollt hätte.«

Elizabeth nickte und wischte sich hastig mit einem Taschentuch über die Augen. »Ich weiß, aber wenn ich alleine an die Eltern dieses Mädchens denke, wird es mir ganz schlecht.«

Maureens Beerdigung hatte bereits vier Tage zuvor stattgefunden, in wesentlich bescheidenerem Rahmen und mit wesentlich weniger Trauergästen. Aber Imelda, Elizabeth und Laura waren gekommen, und Falkirk wusste, dass es Maureens Eltern sehr viel bedeutet hatte.

»Auch sie machen Ihnen keinen Vorwurf, Elizabeth. Anne Rigg kümmert sich momentan rührend um das ältere Ehepaar, das ihre Tochter am Strand gefunden hat. Die Frau des Fischers, Rose Dermod, hatte anfangs solche Angst, Maureens Mutter deshalb nie wieder in die Augen sehen zu können, aber die Riggs wissen ganz genau, wer der allein Schuldige an diesem furchtbaren Unglück ist.«

In diesem Augenblick kam Laura langsam den Weg entlang. Die Ähnlichkeit mit Helen versetzte Connie auch heute einen schmerzhaften Stich.

»Hallo. Liz, ich geh schon mal zum Auto«, sagte sie leise.

»Ist gut, Laura. Ich schau noch mal kurz zu He ... zum Grab und komme dann gleich nach.«

Falkirk und Connie verabschiedeten sich kurz darauf von Elizabeth, als Falkirk, schon im Gehen begriffen, noch etwas einfiel.

»Das Sonett, das Laura vorgetragen hat, war übrigens sehr schön und sehr ergreifend.«

»Danke. Wir werden vier Zeilen daraus für die Grabinschrift verwenden. Ich weiß, dass es der eine oder andere nicht verstehen wird, aber Helen hat William Shakespeare so gerne unterrichtet und ihn über alles verehrt – und er kann doch am allerwenigsten dafür.« Elizabeth lächelte traurig.

Als sie ein paar Minuten später alleine vor Helens Grab stand, musste sie an Falkirks Worte zum Abschied denken, und langsam, Satz für Satz, wiederholte sie die Zeilen, die all das, was sie ihr noch so gerne gesagt hätte, auf so wunderbare Weise ausdrücken konnten.

»Leb wohl, Helen«, sagte sie leise.

Robert war ihr in der Zwischenzeit entgegengekommen, und nur zu gern nahm Elizabeth jetzt seine ausgestreckte Hand. Als sie sich nach wenigen Metern nochmals umdrehte und über die Grabreihen hinweg auf das Meer hinausblickte, sah sie, dass es ein Sonnenstrahl endlich geschafft hatte, sich durch die grauen Wolken zu kämpfen.

ENDE